写给默音

袁筱一

答应默音，为她的小说集写点什么，好像是今年年初的事情。当时没有多想就应承下来，纯粹是为她感到高兴。想到默音是这样一个把自己的人生压在写作上的年轻女子，她终于出了自己的小说集，我觉得自己没有权利，也没有能力拒绝。

应该是两三年前吧，读到她的《人字旁》，一下子就喜欢上了这个不太简单的故事。而偏偏这个不太简单的故事又有着非常简单和清澈的文字，让我在瞬间就失去了抵抗力。这种喜欢是如此强烈，以至于在很长的一段时间里，我随时都能够回忆起初读《人字旁》的夜晚带给我的那种撞击。

《人字旁》，用我熟悉的语汇来说，散发着一种"令人心醉神迷的痛苦"。不是故事本身蕴涵痛苦，更不是故事中人物的痛苦，而是隐藏在故事之后的作者的痛苦。海生——小鱼——沈婷——麦克构成的四角关系中，真正的主人公却只是"人"对自我的认知。那种苦苦找寻属于自己的真相的不得，那种走出姆妈和哥哥的世界就必须直接面对选择的疼痛，那种像小鱼一样，错来了一遭人世之后就不能够逃逸的仓惶。我觉得，一定有很多人都熟悉这样的痛苦，因为不能确定自己，所以只能一次又一次地去找寻，直至消失。

更何况在人世间，我们不能够确定的，又何止是性别呢。

我本能地感觉到，能够写《人字旁》，默音也一定是一个只能够躲在文字世界里才感到自如的人，因为文字的世界就是姆妈和哥哥的世界，是唯一可以躲开道德选择的世界，是唯一让我们能够感觉"都一样"的世界。所以我几乎不需要任何理由就喜欢上了默音，同……情吧。还有我固执地认为

"懂得"之类的感情。如果非要给一个理性一点的理由,那就是在我有些畸形的写作观中,我也喜欢将写作定义为类似捉迷藏的过程:某种无以名状的东西在什么地方潜伏着,写作者努力地按照自己事先绘制的路线——我们称之为"叙事结构"——接近它,但是,越是接近,这东西就越是邪恶地、悄无声息地逃逸到你的叙事视线之外。我以为,这是一个真诚的写作者能够表现出来的最可贵的东西。而在《人字旁》,我读到了真诚、可贵,还有闪着幽光的灵气。

幽光,这是一个很适合默音的词。《人字旁》已经不是一个超乎寻常的故事。 它的形式里有一种现代小说家很偏好的"解谜"的因素。从小时候沉在海底,让海生一跃入海的那个"她"到"人字旁"的"他",小鱼的谜在海生那里、沈婷那里、麦克那里一点点地展开。直至最后,那个有些残酷的现实被彻底地交待出来,小说就立即失去了它原本所有的颜色,变得苍白起来。

待到后来认识默音——当然,这并不是最主要的因素——,又读到她的其他作品,我更加确定了"谜"在默音笔下所占的分量。拿这个集子来说,集子里包含五个中短篇,除了《人字旁》之外,《犹在梦中》、《真实的模样》、《昨日玫瑰》和《魄绘》里都有"谜"。时空的转换与跳跃自不必说,谜有的时候是梦与现实之间,在人与魂魄之间,甚至是人与兽之间。而且,并非所有的转换都如《人字旁》中一样迷离和清澈,只略微带一点点残酷。默音的一些小说里,是闻得见些许血腥的气味的。

实际上,"谜"可以作为单纯的形式存在。当代的法国作家中,新小说写手们,包括我最喜欢的小说家之一莫迪亚诺等等都对侦探小说的外壳情有独钟。他们和默音的区别就在于,他们没有一个真正的谜底等待着在小说的最后予以揭示。

在那些我所熟谙的小说家看来，是没有所谓预设的真相的。但是默音有。所以默音对"谜"，对"穿越"，对另一个世界的喜好，是没有野心的喜好，也是不属于象征域的喜好。这一点，在我读完了这本小说集之后，便能够明白了。默音或许是真的相信，在我们看到的世界之外，还有另一个真实世界的存在。我们抵达不了，但是文字的创造也许能够抵达。

对于这种相信，我谈不上喜欢，或是不喜欢。我只是在猜，要什么样的人生经验，才会铸造这样一种相信。

确认了默音的这一种相信，小说集的序言就变得格外困难起来。我甚至没有办法更多地描述默音，虽然在读过《人字旁》之后不久，我的确与她相识，也偶然会在公共场合与她照面。她与她用来写作的名字甚是相符，在我们不多的见面里，她大多数时间在沉默，偶然会用照相机捕捉大家的笑容和眼神。

我只知道，她不仅写短篇小说，还写长篇；她不仅自己写，也和我一样，翻译别人的小说，这一点让我多少有些羡慕，羡慕她的勇气，也羡慕她小小的年纪，初涉写作，已经可以比较从容地驾驭结构——默音喜欢用对位的结构。

海生在得知了小鱼的"真相"之后对姆妈说，不管他怎么样，我总是他的哥哥，你总是他的姆妈，这点是变不了的。

所以，在这篇不知道该怎样结束的序言的结尾，我要说的是，不管默音要怎样写一个她固执相信的世界，我是她的读者，这点也是变不了的。

就只是为了当初那一瞬间，偶遇《人字旁》时，那种连接了记忆中疼痛的强烈喜欢吧。其实，阅读和写作一样，也可以是一件非常简单的事情。虽然写作比阅读要辛苦得多。

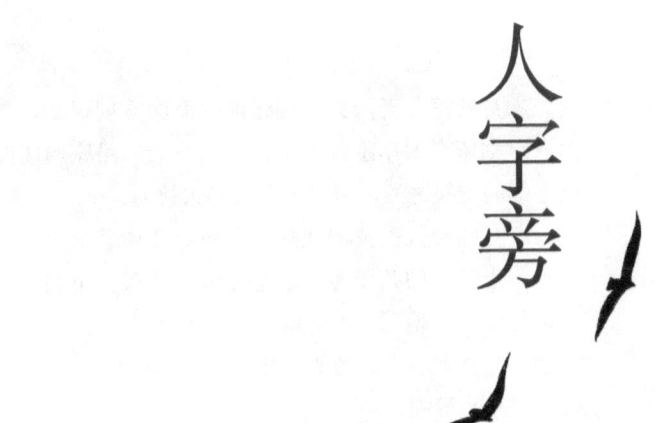

人字旁

上阕　海水带来的

满月的第二天，大潮缓缓地往海的方向退却，把它的一部分财物留在海岸上。每个月的这一天，潘家姆妈照例在洗过午饭的碗筷之后，背着一个竹篓去捡海。

九月的空气里依旧燠热，只隐约浮动着一丝海风送来的凉意。十二岁的儿子海生刚吃完饭没多久又歪回床上，姆妈敲敲他的床，他翻个身，嘟囔了一句什么，仿佛想要就势接着刚才的梦做下去。姆妈温和地说："懒骨头，起来啦，隔壁婷婷在外头等呢。"

海生一骨碌爬了起来。村里有五六个男孩都叫海生，潘海生倒是只有他一个。婷婷是潘海生今年的新玩伴。和海生的女同学们不太一样，婷婷的白皮肤，以及更加清晰的普通话，都表明她来自一个远离大海的城市。两个月前，比海生小三岁的婷婷自出生以后第一次来到自己的外公家。可能婷婷的妈妈认为抚养过自己的新鲜空气对女儿有点益处，又或者，她太忙，所以把婷婷扔给了父母。婷婷告诉海生，她爸爸住在遥远的外国，他们每星期通一次电话。

暑假将于下周结束，两个孩子的友谊也将画上一个逗号，或是句点。潘海生和婷婷约好了今天一起去赶海。

两个孩子各自背着小竹篓，和潘家姆妈一起穿过村里新铺的路面，往村西走。路消失的地方，沙质的土壤呈现出来，再往前便是沙滩。一览无余的阳光之下，沙滩平摊在眼前，像一个巨大的亮晶晶的沙盘，盘里有人，还有鱼虾和贝壳。村里的大多数妇女和孩子都在海边，人人身背竹篓，弯腰从沙盘表面拾起收获物。潘海生欢叫一声，拉着婷婷就往人群中跑。姆妈在身后扯着嗓子喊："海生，你看好婷婷，别乱走！让她把草帽带上，小心晒脱皮！"

姆妈自己低下头，拿出别在裤腰带上的小铲，熟练地从一堆布满洞眼的沙地上刨出十来个小蟹，又拾起几个贝壳。她没注意到，两个孩子并未在人群密集处多做停留，而是轻快地踩着湿漉漉的海沙往北面空无人迹的礁石堆走。海生一边走，一边煞有介事地告诉婷婷："天气要是再冷些，就能捡到好多大海参。有这么大！"他努力地比划着，眼睛在脚边的浅水里寻觅，恨不得立刻找出一只海参来，证明自己所言非虚。海参是冬天的赶海收获，但这个长在海边的孩子知道，这些家伙比较笨，即便天不够冷，也可能会有个把海参被困在礁石之间的浅水洼里。

礁石堆积的地带并不适合行走，婷婷很快畏缩起来，试图甩开海生的手。"水都到我膝盖了！"女孩抱怨道，"你看，裙角都湿了！"

潘海生瞄一眼婷婷的小白裙，叹了一口气。"你们女生就是麻烦。你在这里等我！"说着，他脱下凉鞋，放在一截露出水面的礁石顶上，赤脚往犬牙般的礁石丛中走去。水一会儿便漫到他的大腿根，淹没了他的半截短裤，一会儿又被他踩在踝边。虽然脚下变化奇突，海生走得却很稳当，他能感觉到婷婷的目光停留在他的背上，如同成功的保证。

他走了大概一百米，礁石之间的某些水洼比一个大人的高度还深，水很清，在阳光下呈现温柔的黄色，能看到底下的每一块石头，石头上挂着没有被海水带走的褐色海带。阳光的折射使这些地方看起来浅得几乎可以直接趟水过去。潘海生不上当，他小心地避开了那些可能致命的水洼，只在更加安全的岩缝里寻找可能的黑色存在。

看到某个东西的时候，他停了下来。婷婷远远地喊："你看见海参啦？"

潘海生没有动，他站在原地，低着头，似乎在思考什么重大的问题。接着，他忽然笔直地朝脚边的礁石之间纵身一跃。

那一定是个很深的水洼，婷婷只来得及看到潘海生的鱼跃，他刚才站过的地方转眼间便空无一人。

婷婷以一个九岁女孩所能发出的最高分贝开始尖叫。

多年以后，潘海生仍然清晰地记得他在岩坑之间的海水中看见小鱼的瞬间。阳光照亮了海水，也照亮了她的脸。她半沉半浮于海水中的脸孔看起来仿佛只是睡着了。她闭着眼，嘴角微微翘起，形成一种沉思或微笑的神气。

真漂亮。心里浮起这个念头的同时，潘海生意识到，她正仰面躺在水里。他不假思索地跳下去，抱住这个和婷婷差不多高的女孩，一边踩水一边把她往上托。和他预想的一样，这一处岩缝的海水相当之深。四周的岩石很滑，没有地方可以抓手，独力把一个人放上去就更难了。潘海生一筹莫展地抱着那个感觉不到热度的身体，在水里保持着平衡，这才注意到四周的动静。百米开外，女孩子的尖叫声划破海风，又倏然停止，留存一片空荡荡的背景，和天际线一样高远，在这背景之上，人们向自己所在的方向赶过来，汇成不真切的语声，模糊而嘈杂。

一切都离自己很远。他的视线被斜逸的黑色礁石挡住了，能看到的唯有远处的天空，近处的礁石，还有臂弯里的那个人，和她的脸。

她一动不动，仿佛已经死了。她浑身散发着海里的鱼虾的气味，湿乎乎的咸味儿。

潘海生盯着她看，忘了呼救，也忘了试一下她有没有呼吸。大人们赶来的时候，看到的就是在两米见方的礁石坑里游泳的潘海生。他被晒成浅褐色的小胳膊环抱着一个孩子，抱人的和被抱的都悄无声息，仿佛被谁下了咒。大人们从潘海生手里接过那个孩子，把她拖上来，在礁石上放平，又把救人的海生拽上礁石。直到这时，潘海生才如梦初醒地喊出一嗓子："姆妈，是个妹仔——她好漂亮……我不想她死！"

潘家姆妈拨开人群，在儿子和陌生的孩子跟前蹲下身。人群之外，婷婷的裙角已经被太阳晒干了。她没有挤进去，而是把脸移开，从草帽的阴影里眺望海和天的分界，这个小小的女孩一言不发，似乎因为刚才的尖叫丧失了全部的气力。

对沈婷来说，小学三年级的暑假有着格外值得记忆的理由。第一次到海边的外公外婆家，第一次在潘海生的指导下游泳——尽管她始终也没学会游泳，离开救生圈她就害怕得抽筋。她当然也不会忘记每逢初一和十五之后到沙滩上赶海的快乐，以及，最后一次去赶海时，潘海生在礁岩深处捡到的那个家伙，潘小鱼。

沈婷牢牢记得，后来被取名为潘小鱼的那个家伙昏睡了好几天，直到妈妈来接她的那天中午才恰到好处地醒来。潘家因此陷入一轮新的忙乱，沈婷在公车站眼巴巴地望了十来分钟，也没看到海生的身影。

汽车开走的时候，九岁的沈婷在心里做了一个决定。她不会再来这里。就让潘家和他们的新成员一起待着吧，她才不来掺和呢。

她再次看到潘海生，是在十年之后的九月，地点是她所在的大学。这是潘海生第一次来上海，为的是送潘家老二上大学。老二潘小鱼从那个偏僻的渔村考取了上海的重点大学，估计让潘家姆妈和当哥哥的都乐开了花。这些年来，沈婷一直和潘海生维持着不紧不慢的通信，每封信间隔一个月或半年不等。连她自己也奇怪，为什么会费心持续这段友谊。也许是因为童年的记忆像风，倏忽消散，写信这种方式虽然老旧，却仿佛可以借此抓住些什么，而且写信不像电话那么直接，你甚至可以忽略掉交谈的对方，只要写下自己当时的心情，把它扔进邮筒，就像把一个漂流瓶扔进了大海。小时候，她和潘海生玩过漂流瓶的游戏。她固执地认为，那个瓶子现在大概躺在某处礁石的缝隙里，依然完好无损，就像当年的潘小鱼那样等着某个人去发现。

潘海生念的是邮电中专，毕业后分回渔村附近的小镇，在邮电局工作已有四年。他开始工作的夏天同时是沈婷中考过后百无聊赖的暑假，两个人之间差了三岁，平时不觉得什么，这时候突然成了孩子和大人的区别。潘海生在信里问她要不要来海边玩。"我要上班，可能没时间陪你，"他写道，"不过小鱼有的是时间，游泳也比我强，你可以让小鱼陪你玩。"

沈婷在三个月后才回信。她告诉潘海生，自己跟团去香港待了一个礼拜，其他时间都独自在家。其实香港并没有想象般好玩，海鲜的滋味也比她小时候在渔村吃过的差了一截。她没提这些，而是叙述了自己刚开始的高中生活。她在信的末尾照例写道：替我问候姆妈。她从来不提潘小鱼。

就这样，在沈婷升上大二的开学之初，距离上次邂逅整整十年，她终于第一次见到了活生生的潘小鱼本人。她没法把眼前的人和记忆对上，这主要是因为，站在她勉强能认出的老友潘海生身旁的，是一个清秀的男孩。潘海生在十年前喊的那声"妹仔"，在她的记忆里清晰如昨，难道，这只是当年那个小男孩的一时失察？

对潘小鱼来说，这是他第一次来到城市，也是他第一次看到沈婷。这个大哥多次提起过的女孩，在他脑海里留有一个既模糊又真切的轮廓。沈婷和他们一样是单亲家庭的孩子。沈家爸爸不像潘家爸爸那样死在海里，他活得好好的，在远处。事实上，在沈婷去外公家过暑假之前，整个渔村的人都知道，沈老头的女儿很厉害，在上海做生意，还有自己的工厂，只可惜男人在国外和别的女人好上了，在婷婷六岁的时候就离了婚。

九岁的沈婷说她每星期和国外的爸爸通电话，这当然是谎话。十一岁的潘海生没有拆穿他。几年后，初中时代的潘海生向潘小鱼说起这段往事的时候，眼睛里有黑沉沉的温柔的光。在他眼里，沈婷这种纤细的骄傲，几乎是一种美德。

两个年轻男人肩并肩站在沈婷跟前，一个拎着另一个的行李。他们长得毫无相似之处。潘海生有一张海边男人典型的线条刚毅的脸，肤色比孩提时代更黑了些，眸子因此显得黑白分明。这双属于二十二岁青年的眼睛和十年前几乎没什么变化，一样盛满了快活坦诚的神气。潘小鱼则像沈婷一样白皙，一头略长的褐色短发是前两年的流行色，乍看让人以为是渔村男孩迟到的追风，很久以后沈婷才发现，那是天生的褐发。他的虹膜颜色也格外浅淡，是一种接近茶色的棕色，光线好的时候，看起来几乎是金黄色的。他眯着眼，正在打量沈婷，脸上的表情谈不上亲切，唯独嘴角微微上扬，让人有目睹微笑的错觉。

他看到沈婷客客气气地和潘海生说着话，让他们把宿舍安顿好之后一起吃饭。他的视线滑过沈婷的黑色丝衬衫和麻质长裤，在半长不短的"超女头"风行的校园里，她像一个从九十年代的电影里错行至此的淑女，一头长发倾泻在肩上，衬出白皙的颈项。沈婷并没有流露出高人一等的态度，潘小鱼却敏锐地捕捉到一种淡得看不分明的傲气。他猜测，这个女孩楚楚的矜持背后，是她那个独立营造一个服装品牌的母亲的培养，或是天性使然。她稳稳地踩在浅口麂皮鞋里，仰着头，对潘小鱼露出一个称得上热情的笑容："笑死人了，我这么多年来一直以为你是女生。都是因为海生把你从海里救上来的时候，喊了一声妹仔。"说着，她脑海深处响起一个孩子的声音——"她好漂亮……我不想她死！"尽管隔了这么久远，这个声音仍用力地叩击她的心口，泛起若干余震。

沈婷没注意到，潘海生的神色间波纹乍起。潘小鱼立即把一只胳膊搭在潘海生的肩上，懒洋洋地一笑，声音沙哑："我哥和你写信这么多年，都没说清楚这事，看来他不仅糊涂，而且写信缺乏重点。"

十月，沈婷在给潘海生的信里说："我仔细地重读了你从前写给我的每一封信，然后发现，我对潘小鱼的误会，其实该怪你的用词习惯。"

潘海生在信里提到潘小鱼的次数并不多，每次提到，他都是写小鱼如何如何。这个习惯造成的人称代词的阙如，使沈婷在十年间竟然无从发现潘小鱼是"他"而不是"她"。

沈婷告诉潘海生，潘小鱼进了英语话剧社，这样一来他们每周都有一两次见面。潘小鱼喑哑的嗓音并不适合演话剧，他告诉过沈婷，自己的声带是因为小时候那次事故而变成这样。沈婷对潘海生写道："你这个弟弟不爱说话，可能是嗓子受过伤的缘故。沉默寡言这一点倒是像你，不过，你不说话的时候也是乐呵呵的，他显得比较闷。"她回想起潘小鱼站在一边看她排练的样子，那时的潘小鱼看起来近乎忧郁。一旦动笔写信，很多平时没梳理过的念头恍然清晰起来，像一面镜子横亘在眼前。

沈婷没有写话剧社的人结伙去吃烧烤的事。这是件小事，本来也不值得特地写出来。那是个灼灼的秋老虎余威不散的日子，一群人想好了去吃烧烤，到了森林公园，才发现专供烧烤的铁皮亭子处在阳光直射之下，所造成的阴影只是徒具形态。有个男孩打趣说，这还用烤吗，吃的没熟，人先烤熟了。吃的东西是分头准备的，从借的车里搬出来，大家把盒子逐一打开，七嘴八舌地评价每个人的用心程度。潘小鱼那份是一只个头不小的泡沫箱，打开来，化了一半的冰块上铺了一层蚝，每只均有拳头大小，黑色的壳峥嵘如岩。十来个年轻男女齐齐一声哗然道："真豪华，哪里弄来的？"

潘小鱼脸上和往常一样平淡不惊，用他沙哑的嗓音说："我下海捞的。"

大家把这话当吹牛皮一笑而过。上海的近海污浊，怎么可能有蚝，这一定是从哪里买来的。英雄不问出处，大家对着来路不明的蚝们摩拳擦掌，准备点炭生火。有个女生嚷道："哎呀，这玩意儿得先打开吧？谁会？"潘小鱼似乎早有准备，拿出一柄小刀，也不见他怎么使劲，一枚蚝壳应声而起。他把半只蚝壳往沈婷跟前一伸，蚝躺在珠白色的内壳上，是一团柔软的青白肉体。旁边有人大惊小怪，"哎，生吃？"沈婷毫不犹豫地接过来，往嘴里一吮。她早在九岁就吃惯了生蚝。

蚝新鲜而冰凉，毫无阻碍地滑入她的口腔。随着每一下咀嚼，海的滋味在她的舌尖迸裂，如潮水裹挟，涌动出属于夏天泛着海风凉意的回忆。潘小鱼深深地看了沈婷一眼，浅色眼眸流露出满意的神情。他熟练地打开第二枚蚝壳，这回有个男生接了过去。沈婷在心里松了口气，把蚝肉吞下食管。如果潘小鱼再多看她一秒，她一定会尴尬得不知所措。她以前不知道，在人前吃蚝这个动作，其实有着不言而喻的挑逗意味。

事物的更迭往往有一个决定性的瞬间。去过森林公园烧烤之后，秋天终于像模像样地来了。潘小鱼也开始像模像样地和沈婷走近了些。他陪她去食堂、自修教室、图书馆，帮她拿东西、打饭、给她买零食。沈婷身边本来有好几个寻找机会的男生，她无一例外地用客气而生疏的态度婉拒了。她本来也可以用这样的态度对待潘小鱼，却被他用一句话塞了回来。

"要是我哥在这里，他肯定会照顾你的。你就当我替他照顾你好了。"

这话不像是一个追求者的台词。沈婷只好接受了这份替而代之的好意。偶尔她也会想，要是潘海生在这里，大约也做不到潘小鱼这么细致。有几个男人能想到在女友例假的时候托人送一杯热巧克力上楼？事实上，她同寝室的女生们早就把潘小鱼看作了"妹夫"，心安理得地分享他买来的吃食，并把他列为本校最佳护花使者，还不时感慨沈婷身在福中不知福：人家要长相有长相，又如此温柔体贴，你还有什么不如意？

女友们的评价像秋天的叶子一样飘飞在沈婷周围的空气里，让她自己也不禁恍惚起来：这到底能不能算作一场恋爱？

沈婷的生日是在初冬，这一天，她照例收到寄自潘海生的贺卡。从他所在的镇上到上海，平信要走三天。每一年他都提前三天寄出贺卡，而他的生日祝福也和邮政系统一样恒常不变：婷婷，生日快乐，祝你天天如此日，幸福快乐。

她把印着泰迪熊的生日贺卡装在包里，和潘小鱼两个人去吃生日餐。在学校附近的咖啡馆，简单的晚餐吃到一半，潘小鱼把一个东西放在桌上。那是一只近乎完美的粉色贝壳，被咖啡馆的光线衬托得如同沈婷因红酒而微醺的两腮。

"打开它。"

她打开早已丧失生命的贝壳，里面是一对珍珠。珍珠也是粉色的，有她的小指甲盖那么大，一看就不是养殖的产物。她惊讶地抬起眼睛，正对上那双映着烛火的浅栗色眸子。烛火把他的眼神染成了和平时不一样的温暖色泽。

"做我的女朋友。"潘小鱼说。他的语气不太像是建议，更像是陈述或命令。

沈婷凝视着那对珍珠，不知为什么，她不想立即说好，"一对珍珠就能收买我了？"

他耸耸肩，"如果我告诉你，这是我从海里捞出来的，你还会拒绝吗？我花了三个月才找到两粒完全一样的珍珠。"

她扬眉，"从我们第二次见面到现在，也才三个月。"

"对我来说，那是第一次见到你。"他说，"可我觉得，我好像认识你很久了。从开学那天起，我就决定，要为你找到一对没有瑕疵的珍珠，只有它们才配得上你。"

沈婷在她二十岁生日那天成了潘小鱼的女友。她后来问潘小鱼，什么时候教她游泳。她知道自己永远学不会游泳，因为没法摆脱对水的恐惧。她只不过想看他在水里的样子。潘小鱼不感兴趣地说，他不习惯在游泳池那样小的地方游泳，以后有机会再说吧。

沈婷和潘小鱼的恋爱稳步升温，在全校学生的眼中，他们称得上是一对璧人。两人在圣诞舞会上的照片在校园 BBS 上被水客们不断推到首页，这其中主要的推动力是潘小鱼异国情调的容貌。沈婷教他如何用简单的衣着来凸现一种漫不经心的洒脱质感，潘小鱼显示出良好的悟性，沈婷说他读理科真是可惜。计算机专业的学生向来比较容易赚到外快，他手头似乎颇为宽裕，这个男孩从不吝惜和沈婷在一起的开销，对自己的衣服倒是不怎么舍得花钱。他宁可让沈婷帮自己挑衣服带回去给姆妈和哥哥。她尽量选了朴素的款式，免得那两个她曾经熟悉的人因为这些新衣而局促不适。

转年开学后不久，沈婷谈起有关未来的计划。在母亲的安排下，她肯定是要出国的，并且还得避开父亲所在的美国，那么就只剩下欧洲和澳洲可以考虑。

"澳大利亚挺好的，好些城市都在海边。"潘小鱼漫不经心地提议。

"我不喜欢澳洲，还是想去有文化历史沉淀的地方。"沈婷反对道。她摩挲着潘小鱼的手指，这个男孩的手很瘦，却意外地有力，曾让她迷乱和惊讶。"你觉得英国怎么样？"

"挺好。"潘小鱼不感兴趣地说。

沈婷有点发急，"我在和你讨论正事呢！难道你毕业了不来陪我吗？"

潘小鱼这才认真起来，凝视着她。他浅色的眼睛里闪过一丝难以读解的神情，几乎像是嘲讽。"我怎么去？用你家的钱吗？请别忘了，我不过是个渔村里出来的穷小子。"

"我们之间，有必要分这么清吗？"

"有必要。我又不是没见过你妈妈，我不认为她会愿意我花你家的钱出国。说到底，她根本就不知道我们在一起。"

"我有我的生活！"

"可你的生活需要你妈妈的资助，不是吗？"他低头吻住她，用舌尖把她所有的情绪都化开。

她含糊地说了句什么，他没听清。再问时，她红了脸，不肯说了。

同宿舍的女孩大都有过和男友外出过夜的经历，沈婷觉得，自己的清白既值得宽慰，又让人有种说不出的焦虑。而且，有些时候，当潘小鱼的吻让她感到血管变得滚烫的同时，不知为何，她的脑海中悄然浮现出另一张面孔。那是一张被海风吹得黝黑的，让人安心的脸庞。

她太骄傲，所以不愿向自己承认，那只属于童年的漂流瓶，其实一直搁浅在她的心坎上。

沈婷毕业后不久，潘小鱼在国庆节回了趟家。他整个暑假都没有回去过，而是在一家游戏公司打工，帮人写程序。为了方便工作，他在公司附近租了间一居室的房子，虽然简陋，毕竟是个自己的窝。沈婷送了他一台电脑作为入住礼物。她目前唯一的任务是考雅思，常常在那间屋子边看英语复习资料边等他，有心情的时候，她会用慢火炖一锅骨头汤。她这样一个人，竟然也会为人洗手做羹汤，这是她从来没想到过的。如果让妈妈看到她这个样子，一定会迁怒于潘小鱼，认为他害得自己苦心教育了二十来年的女儿往黄脸婆的方向发展。

一个人对另一个人的喜恶往往毫无理由。沈家妈妈不喜欢潘小鱼。沈婷和潘家老大写了那么多年的信，她不曾说过一句话，却对这个只见过一两次的漂亮男孩给出了苛刻的评价：这个人满身邪气，婷婷，你别和他太近。

做女儿的因此只好把恋爱事件瞒着当妈的，一晃三年过去了。她估计自己得在出国前摊牌，不管怎么看，明年毕业的潘小鱼都不可能赚够去英国的钱，尽管他声称要靠自己的努力过去陪她。沈婷凭直觉知道，如果两个人分开太久，很多事情都会产生变化。

潘小鱼在国庆节回家是为了参加哥哥的婚礼。潘海生的新娘是镇上银行的女职员，这是沈婷早就知道的。在去年的来信里，潘海生告诉过她，自己开始和对方交往。在那样的镇子上，交往一年半载，往往也就到了谈婚论嫁的阶段，这不稀奇。同样的，在镇上，二十四岁的男人结婚也很普遍。也许明年或者后年，他就会当上爸爸，如果是那样，沈婷也不会感到意外。

本来说好了两个人一起回去。临行的前一天，沈婷才突然宣布，她不去了。

他坐在床的另一头，正在翻看一本杂志，听到这话，他抬起脸来看她，嘴角微翘。她知道他没有笑，那只是天生的表情。潘小鱼盯着她看了许久，像在思考什么。最后，他仍是没有表情地说："不见就不见吧，其实我也不想去，我是没办法。"

很久以后，沈婷才明白他这句话背后的含义。

潘小鱼没买到回程的卧铺票，在一趟拥挤的绿皮车上坐了十多个小时后，他在凌晨回到上海。他倒了两部公车，背着大包爬上五楼，用钥匙打开门。在这个过程中，他的脑细胞统统胶着在一个点上，那就是屋里的床。门开了，他看到了床，也看到了沈婷。她躺在唯一一张床上的唯一的被窝里，显然已经听到了开门声，只是还没能完全醒来。以前他在兼职的公司通宵加班，沈婷只要碰上母亲出差，便不回家，独自在屋里等他。这个半睡眠状态的女孩的模样，褪尽了清醒时分的傲气，总让他有种猝不及防的失落感。他知道，对海生来说，沈婷的外在诸如家庭环境性格因素之类，全都等同虚设，海生看重并珍惜的，是那个真实的沈婷——一个有着坚硬外壳的小女孩。

已婚的现在，以及将来，海生还是会继续给沈婷写信吧。一封扔进邮筒，另一封则递给大海。沈婷不会知道海生每次都写两封信，这世上知道这件事的，除了海生本人，只有小鱼和大海。至于信的内容……他不想知道，所以，只有大海和海生自己才清楚。

想到这里，他嘴里有种火烧火燎的涩意。也许是因为他在昨晚的婚宴上喝了太多的酒。

潘小鱼走到床前，掀开被子，直接把自己放倒在沈婷的身上。他的动作很粗暴。沈婷顿时彻底清醒过来，一边条件反射地挣扎，一边不连贯地喊道："小鱼？……你怎么了……疼！你放开我！"

终于，她停止了挣扎，在他身下喘息起来。结束的时候，她哭了。她发现他也在哭。他蜷缩在她的胸口，维持着一个狼狈的姿势，发出了野兽般的嚎哭。他的泪水在她的皮肤表面弥散开来，空气里顿时充满了一种遥远又清晰的味道。咸而且腥，是海风的味道。

沈婷不知所措。她想拥抱这个男人，也想被他拥抱。但他只是趴在她身上哭泣，以一种拒绝的姿态。仿佛他刚才所做的一切不是出于爱，而是出于恨。

她忍不住打了一个寒噤，几乎忘了身下的钝痛。

终于，他拖着身子离开她，慢吞吞地站起身来。空气里的海腥味淡了些，她这才注意到，他身上带有旅行者疲倦而肮脏的气味。

"你是不是该去洗个澡？"沈婷软弱地说，"坐了火车，洗个澡会舒服点。"

他站在床边，居高临下地看着她。她无力地伸手拂一下睡裙，让下摆回到大腿的位置。同时，天性或是教养使她移开眼，不去看他的裤子开口处。

他却没有立即走向浴室，而是站在原地开始脱衬衫，又一股脑地把长裤往下褪。那是为大哥的婚礼而买的相对正式的衣物，她陪他去挑的。猛然间，她感到自己的脸被他捏住，用劲之大，让人几乎想喊出声。她愤怒地瞪他，眼睛正对上他的浅色眸子。她惊觉，自己正在瞪视的，是一双写满绝望和厌倦的眼睛。

他说："看我。"命令的语气。一贯的沙哑嗓音。

她便看了。看了眼前那个一丝不挂的身体。看完之后，她开始尖叫。和那个九岁女孩的尖叫不同，这是一声撕裂灵魂的女人的尖叫。

下阙　海水带不走的

潘小鱼失踪了。

潘海生在邮局接到沈婷的电话，得知这个消息的时候，他感到难以置信。上周回来参加他的结婚酒席的时候，人还好好地坐在那里，和村里的熟人们有说有笑，怎么一转眼，整个人就能消失不见？

他按捺住焦虑，问沈婷："你俩吵架了？"

沈婷沉默片刻，吐出一个字："没。"

"那……怎么会不见呢？"他急了。沈婷刚才告诉他，潘小鱼连续三天没去学校上课，租的房子和宿舍都不见人影。他还是第一次听说小鱼在外面租了房子，而且听起来，沈婷经常和他一起待在那所房子里。

他隐约有一个最坏的假设，但没法就此向沈婷确认。对方是自己从小认识的老相识，何况，他比任何人都清楚，沈婷是属贝壳的，真要碰到她的痛处，她一定会把壳咬得死死的，肯定问不出什么来。潘海生在心里长叹一声，转而问道：

"你能想到他会去哪里吗？"

"……不知道。"沈婷的反应冷淡得不合常理。

潘海生仿佛听见贝壳闭拢的声音。"喀"的一声，毫无转圜的余地。

放下电话，他回到自己的工作窗口，开始处理一摞邮包。心思很难集中到工作上，邮政编码输了三次才输对。他忽然意识到，这个邮包惹得他心烦意乱，只不过因为收件地址恰好是上海。

看来无论如何也得跑一趟上海。潘海生对自己说。

事实上，直到潘小鱼人间蒸发了将近两个月，潘海生才搭乘夜班火车来到上海。有件事可以证明潘小鱼安然无恙地活着，只是躲起来了，因为他从学校以及沈婷面前消失后一个月，校方收到了他的退学申请。潘海生打电话问学校，来办退学的是不是潘小鱼本人？办公室的人不耐烦地说，当然是本人，难道这还能代办的？他又问，那他有没有留下什么联系方式？对方说，没有，都退学了，还需要联系吗？

这是关于潘小鱼的最后的消息。潘海生本来还想继续问下去，对方说现在有点忙，便挂了电话。

他来到上海的时候，沈婷已经去了英国。临走之前，她给他写了一封信。她向来习惯用素白的打印纸作为信笺，字迹工整，看不出任何情绪的波澜。可能是因为成人以来都没离开过家，沈婷在信里显出平日少见的感伤。"我总觉得妈妈只顾忙工作，对我不够关心，"她写道，"其实仔细想想，当妈妈的，始终是为我好。你母亲一个人带着你俩，肯定比我妈妈要辛苦得多，她这病多半是早年辛苦落下的，你要多照顾他。我给你汇了点钱，这是我的一点心意，你不许和我客气。"

在上一封信里，潘海生解释过自己暂时没法去上海找小鱼的原因。潘家姆妈病得厉害，医生说是胃癌晚期。打针吃药，也无非是延续短暂的时日。

沈婷的汇款单比信晚到一天，一万元的金额让潘海生吃了一惊，他决意将来还沈婷这笔钱，先收下再说。母亲的病确实需要用钱，他和妻子的工资都有限，现在不是逞强的时候。

沈婷在信的末尾写道，"你还记得我们小时候玩的漂流瓶吗？我总在想，它是漂到了遥远的某处海滩，还是又被潮水送了回来，就在我们小时候经常玩耍的那些礁石间静静地躺着？我更希望是后者，如果能重新看见小时候写下的愿望，就算愿望始终只是愿望，也一定能让人忘记所有的烦恼和不快。"

潘海生忍不住猜测，沈婷的烦恼和不快，指的莫非就是潘小鱼？在沈婷告知潘小鱼失踪的电话之前，在更早以前，他就猜到他俩在谈恋爱。沈婷在信里没有提过这件事，潘小鱼几次假期回家也没透露半点口风。两个人不约而同地经营着这样一个假象，仿佛他们不过是借了自己的关系，才成为比较相熟的朋友。他们不提，他便不问，也不去想。有些事情总会有个终结，他一直是这样告诉自己的。只是没想到，终结的方式，是两个人先后走出了他的世界。

他还是来了上海。不管潘小鱼自己身上发生了什么事，天大的事也顶不住一个"孝"字。潘海生决心带小鱼回去见姆妈最后一面。

要想从茫茫人海中把一个人捞出来并非易事。潘海生手中唯一的线索，是两把钥匙。钥匙是夹在沈婷那封提到姆妈和漂流瓶的信里寄来的。她在寄出信之后的第三天特地打了个电话告诉他，这是潘小鱼租的房子的大门和信箱钥匙，是她手里的备份。之前交的租金到十二月底结束，潘小鱼的东西她没有动过，都维持原样。她查看房子后发现，他走的时候只带了几件随身衣物，留在原处的电脑已经被重新格式化，只剩一个带着 DOS 的空壳子。电脑她已经处理掉了，至于潘小鱼的东西，他可以带走，也可以扔在那里。

潘海生来到这间屋子的时候，惊讶地发现里面居然很像个家的样子。看来沈婷之前在陈设上很是花了些心思。深蓝色的窗帘上面印着白色的贝壳图案，和床单的花色相同，浴室里挂着米老鼠的擦手巾。屋子显得很乱，有种被仓促遗弃的氛围。电脑桌上有一摞旧杂志。他走过去翻了翻，发现杂志有两种，一种是报亭里常见的《计算机世界》，另一种是《海洋学研究》。他打开衣橱，里面挂着几件年轻男子的衣服，显然出自沈婷的审美。桌上地上积了一层薄灰，被子凌乱地摊在床的一侧，屋子里有股久不见天日的气味。潘海生四处搜索了一遍，没有任何东西可以告诉他潘小鱼的下落。他打开窗户透气，自己慢慢走回来，在没有摆电脑的电脑桌前坐下。他的视线无意识地落在杂志的封面，忽然，他想到了什么，急忙走出屋子，快步从楼梯上往下走。

在一楼进门处的信箱里，潘海生找到了十一月份的《海洋学研究》。这会儿是十二月底，按理来说，信箱里还应该有十二月的杂志。潘小鱼从初中三年级开始订阅这本内容晦涩深奥的杂志，他离开家到上海念书，从此把订阅地址换到了学校的宿舍，显然，后来他又不怕麻烦地改成了这里。潘海生确信，十二月的杂志早已抵达某个新的住址。他可以在那里找到潘小鱼。

他直接按照杂志上的发行部电话拨过去，磨了半天嘴皮子，对方终于答应破例帮他查一下订户的更改。十分钟后，潘海生又打了一次电话，终于拿到了他想要的答案。潘小鱼的新地址仍然在上海，某街道某某号。潘海生再三谢过杂志社的人，往那个陌生的地址赶去。

潘小鱼的新地址是一家酒吧。潘海生到的时候是下午，铁栅门空落落地朝着街。他只好站在门口等。一直等到下午六点多，一个光头蓄胡须的年轻男人走到铁栅门跟前，掏出钥匙开门。

潘海生急忙问来人，有没有一个叫做潘小鱼的人在这里工作？

对方把他上上下下打量了一眼，说："没有这个人。"

潘海生愣了愣，好脾气地说："可他订杂志的地址在这里……"说着，他掏出一本《海洋学研究》给那人过目。光头男子露出恍然大悟的神色，说："是有个人订这本杂志，不过名字叫小海。"

潘海生心里顿时松了口气，说："应该就是我家小鱼，我是小鱼的哥哥。我可不可以在这里等？"

光头男子显得有些为难，潘海生赶紧又说："我可以买点喝的。"

于是，他坐在空落落的酒吧一角，对牢一瓶冰啤酒。光头做了简单的打扫之后，不知从哪里弄来一份蛋炒饭，自顾自在吧台边上吃了起来。潘海生这才意识到，自己从清晨来到上海已经过了一整天，还没有吃过任何东西。他看了一遍菜单，最后决定点一份三明治充饥。八点钟，潘海生吃过了光头做的三明治，附近的桌子来了另一位对酒吧而言偏早的顾客。他继续耐心地坐着，啤酒早已丧失了凉意，瓶子表面的水汽滑落到桌上，形成一小摊水渍。九点，客人陆续进来，店里多了两个女服务生。光头已经告诉过潘海生，小海的工作是在这里推销芝华士，要十点以后才来上班。可是等到十点过半，潘小鱼也没有出现。潘海生混在喧扰的人群以及香烟造成的迷雾之中，盯着桌上几乎没动过的啤酒看了片刻，决定离开位子到吧台跟前向光头确认一下。

看到拨开人群走过来的潘海生，光头显得很惊讶。

"你没走啊？"

潘海生不解地看向他。光头一边往杯子里加什么饮料，一边说："我刚才让服务生告诉你，小海不来了。结果这丫头大概忙忘了。"他做好一杯橙色的鸡尾酒，把它小心地放在吧台上，一个女服务生立即小跑过来拿走杯子，这可能就是那个把潘海生搁在脑后的女孩。

"你回去吧。小海最近一段时间都不会来了。"光头说。

"为什么？"

光头看一眼潘海生，表情复杂。"喂，你真是什么哥哥吗？你俩长得一点都不像啊。"

潘海生从皮夹里拿出一张照片。那是他和潘小鱼的合影，在照片上，他十五岁，潘小鱼只到他的肩膀。两个孩子都穿着短袖恤衫和沙滩短裤，潘小鱼露着细细的胳膊和小腿，目光忧郁，潘海生黝黑而强壮，咧着嘴笑出一口白牙。

"我只有这张小鱼小时候的照片。你看，应该还是看得出来的。"他向光头解释道。

光头眯了眼对准那张照片端详了几秒钟，"看来你说的小鱼就是小海。"

潘海生点点头，"你能告诉我小鱼在哪里吗？"

光头朝人堆里一指，"你问那个戴棒球帽的人吧。他昨天刚在这里闹了一场，今天又来候着。要不是他，小海也不会突然说不来了。"

潘海生给戴棒球帽的家伙看了他和小鱼的照片之后，对方一言不发地离开酒吧，和他来到一家咖啡馆，两人隔着桌子面面相觑。

他已经说过自己是潘小鱼的哥哥潘海生，现在，他等着对方做自我介绍。戴棒球帽的男人看上去比潘海生年长，可能在三十出头到四十来岁之间。城里人的年龄不容易分辨。此人戴着棒球帽，穿了一件短皮衣，打扮得挺精神，只有眼神和胡茬显得憔悴不堪。

"我听小鱼说起过你。"棒球帽男子说，"我姓陈，至于名字，请恕我不便告诉你。你可以叫我麦克。"

接着，名叫麦克的男子说了下面这番话——

我是做广告的，美指。哦，就是美术指导。我在四年前认识你家小鱼，那是在一次平面模特的甄选会上。某香皂广告的模特。因为是向社会公开召集，来的女孩铺天盖地，片场里壅塞着年轻女孩们的脂粉气香水味说话声，简直让人没法呼吸。你先别这样看着我，等我把话说完。对，我们召集的是女孩，要找一个皮肤白身材高盘子亮的。这种场合往往能看见很多美女，但我全不在意，审美疲劳了我。一个个女孩从我跟前走过去，我连眼皮都不动一下，直到看见潘小鱼。

她一丝不差地符合我心目中那幅广告海报的女孩的模样，真的。棕色的短发，浅色的眼眸，似笑非笑的嘴角。那么干净、冷冽，像一个不属于凡尘的造物。她没被选上，这是注定的，广告客户早就有内定的人选，这个海选只不过是为了在社会上造一波声势。我记下她的联系方式，当晚就拨通她留的手机号码。来接电话的是个声音沙哑的男生，我心里一沉，想她是不是在和男友同居呢，然后我发现那个声音就是她本人。平面模特不用说话，所以我们摆样子的甄选不过是让女孩们走一圈，我没听过潘小鱼的声音。我对自己说，这个女孩子除了声音以外无可挑剔，你还犹豫什么？

我告诉她我是那家广告公司的，她没有入选，不过我想见见她，纯粹私人的。

她笑了，问我：你这是打算追求我吗？

我想现在的年轻女孩真厉害啊，一上来就这么直接。我也不是个皮薄的人，就说，是啊，我打算追你，你愿意给我这个机会吗？

她过了好几秒钟才回答：你要慎重啊。

我说我很慎重。

当然，我后来终于知道她为什么这样说。

你其实知道的对不对？我最近一直在琢磨，你知不知道她的秘密。你是把她从海里捡回来的人，又看着她长大，你当然应该知道。

接着说我俩的交往经过吧。后来我就开始追她了。义无反顾飞蛾扑火。她每次出来见我都穿得很随便，T恤加牛仔裤，可还是清秀得无以复加。她长得非常中性，又瘦。太瘦的女孩看上去像是有喉结，我认识的好些平模都这样。如果不是因为有胸部，估计她会被人错看成男生。这么一个女孩子，广告界也不是没有比她漂亮的，可我还是一头栽进去了。我从来没有这么迁就一个人。她不允许我到学校去看她，也不主动联系我。刚认识她的时候，她有时会提出些奇怪的要求，例如让我帮她弄一箱最好的生蚝，或者突然心血来潮要一对珍珠，还得装在贝壳里送给她。我全都照办不误。女孩子嘛，总会有刁钻的时候。唯一让我觉得比较难受的就是她对性的态度，她说自己婚前不会和人上床，但她有时会逗我，看我难受，然后用手给我解决。这种时候，她总是用一种格外冰冷的眼神看我，好像我和我的欲望是什么见不得人的东西。我心想我不过是个正常男人，正常男人想和自己女朋友上床乃是天经地义，你别老这么看我好不好。

虽然难受，我一次也没有对她用强过。老实说，如果我想来点软硬兼施的，我相信她不会不就范。但我尊重她的意愿。我能感觉到她本质上是个善良的孩子，我给她的钱，她没怎么用，除了一小部分开销，她都买了衣物和一些乡下没有的东西寄回去。这样的女孩子现在很少见了，我打算等她毕业就娶她。

我没想过事情会变成现在这样。

说到这里，麦克仿佛相当疲倦，他靠在咖啡馆的卡座里，闭上双眼。

潘海生斟酌片刻，问他："是小鱼自己告诉你的，还是你看见的？"

麦克睁开眼。"让我按顺序说吧。她回老家去参加你的婚礼，我记得，是在去年的国庆节。应该就在那之后不久的一天早上，她到我住的地方来了，随身背着个大包。我们这一行常熬夜，我当时刚睡下没多久。"

潘海生静静地等待下文。

"她自己用钥匙开的门，一进来就钻进我的被窝里，开始吻我。我晕乎乎地抱着她帮她脱衣服，以前我们也有过比较亲密的时候，她让我摸过她，但只限于上半身。这一次她似乎特别激动，我忍不住把手伸进她的牛仔裤里。"

潘海生皱起眉，"你不用说这么详细。"

"我不说具体点，你不会明白我当时受到的打击啊。"麦克狼狈地说着，似乎想要努力挤出一个笑容来，却终于没能做到。他用手抵住额头，像是脑门下面有某种情绪即将迸裂出来，不得不用手堵住。

"小鱼有个女朋友，你知道吗？在学校——小鱼是男生。"

潘海生不动声色地说道。连他自己也感到惊讶，事情一旦真的来临，他竟然可以如此冷静地面对。也许是因为，他过于长久地等待这一天的到来，并早已等得筋疲力尽。

"我知道。"麦克抬起脸来说，"那天之后，我没有再见过她。她关了手机。我能够理解，她当然不想再见到我。我本来可以去你住的地方问你她的下落，我知道你在那个镇上的邮电局工作。不过我想到了一个更好的办法，我去了她的学校。她在当年的报名表上填的学校是假的，也一直没告诉我她在哪儿念书，不过我看过她的学生证，是偷看的。去了学校，我就知道为什么她以前不让我去找她了。好像很多女生都把她视作梦中情人来着。现在的女孩子的眼光和以前还真是不一样，都喜欢中性化的……"

"你怎么不连身份证一起看了。"潘海生冷然打断他的絮叨。

麦克露出一个苦涩的笑容，"是啊，我要是早点连身份证一起看了，也就不至于走到今天这一步。"

他的眼睛里闪过复杂的神色，接着说："去了她的学校，我全明白了。她只有在我这里才是个女孩的模样。真不知她当时为什么要去参加那个选秀，大概只是好玩？我有过一个可怕的念头，觉得小鱼可能是在尝试，看自己能走到哪一步，我，或者她以男生的身份交的那个女朋友，都不过是可怜的试验品。我越回想一些细节，越觉得这个推测是正确的。那天她最后一次来我住的地方，背着大包，当时她已经做好了离开的准备。她知道我会是什么反应，就算真相不仅会伤害我，同时也一定会伤害她自己，她还是要把赤裸裸的真相揭示出来给人看。真是残酷啊……那孩子对自己比对别人更残酷。想到这些，我心里一阵阵的难受。另一些时候，我又自我安慰说，我不该把她想得那么冷，她对我还是有感情的，虽然可能不像我对她那么深。我们在一起三年多了啊。是个人，都有感情。"

潘海生迟疑了一下，然后说："你有没有想过……小鱼可能，并不是人。"

麦克显得很惊讶，"喂，你那个镇子是不是太闭塞了一点？雌雄同体并不是什么新鲜事。"

他本人看来也没预料到这个词这么快就脱口而出，说完之后，两个男人都陷入了尴尬的沉默。最后还是麦克毅然重新开口说道："我昨天终于找到了她，一个朋友告诉我，有个很像小鱼的女孩子在一家酒吧卖酒。我听了特别生气，觉得她真是何苦，就算不想见我，又退学又玩消失，也不该来做这种半出卖色相的营生。我找到酒吧，试图和她好好谈一次，我本来是想劝她去做手术，可她说我疯了，说这样做等于是阉割她……我们在酒吧门口狠狠吵了一架，她当即跑掉，今天也没再出现，估计是酒吧的人告诉了她我又来等她。"

"小鱼没说错。"潘海生严肃地说，"你不能替小鱼决定。"

"我不是为我自己。"麦克的语气有些激动，"我是为了她好！你信也好不信也好，我愿意为她出手术的钱，哪怕她做完手术之后再也不见我！"他忽然又颓丧起来，垂下双眼，"她总不能一辈子这样下去……"

说这话的麦克显出明显的老态，这人绝对超过四十了，潘海生看着他想道。

他同时确信，自己不会在那间酒吧见到潘小鱼。他只能先回小镇医院，姆妈还在那里，需要人照顾。

沈婷再见到潘海生，是在潘小鱼消失后的第四年。她在国外没给潘海生写过信，只寄过一张明信片。她回来有一年多了，一直忙着帮母亲打理公司，如果不是潘海生在报纸上读到她的名字，写了一封信到她家，她也不会主动约他出来见面。这是个周日，他们走在沈婷和潘小鱼从前读书的校园里，有一句没一句地彼此汇报情况。潘海生告诉沈婷，姆妈在她出国后半年去世，最后一星期比较痛苦，好在没有拖更长时间，没遭太大的罪。至于他自己，无非照旧在邮局上班。

"你是在爱尔兰念的书？我原来以为是英国。"他想起明信片寄自都柏林。

沈婷摇头，"我在卡迪夫念书，学设计。给你寄明信片那会儿是去玩。"

"哦。卡迪夫好像也在海边。"

"你后来有小鱼的消息吗？"沈婷终于提起这个问题。他们散步的甬道两旁开满了玉兰花，玉兰之后会是樱花的季节，她还记得自己坐在小鱼的自行车后穿过樱花道的情景，樱花的花瓣飘落下来，落在小鱼并不宽厚的肩膀和她自己的长发上。那时候的潘海生大约坐在邮电局的窗前收包裹盖章。说起来，她和潘海生从来都走在完全不同的轨迹上，却一直不曾有距离感。他们之间的纽带究竟是那些横亘了漫长时日的通信，还是潘小鱼的存在呢？

潘海生没有立即回答她的问题。他们默默地又走了一段路。

"姆妈说要我把她的骨灰撒到海里。"他忽然没头没脑地说。

沈婷看一眼他的侧脸。这个已经三十岁的童年玩伴多年来一直保持着最简单的平头，可能因为发型或是健康的肤色，或是因为小镇生活没什么压力，他显得不像是个三十岁的人，你几乎可以把他错看成一个大学男生。他皱着眉，像在努力思索什么。

潘海生继续说道:"我把骨灰带回村那天,是一个人回去的。"

沈婷听懂了他的意思,他没有带妻子一起回去。

"到了晚上,月亮升起来,我才想起来那天是阴历十五。就像小鱼来的前一天。你还记得吧?满月的第二天是赶海的日子。"

沈婷低低地说:"记得。"

"那一晚的潮水很大。我抱着姆妈的骨灰罐,往海里游到我觉得已经很远的地方,然后按照她的话,把她一点不剩地留在了海里。如果做这件事的是小鱼,一定能游到更远更深的地方,也许能让姆妈睡在海底,不过我能做的就只有这样了。"

"小鱼……真的很会游泳吗?"沈婷忍不住喃喃道。在英国的时候,她让一个做珠宝鉴定的朋友看过那两粒粉色珍珠,朋友告诉她,能产生这种珍珠的贝壳只限于热带的一小块海域。也就是说,无论这两粒珍珠是怎么得来的,都与上海或是那个邻省的渔村无关。

"当然。小鱼可以在海里待半个小时都不出来换气,村里的人都知道。不过,那是小鱼上高中之前的事了。"

潘海生曾经庆幸,沈婷没有接受他的邀约在中考之后的暑假到渔村消暑。对小鱼来说,就在那个刚结束了初中二年级的暑假,其人生发生了重大的倾覆。小鱼来了例假,姆妈慌张地坐车去镇上找他,一家人不敢在镇上的医院检查,他请假带着小鱼到一个遥远的南方城市去看医生。潘家当儿子养大的老幺,竟然既是儿子又是女儿,姆妈无法接受这个事实。潘海生反倒异常地平静,他对姆妈说:"让小鱼长大以后自己选择吧,医生说了,总有办法解决的。不管小鱼选择做我家的儿子还是女儿,我是哥哥,你是姆妈,这是不会改变的。"

随着例假同时来临的，是胸部线条的改变。小鱼很瘦，所以变化几乎不明显。潘海生安慰完姆妈，又对小鱼说："你最好用什么绑一下，别再下海游泳了，以后千万不要让人看出来。"

小鱼坐在自己的床上，用清澈的浅色眼睛看着他。小鱼说："哥，人为什么要长大？我不想长大。"

"傻孩子，人总要长大的。不管将来怎样，我永远是你哥。"说这句话的时候，潘海生的声音很坚决，仿佛是在提醒自己。

现在，走在穿着白衬衫牛仔裤的沈婷身边，他有片刻的迷茫。自己所做的果真完全正确吗？或者，自己应该在小鱼还是个半大孩子的时候，就替他或者她决定了后半生的走向，就如医生曾经建议过的那样？这一类问题，他早已问过自己无数次，这一次自然也找不到答案。他短促地笑了一下，对沈婷说："我还是第一次看到你穿牛仔裤。"

沈婷也还以短暂的笑意。"我长大以后，我们只见过两次。这是第二次。不过你说对了，我以前不穿牛仔裤，那时候扮淑女，现在老了，觉得自己随意就好。"

"二十七岁，哪里算老。"潘海生微微一怔。是啊，上一次见到沈婷，是在八年以前。时间比潮水走得更快，而且永远不会像潮水那样去而复返。大概因为牢牢记着她九岁的模样，总觉得她还是个很小的女孩，会因为裙子被海水打湿而撅起嘴来。其实大家都早已长大成人，不论是沈婷，他自己，还是小鱼。

沈婷没有接他的话，在这个瞬间，她也想起自己穿着白裙站在礁石上的那个夏日。她的脚边是潘海生脱下的塑胶凉鞋，在不远处的礁石之间，在她看不真切的人群缝隙里，潘海生正焦灼地盯着另一个躺在礁石上的孩子。

我后来有种感觉，觉得小鱼当初是为了你，才接近我。这句话在她嘴边徘徊良久，像一个暗流汹涌的漩涡，最终打着圈吞噬了自己，深陷于心海。

坐在从上海开往小镇的夜行列车上，潘海生躺在上铺，闻着列车里绝不算好闻的气味，久久地上不来睡意。

他记得，把姆妈送进大海之后，他回到了三个人一起住过的家。月亮还挂在天上，白亮亮如同洞晓一切秘密的亘古存在。

姆妈临终前的几天，人有些糊涂了，翻来覆去地说，你要找到小鱼，让他回海里去。这里不是他待的地方。

潘海生顺着姆妈说，好好，我找到他就让他回去。

姆妈说，你别以为我糊涂了。我后来一直在琢磨呢，这孩子啊，是海女生的。你听过海女的故事吧？

潘海生说听过。每当月圆之夜，海女们就到海边来找人类的男子结合，借此产下子嗣。在某些版本的传说中，男人要是和海女睡了，就会衰竭死去。在另一些故事里，海女没有害死她们在陆地上的情人，但和人类生下的孩子不能留在海里，必须送回到岸上。

潘海生曾经把他能找到的全部海女传说读了一遍。他因此产生了一个荒谬的想法，不管那种生活在海洋里的人形生物出现在中国的传说中还是在那个著名的丹麦童话里，有一点是共同的，那就是，来自大海的主人公都是女的，这一点让人着实觉得奇怪。

姆妈神秘地说，我听老人说过，海女其实不是女的。

潘海生没敢吱声。他有点庆幸媳妇这会儿不在跟前。

姆妈说，海女啊，和海里的有些鱼一样，可以是男的，也可以是女的。

潘海生知道姆妈说的是什么鱼。有些鱼类为了延续种族，一群中永远只有最强壮的一条是雄鱼。如果这条雄鱼死了，那么剩下来的雌鱼中那条最强壮的就会变成雄鱼。姆妈认识的字不多，难道她也读过潘小鱼订的《海洋学研究》？也有可能是小鱼什么时候向她灌输过这样的知识。

姆妈接着说，海女在海里，既能嫁，也能娶。可海女要是来到人间，既不能嫁，也不能娶，作孽哟。

潘海生摸了摸姆妈瘦得凹下去的脸颊，姆妈的手动了动，他便握住姆妈的手。可惜潘小鱼不在这里，他想，姆妈看来是要走了。

果然，姆妈在几天后死了。潘小鱼一直没有回来，做哥哥的也就不用转述那句"回海里去"的遗言。那个月圆之夜，潘海生往海里散掉姆妈的骨灰，慢慢走回小时候的家。这个家自从姆妈生病后就没有人住过。空屋子充满了颓败的气息，他从姆妈的房间转到潘小鱼的房间，站在门口发了会儿呆。这里从前是他和小鱼共同的房间，他离开家去念中专，房间就成了小鱼一个人的。他寒暑假回来，两个人仍旧像从前那样睡在双层床上。他睡上层，小鱼睡下层。小鱼睡相不好，常常从床上掉下去。送小鱼去上海念书的时候，他也特地把小鱼那张票买成下铺。

月色从窗外探进来，落在下铺的位置上。月光的位置和他记忆中的完全一样。初夏的时候，如果不拉窗帘，月亮总是照在这里，恰好照着小鱼的枕头。

有月亮的时候，小鱼喜欢开着窗帘睡觉。

潘海生在窗前的书桌旁坐下，没有开灯。借着月色，他拉开书桌的抽屉，在那里面摸到了一个铁皮的月饼盒子。他用手心摩挲了几下有点变形的铁皮盖子，没有打开它。

不用打开他也知道里面是什么。里面有小鱼的日记本。小鱼的日记写得很断续，而且从初三以后就中断了，所以这本日记的内容并不很厚，大概有一百来页。他几乎可以随口背出里面的许多段落。在小鱼离开家去了上海之后，他每到周末回来，常偷偷翻阅这本被遗忘的日记本。

其中有一段是这样的——

"我认为，这个世界上有两个人最重要，姆妈，还有哥哥海生。不过，海生心目中重要的人可能还多一个。因为，这个世界上有一个叫做婷婷的女孩，她住在很远的大城市。哥哥每个月都给她写信，似乎和她有说不完的话。

我记得很清楚，自己遇到海生的那天，太阳很厉害，刺人的眼。之前的事情一点也不记得了，我只记得自己睁开眼睛的时候，有个明晃晃的太阳在天上。我醒来的时候，周围全是人，有一个人跪在我身边往我嘴里吹气，我后来知道她是姆妈。还有海生。海生蹲在我旁边，正在专心地看着我。我以前没有见过像他这样黑的人。他冲我笑的时候，我觉得我好像很久以前就认识他。

海生对我很好，我想，那是因为他觉得自己是我的哥哥。可对我来说，海生就是海生，和他是不是我的哥哥一点关系也没有。他游泳没有我厉害，读书的记性也不太好，可我还是喜欢海生。"

以及——

"我时常努力回想妈妈的模样。从前，我一定有过自己的妈妈，可我怎么也想不起来。小鱼是被妈妈扔掉的吗？我问海生。他说不，然后用他的胳膊紧紧地抱着我。这时，我就会忘了思考妈妈的事。"

最后一次的日记写于初二下半学期——

"沈婷来信了。每次收到她的信，海生回家的时候就会放一个漂流瓶到海里。老玩这一套，也不知道他嫌不嫌烦。有时候，我真想潜到海里，把他的漂流瓶弄回来，看看里面都写了些什么。有什么话不能写在给她的信里吗？如果我是他，才不会考什么中专，干脆就考高中，然后到上海去念书。我真不明白海生在想些什么。"

想到这里，潘海生叹息一声，把盒子抱在怀里，站起身。他身上还湿着，坐过的地方留下了一片水痕，而他懵然不觉。走到门口的时候，他回头看了一眼床前的月光。月光温柔地映照着小鱼的床头，像一个褪色的旧梦。他还记得，有好几个夏夜，他下床去小便，回来的时候总会看到小鱼睡在月光里的脸。微翘的嘴角像在做什么好梦。当然，他知道这只不过是小鱼生来的表情。

那天夜里，潘海生把装有小鱼日记的铁盒子扔进了大海。

小鱼究竟有没有打捞过自己放下去的漂流瓶呢？他曾试图思考这个问题，却发现思维停滞不前。他可能永远没法知道答案了。

每当收到沈婷的来信，潘海生就会抽时间写一封漂流信，装进塑料瓶，趁夜扔进大海。即便在他升上省城的中专，或是离开家到镇上工作之后，这个习惯也没有丝毫改变。

每封信的内容都完全一样——

"小鱼的妈妈：

你好。

我不知道你在哪里，我也不知道你会不会收到这封信。

小鱼在我家，一切都很好，请放心。

我一定会让小鱼幸福的。

岸上的海生"

对他来说，沈婷的信如同一种提醒，让他想起自己还有另一封寄给大海的信需要写。从海边的男孩成长为在邮局工作的男人，他一成不变地写着无法寄出的信。早在小鱼的发育带来的变故之前，他一直拒绝相信，自己捡来的小鱼是个男孩。他固执地收集海女的故事，并暗自祈祷小鱼有一天会变成女孩。他的祈祷撞上了现实，却不是以他曾经希望的方式。他不知道是不是自己借回来和购买的神话书籍影响了小鱼，从某一天起，小鱼也开始了另一种固执的阅读——每期不落的《海洋学研究》。大概小鱼也选择相信，自己是某种来自海洋的生物，就如他试图让自己相信的那样。

月亮之下，大海是一匹浩大的黑色绸缎，只有一小块区域被月影照成银色。海潮的声音如同低微的叹息。一个男人站在齐腰深的海水里，把手中的某个物品狠狠地扔向远处。方形的物体在空中划出一道弧线，立即被海水吞没了。

男人仰起脸看向月亮，白晃晃的月光照亮了他脸上不断涌出的眼泪。

真实的模样

A1. 邂逅

竟然会有信号盲区。

王晓盘膝坐在草色如薤的高坡上，眯着眼打量电脑右下角的信号栏。那里眼下一格信号也没有。他本想边晒太阳边上网来着，没想到鱼与熊掌无法兼得。踌躇一番之后，王晓仍然选择了冬天的太阳。他把烤红薯连同包红薯的牛皮纸往地上一放，随即在枯草覆盖的柔软地表"刷"地躺倒，闭上眼。太阳在眼皮之外把世界染成无垠的通红，让人得以一无所想。

王晓就这样摊开四肢把头脑放空，他感到自己躺了很久，也可能只有十来分钟。接着，心思飘浮的状态中断了，某种压在心底的感觉苏醒过来，坚硬地飘浮在空中。

是愤怒。

他猛地睁开眼，太阳仍挂在偏西的天空中，天色纯蓝，不带一点阴翳。

这样的天空这样的太阳，何苦揪着现实不放呢。王晓对自己说。

可是，两年的研究成果被老师大笔一挥挪为己用，换了谁都会不爽吧。

所以他才突然跑回山里的老家度假。爸妈看到久不归家的儿子，欣慰还来不及，没人想到问他为什么打破自己"不学成不回家"的说法。这几天家里酒宴不断，七大姑八大姨都来看王家的高材生。王晓对着长辈们强打笑脸，不免脸颊发酸心里发虚，因此在晚饭前溜出来寻个清静。

后山这块地方是他从前温书的所在。山坡斜曳上去，在顶端形成陡峭的断崖，和附近几座山的稀疏植被相比，崖下的峡谷簇拥着和高原山村迥异的葱郁，完全是温带模样。对于村人们来说，上下峡谷一趟费时费力，除了孩子们偶尔去探险，几乎没什么大人愿意前往。王晓这次回家才知道，峡谷深处盖了一处疗养院，还在西边的山头架了索道，只是村人们几乎没见过有人出入。

最近，连贪玩的孩子也被大人反复叮嘱着远离峡谷。据说谷底有狼。证据便是村里的鸡在某一天全部失踪，如果不是村东王晓表舅家的鸡圈里剩有半只血肉模糊的母鸡，村人一定会将其归咎于偷鸡贼。母鸡悲惨的死状说明，这不是人的行径。有人提出是黄鼠狼，但那种猥琐的动物不至于做出洗劫几十处鸡圈的手笔，加之村里的狗不曾叫唤，所以更大的可能是狼。

附近的群山中曾有过狼的存在，那还是王晓他爸穿开裆裤的年代。一度因伐木业兴旺过的这片山区，在二十年前被划为自然保护区，从此重新陷入和外界半隔绝的贫瘠状态。村人多半外出打工谋生，王晓他爸当年伐木时运气不好，被一棵两人合抱的大树压到腿，落下了残疾。好在他懂些草药，药材不至于致富，至少足够养活一家。王晓爸爸受伤之后，中学生王晓每天放学后都按爸爸的指点去峡谷中部的山坳采药换钱。也是从那时起，他开始展露自己作为生物学者的天分。王晓把辛苦采回的药草留了一部分，尝试在后院栽培。当他考取海滨城市的大学的那一年，村里已经有好几户学着王家做起草药养殖的营生。也因为这些渊源，已经是博士生的王晓此次回乡，才惊动了四邻们莳花弄草的沉寂。

疑似狼的生物造成的屠杀出现在王晓回家前一周。虽然村人担心孩子和其他家畜的安危，但那之后没再发生过类似的情形。王晓一回来就听说了该事件的若干版本，每个人都在原有的基础上添油加醋。王晓问他爸，表舅家剩下的那半只鸡呢。他爸说早扔掉了。王晓又问，我听说谷底新盖了疗养院，有没有提醒他们注意安全？虽然觉得儿子想得有点多，王晓他爸仍耐心地回答：村长给他们打过电话，结果人家反倒讲我们造谣，谷底太平得很。再说了，疗养院墙上有电网，大铁门平时关得死死的，别说是畜生，就算是小偷强盗也进不去。

作为科研工作者，王晓对谣传中的生物怀有一定的兴趣。二十年的封山护林能恢复狼的生活圈吗？他的专业并非生态学，所以无从判断。此刻，想到那间电网高墙后的疗养院，他起身走到崖边张望。已经是冬天，相对温暖潮湿的谷底仍笼着一层化不开的绿意。从王晓站的位置，仅能分辨出绿荫下隐约显现白色建筑的一角，无法看清疗养院的规模。

什么样的人会特意跑到这么偏远的山村，然后下到深深的谷底去休养生息呢？王晓思索片刻，觉得着实费解。他刚离开崖边，便发现自己刚才待的地方多了个人。

那是个年轻女孩，正蹲在笔记本电脑旁低头盯着屏幕。电脑没关，桌面背景是王晓所在城市的海。照片是他和朋友去烧烤时拍的，谈不上可看性，那是个阴天，海因此呈现出灰蓝的颜色。

也许女孩是在看海。这个山村的大多数人都没看过海。想到这里，王晓上前对女孩说了声"哎"，算是打招呼。

女孩猝然转头，他才发现这女孩显得面生，不是本村人。客观地说，女孩挺标致，但深潭般的黑眸中不存在任何可看作友好的情绪。她像一块冰，如果不是某个细节破坏了这份寒意，王晓多半会因她的注视而感到不安。

女孩的嘴角沾着一块红薯皮。王晓条件反射地看向地上的牛皮纸，那上面空无一物。

三天后，站在长途汽车站等车的王晓，看似和回家时的那个年轻男人没什么不同。他坐在候车厅人迹寥落的塑胶椅上，脚边是鼓鼓囊囊的行囊，里面塞着爸妈给他带的年货，手上则是一本英文的业内书。如果有人仔细打量，就会发现看书只是个幌子，他的视线不时偷偷在大厅内巡游，掠过几个捧着泡面碗的打工者模样的男人，在入口处悄然停驻。

　　终于，他发现了在寻找的什么，朝那边大幅度地挥手。那是个年轻女孩，在这样的冬天不怕冷地穿件单薄的旧牛仔外套，站在大厅一角茫然四顾。

　　女孩走近王晓，他慌忙起身说："你在这儿等着，我去买票。"

　　他买好两张票回来，发现女孩正在看那本英文书。其举止确实是"看"书。她把书放在膝盖上仔细端详，仿佛感到陌生的不仅是那些文字，还有作为载体的书籍本身。

　　王晓对女孩说："你渴不渴，我去买点喝的？"

　　见女孩没有反应，他自顾到大厅一角的小卖部买了两罐可乐回来，因为空调的缘故，候车大厅充斥着泡面味儿的暖呼呼的空气。女孩对罐装饮料倒不显陌生，她熟练地打开易拉罐的拉环，又朝王晓伸出一只手。

　　他片刻后才意识到女孩要的是拉环。王晓把自己的拉环给她，她一脸漠然地接过去，把易拉罐搁在一旁，开始摆弄两个拉环。显然，对女孩来说，这是比喝可乐更重要的事。她把两枚拉环的金属舌以奇妙的角度绕在一起，使之成为糖果形的小玩意儿，这才拿起可乐开始啜饮。

　　王晓拈起缠绕的拉环看了一眼，又看看女孩。她的侧脸上不存在可以称作表情的情绪，如同完美的蜡像。

　　三天前，王晓压根儿没想过自己会带这个既不说话也没有表情的女孩回城。这三天以来，她常溜到他的窗下，等待他从厨房偷偷拿来的食物。不使用语言，本不可能达成交流，但表达饥饿不需要语言。

王晓回想女孩凝视电脑的眼神，感到她当时说不定在琢磨其食用价值。

他放下易拉罐，把自己的羽绒外套搁在女孩的腿上。女孩停止专心的啜饮动作，朝他转过脸。虽然已看熟了，王晓还是惊讶于这张脸的完美和无动于衷。

像个人偶娃娃。他想着，尽量温厚地一笑："待会儿到外头披上，你穿得太少。"

接着又解释给女孩听："我不怕冷，我是男生。"

由表情无从判断她是否理解了这两句话。王晓毫不介意地往下说："我想过了，人总该有个名字，这样你才知道我在叫你。我说过吧，我叫王晓。虽然我不知道你的名字，嗯，看来你自己也不愿意说，那我可以叫你'红薯'吗？毕竟咱俩是因为这个认识的。"

出乎意料的是，女孩轻微地——微乎其微然而确实地——点了点头。

B1. 生命的滋味

"蜕变"之后，她发现了食物的美妙。

只要是食物，都能让她有巨大的感动。食物通过咀嚼，下到食管，在胃囊中被碾碎，成为热量的源泉。如果说她从前会对食物的滋味有所偏好，那么现在的她则专注于进食的过程本身。

那等同于活着的喜悦。

被告知必须离开圣地一段时间，她有些难以接受，以为这是对她那晚违规的惩罚。她不是有意犯规的。她第一次试着从谷底回到"外界"的那个夜晚，一只毫无戒心的母鸡引起了她的注意。这个鲜活的生命正处于半昏睡状态，羽毛下包裹着温热的血管和嫩肉，一场得来全不费工夫的饕餮。

银月发现她的时候，整个村子的鸡都已进入她的胃袋。她还没来得及把最后一只吃干净，就感到自己的喉咙被扼住，伴随着一声咆哮。

村子一片寂静。兽出没的夜晚，狗们大气也不敢出。

银月冰蓝色的眼睛里既无鄙视也无憎恶，只是那样冷淡地注视着她。比她早完成"蜕变"的银月担负着圣地的守卫职责。银月说："和我回去，你犯规了。"

话语不是通过声带振动大气，而是直接传到她脑中的。

她也以同样的冷淡看回去，并通过意识交流告诉银月，她不是故意的，这些美味就放在那儿，她一时控制不住……

"你还太嫩了，需要磨炼。"银月把她带回去交给启示者，她以为等待自己的会是禁食一类的惩罚，结果启示者只是说，下不为例。

没多久，她就被告知有个工作需要完成。得知工作的内容，她忍不住问启示者，"为什么是我？这算是上次的处罚吗？"

"只能是你。"启示者意味深长地说，"这也是对你的试炼。"

她沉思片刻："我是以'幻象'去那儿对吗？"

"会有人带你去。这样比较容易办事，观察这个人也是你的任务之一。"启示者说。

任务的开端比预想的要顺利得多，王晓对她完全没有疑心。她可以理解为，这个男人被美色所惑，正如大多数神异故事中沉湎于幻象的书生。但在和王晓共同生活几天之后，她回过神来。

这个男人是把自己当作一个不会说话的饥饿动物给捡了回去。如果对象是一只猫或一条狗，他也会这么做，百分之百。

第一次近距离观察到的"研究者生活"，让她感慨世上竟有如此乏味的生活方式。兽的世界观本就与人类迥异，但即便按照人类的标准，王晓的生活也算不上丰富多彩。

他的生活规律得出奇，且不像一般人那样有周末的概念。对他来说，每天都是工作日。早上六点起床，做一份吐司咖啡加白煮蛋的早餐，然后便匆匆出门去实验室。他回来时多半是在夜里七八点钟，此人似乎秉信科研的创造力源于清晨，所以没有熬夜加班的习惯。自从她住进宿舍，他的步调稍微有些变动。例如，早上会多做一些早餐，有时还会给她煎一份香肠。中午，王晓会从实验室帮她订一份外卖的午餐，他大约预先付款并做过叮嘱，送外卖的人每次都把装有披萨或其他食物的盒子放在门口就离开，她只要开门拿吃的即可。她本人倒是不介意被别人看见，王晓似乎对此有所忌惮，她便懒得生事。

王晓回来的时候会带很多很多吃的。这是她一天中最高兴的时候，他看上去也同样。两个人放开肚皮畅怀大吃，吃饱之后，王晓收拾残局，整理房间——他曾对她笑道，以前的室友抱怨说屋子整洁得就像一条没法再短的论文脚注。她不明白这个比喻有什么好笑，一边将注意力投注于茶几上的热带雨林拼图。拼图相当巨大，有两千五百块，她接过王晓的遗留工程，并发现这玩意儿很能激发挑战感，即便对象是兽。除了拼图，屋里占据最多空间的东西是书。书远不如拼图有趣，她和她的族群不使用文字。

十点左右，王晓胃部的食物消化得差不多了，便出门去慢跑。"身体就是科研的本钱。"他常这么说。尽管她从不回应他的各种发言，他还是锲而不舍地对她说话。几天下来，她几乎以为王晓这个人向来有自言自语的习惯。但这当然不可能，他显然是在努力和她达成交流。

王晓说，他的老家位置偏远，小时候，他每天都要走五公里山路去上学。来回就是十公里。所以他打小习惯了早起，而且喜欢在走路或跑步的时候思考问题。他的很多灵感就是这么来的。

他向她描述故乡的群山，以及繁衍其中的动植物。说起这些，他的语气中有种让人为之动容的真挚。这个男人显然不善于和自己的同类打交道。似乎只有当对方是动植物，他才能放心地做回自己。

也就是说，他习惯了单方面的交流或是不交流。怪不得他能整天和不做声的自己说个不停。

王晓讲述了自己如何开始试验栽培草药，那是在他初中二年级的时候。这一举动至少改变了家人和一部分村民的生活状况，这是当时年少的他没有想到的。

"知识就是财富，我那时开始相信。"王晓说着笑了一声，"等我发现这是个天真的错觉，已经是很久以后了。"

——后来，我在学校图书馆读到关于基因和生命科技的科普丛书，从那时起，我就对这方面产生了兴趣。基因是个神奇的东西。我们以为自己是自己，是由内心决定的，其实不是，真正的关键在于基因。你可能会是别的什么，是无数的遗传因子决定了你是现在的这个自己。

王晓热切地说出这番话的时候，她刚和王晓一起跑步回来。他确实很能跑。但是没有一个人，哪怕是雄性的人类，能像她这样跑。五公里之后，王晓出了一身汗，她的呼吸则纹丝不乱。

王晓擦着汗对她说："我有时候觉得，你简直不像人类。"

她没有回答也没有笑，只是悄然瞥一眼自己在路灯下的影子。

王晓和她的身影被路灯拉得斜长，并因光的角度而显得亲密无间。影子不会骗人，只是人们很少注意到这一点。

倘若他看到自己真实的模样呢？他是否还能保持这般亲切？往宿舍走回去的路上，她忍不住看向他的侧影，他身上散发着男性动物的气味，还有某种不明来由的愉悦。

王晓自己都不知道，他的嘴角含笑，仅仅因为她在身旁这一事实。

A2. 驯服

一周前，王晓把叫做"红薯"的女孩带回了研究室的宿舍。双人宿舍只有他一个人住，原本和他同屋的霍达去年离开了研究室，这就意味着放弃即将到手的博士学位。霍达比王晓高一届，和只知道泡在实验室的王晓不同，他向来把研究看作生活的一部分，而且是比重不那么大的一部分。

从老家回来后，王晓和霍达通过一次电话。霍达在电话那头的声音带着老大哥般的劝慰："你想开点，路无非两条，要么横下心熬到出头之日，要么像我这样。"

霍达如今在一家生物制药公司的研究中心工作，据说待遇不菲。上次见面时，他开着一辆新款跑车呼啸而来，车里照例坐着个娇媚非常的女孩。王晓从来不曾费心去记住霍达的女友姓甚名谁，霍某在研究生时代就是有名的百花丛中不沾衣。用他自己的话说，人总得有个追求，而他的追求正是外在美，生命不息追求不止，因此他身边的"外在美"也需要常换常新。

对于得失，每个人会有自己的衡量标准。王晓之所以能守着清贫的研究生活，对霍达出于善意的建议毫不动心，原因就在于他不想放弃目前的研究条件。导师的实验室在全国乃至世界都是第一流的，无论是硬件设施还是数据标本。科研者的巅峰状态其实不像人们以为的那么长，导师本人就是最好的例子。已经没有新的想法和将其付诸实践的顽强精力，他渐渐习惯将学生们的成果挪为己用，于是每一拨学生都自动分化成两类人：王晓这样的，或是霍达那样的。

人生苦短，科学之路却漫长。王晓不打算用自己的理论来说服师兄，也不愿意学霍达"趋利避害"。在电话里，他和霍达约了过一阵去喝酒——既然对导师毫无办法，发发牢骚保持身心健康总还是必要的。王晓没提自己带了个女孩回来的事，免得师兄大惊小怪，况且霍达这人又属于对美女特别好奇的那种。

她应该算是美女吧。放下电话，王晓看一眼坐在地上玩拼图的红薯。感觉到他的视线，女孩抬起脸，缺乏表情的黑眸仿佛洞穿了他的想法。他忽然有点窘，于是走到茶几跟前蹲下，和红薯一起用那些碎片消磨了半个小时。

如果没有语言也缺乏表情，人能够达成交流吗？这些天来，王晓不时想到这个问题。答案是肯定的。在某些瞬间，他能感觉到红薯的快乐。该状态大多发生在她吃东西的时候。王晓还记得她对"红薯"这个名字表示赞同的点头动作。虽然她几乎不对王晓的沟通尝试加以回应，但她应该不缺乏智商和理解力。证据之一是她对拼图的兴趣。以及，之前王晓约她在车站碰面，反复讲了车站的位置和碰面的时间，她照例毫无表示，却准时出现在那里。王晓认为，一定有某种理由，使她丧失了表情，并且不能——或不愿意——用语言交流。

为了验证自己的想法，这一天，王晓悄悄带红薯去了研究室的屋顶花园。

一走进花园，便宛如置身于另一个世界。这并非只限于对眼前景色的字面描述。在巨大的玻璃穹顶之下生息着各种极其特殊的动植物。例如入口处的猫藤，你必须伸手抚摸它们绿色的手掌形叶片，藤蔓随即心满意足地伸展开，露出被它们遮盖住的第二道密码门。

"与其说它们是植物，不如说它们是被赋予了植物形态的猫。"王晓边输入密码边对红薯解释道，"它们的伙伴会不断生长出来，所以不会孤单，可它们也不能像真正的猫那样跑跳玩耍。我有时候觉得，自己的职业有些残忍。"

红薯照例面无表情。

一进门，一个毛茸茸的巨物朝他们扑过来，如果王晓留意的话，就会发现红薯迅速摆出了防御的姿势，但他即时喝住了来者，"大狗！别动。"

被喊作"大狗"的生物是只普通的四眼狗，唯独体格大得惊人，敦敦实实如一头大熊。他发出一声呜咽，后退半步，努力龇牙咧嘴地瞪着红薯。她正评估般地打量着大狗的体魄。如果王晓仔细研究过狗的吠声，就会发现大狗那声嘶吼带着无法隐藏的恐惧。他漫不经心地安慰红薯："它很乖的，你别怕。"

大狗在这个园子算不上特别，除了那么一点点让它长得比同类巨大的基因改造，它几乎百分之百是狗。

王晓想，所以我特别喜欢这个除了食量巨大没啥可操心的大家伙。已知的东西都不可怕，可怕的往往是那些我们自以为了解却无法掌控的。"那些"大多不在这里，而被关在实验室特制的牢笼之中。

说起食量巨大，他身边的红薯也是一样。她半夜也会饿醒，王晓每天都要去超市采购一堆他一个人能吃好几天的食物。从薯片到寿司，或是蛋糕馒头，她全部来者不拒。那样纤细的身体为何能容纳如此之多的食物呢？每当目睹红薯的旺盛食欲，他都忍不住思考这个问题。一般女孩视若禁忌的廉价平板巧克力，每板有两千大卡的热量，她就那样吃着玩般一点点咬下去，连锡纸上的碎末都不胜怜惜地舔一遍。

按照王晓的专业理论，身体的尺寸或是活动量决定了对食物的需求。有一种生活在草原上的小鼠，它个头虽小，却整日不停地进食，那是因为其运动消耗非常之大。红薯这样一个年轻姑娘，虽说每天陪他跑五公里而面不改色，却谈不上超乎常规的运动量，那些吃下去的食物都去哪儿了呢？她的胃袋中想必有一个黑洞般的存在，让糕点零食饭菜们都在其尽头消失不见。

夜晚的屋顶花园四处闪烁着微弱的光芒，其中有些来自植物，有些则来自发光的小生物。一只闪着蓝色萤光的蜻蜓掠过王晓他们跟前，被大狗闪电般咬在嘴里。王晓重重拍一下它的脑袋，可这家伙摆出装模作样的神气，显然已把那块对它来说嫌少的肉吞入了肚中。

无奈之下，王晓领着红薯和大狗找了块草坪坐下，从身后的背包拿出一袋蛋糕，分给这两个饕餮之徒。一人一狗以不同的速率吃得很香。

王晓凝视女孩那张近乎完美的脸，开口说："就像你看到的，我的工作是改变生物的一部分基因，看它们会变成什么。这个工作既有趣，也有些让人难受。决定生物的形态，本来或许应该是神的工作。"

他感到红薯注视自己的眼神与平时不同，她听得很认真，是这个环境，或是他刚才的某句话给她造成了印象。

他拍拍吃完了趴在地上的大狗，"大狗是一只狗。我是一个人。可我们周围这些……"他抬起脸，正好看见一旁的树上有双反射着微弱绿光的眼睛，便对其喊道："阿齐，下来吧，我给你带了巧克力。"

被喊作"阿齐"的生物灵巧地从树顶飘下，它长得有点儿像狐狸，前后肢与肚子之间有一层薄膜，因此能应付短距离的滑翔。王晓把板状巧克力从锡纸中剥出来，分成均等的三块，把其中一块给阿齐。它伸出舌头舔一下巧克力，眼睛戒备地瞅着大狗，当视线落在红薯身上时，这只小动物的脸上有某种困惑的神气，它的智商显然比大狗要高得多。

"有我在，大狗不会抢你的，吃吧。"王晓安抚道。他踌躇片刻，又对红薯说："这孩子身上有一部分人的基因，不多，但足以让它很聪明，智力相当于三四岁的小孩。我们一直尝试用语言培养它，所以它能听懂四百多个词汇。当然，它不会说话。"

红薯注视阿齐的脸，仿佛在沉思，她把自己咬了两口的巧克力掰下一块，放在阿齐跟前。小东西瑟缩一下，又继续啃食。大狗早已吃完自己那份，忌惮于王晓的存在，只好默默地注视这一幕。

那一晚，王晓他们四个玩了大半夜游戏。这个游戏是捉迷藏的变种，大狗负责找出隐藏者，两人一狐如果在被大狗发现之前回到刚才那块草坪，就算赢了。这规则对大狗来说过于复杂，而且它也没有"输"和"赢"的概念，它只知道要把大家找出来，至于为什么有时能吃到作为奖励的食物，有时却没有，它对此并不操心。

王晓对自己说，这不光是为了试探红薯，难得放松一下也挺好。

　　红薯每次都能及时回到草坪。阿齐被抓了三次。王晓则是七次。他的敏捷程度显然不如女孩和狐狸。虽然被大狗扑倒在地让他的背撞得生疼，不过王晓的心情不错。他躺在地上笑个不停，阿齐也高兴地窜来窜去，红薯既不笑也没有其他表示。

　　玩累了休息的时候，王晓讲了很多自己的事给红薯听。他坚信她能听懂。他说了自己怎样从一个山村男孩来到这个城市，由不适应到适应，然后遇到欣赏他才能的导师，从大学一路读到博士。

　　"可现在情形不同了。不知道是我变了，还是老师变了。"王晓怔怔地凝视着某处说，"我感到自己成了一个工具，老师不过是用我的才能来达成他想做的事。"

　　他叹口气，决定换个话题。"你知道'驯服'这个概念吗？不是指驯服某个生物。当然了，最早的时候，这个词是这么用的，当大狗的祖先还是在人类篝火旁转悠的野狼的时候。"

　　老家关于狼的传言短暂地掠过他的头脑。他继续说："我小时候很爱看一本童话，叫做《小王子》。故事中有一个来到地球回不了家的小王子，还有一只会说话的狐狸。狐狸很聪明，对，像阿齐一样。"他适时地表扬一下专心倾听的阿齐，"狐狸对小王子说，请驯服我吧，只有被驯服了的事物，才会被了解。狐狸说这句话的时候，期待的是了解和记住。即便后来，小王子用死亡的方式回了家，每当它看到麦子的金色，都能想起小王子头发的颜色。"

　　"我今天带你来，就有这一层用意。我希望我们能，彼此驯服，怎么说呢，你不说话，所以我有时候觉得，你更像是一个聪明的动物，而不像人。可能是因为我和动物们打交道太久了，才会有这种奇怪的想法。我希望你能了解我，我也想，了解你。"

他朝红薯伸出手，她无动于衷，于是他继续把手伸过去，直到触及她的脸。

她没有避开。

手心的感觉让他轻微一震，王晓倏地缩回了手。

就在这时，阿齐忽然用前爪笃笃笃地敲了三下地面。王晓微笑着转头对红薯解释："阿齐在说它很高兴，这是我教它的。因为它没法开口说话，我就教了它几个简单的表达模式。像这样，敲三下，就等于说，好高兴。"

正如他预想的，红薯依旧毫无反应。

那天夜里，王晓和红薯在他的宿舍分享了一瓶红酒。酒意上头的时候，王晓忍不住又发了些关于导师的牢骚。他告诉红薯，导师把他尚未写成论文的研究成果私自卖给了一家企业。用师兄霍达的话说，老头子一定捞了不少。

"我师兄霍达……超级有才。"王晓舌头僵硬地说，"他一年前去了一家制药厂，据说他们主任也很神，是研究神经感知的专家，这些精英们聚在一起，是为了研究镇静剂，说白了，就是合法的迷幻剂。"

他还记得霍达怎样欣喜地向他形容自己踏入的新领域，"让服药的人产生幻觉，那是老套过时的想法。我们可以通过神经传导，用一种特制的设备不断发出大脑能感知的脉冲，这样，你周围的人就会在不觉间着了你的道儿。"

王晓一时没搞明白，问霍达这有什么意义。霍达轻蔑地说："如果所有人都处于同样的幻觉中，那么我想成为什么，就能成为什么。你难道不明白吗，不是像你那样去改变基因，只要改变人们的感知就行了。"

王晓困惑道："我还是不明白这有什么用，让别人产生幻觉，然后呢？"

霍达说："腐朽可以变神奇，丑可以变美。大千世界，其实不就是每个人的感知？真相不重要，重要的是你让别人看到什么。"

王晓惊道："真有这么神？"

霍达这才颓然道："目前还没法精确控制他人看到的幻象，还欠一把火候。"

这番对话发生在半年前，不知霍达那边进展如何。王晓对红薯絮絮叨叨地说："其实我真的是个没用的人，就像我虽然对导师满怀怨气，却不敢揭穿他。他让世人看到的光环也是假象，用的不是科技，而是手段，手段……"

"我对幻觉不感兴趣。"他在睡过去之前总结道，"假的，都是假的！"

红薯久久地凝视着他。

B2. 我是我吗

杀死那个半老男人，比预想的要容易得多。

她在星期三下午四点搭车去了城东的大学科技园，王晓告诉过她，导师每周三都会去所里检查一周的进展。不起眼的灰白色建筑半隐在高墙内，顶端的玻璃罩反射着一抹阳光，那是她在夜里玩过捉迷藏的屋顶花园。

科技园的大门对面有条美食街，她在靠街口的珍珠奶茶店买了一杯奶茶，然后坐在柜台外的吧椅上漫不经心地观察对面。她贪婪地含着吸管，把甜滋滋的饮料吮进肚中。奶茶店的墙上满是各种颜色的纸片，那是来这里喝奶茶的顾客写下的便条，大多是年轻情侣那套比奶茶更甜的说辞。

为什么自己会知道这个呢？她瞥一眼贴满即时贴的墙壁，问自己。

兽没有语言，也不需要文字。可这一墙随风摇曳的纸片有某种熟悉感，莫名地袭上心头。

她跳下吧椅，走到那堵墙跟前抬头端详。层层叠叠的蓝色，粉色，黄色，绿色。各种各样的字迹。活着的人企图留下的心声，一阵风就可以吹走，一把火就可以烧掉。如此脆弱。

她放弃了对这些纸片的探究，重新回到吧椅上。没过多久，她等待的人出现在视野之中。一辆黑色轿车在校门前的横杆前停下，如同无声的巨兽。一只手从车窗探出，把一枚扁平的物体贴在横杆旁的立柱上，横杆升起，车驶出。

下一刻，她开始在人行道上奔跑，一路跟着那辆车。车不时因为红灯停下，她便随之调整自己的步调。这一带行人稀少，有几个路人注意到她柔软而毫无迟滞的步伐，却没有留意到她不似人类的速度。

捕猎本就是兽的天性。

太阳偏西的时候，她跟着那辆车抵达一处绿荫环绕的小区。门口有警卫，她在外面绕了一圈，找了个摄像头的死角，从墙头纵身跃入。好在车还没有消失，仍慢腾腾地在住宅区的路上行驶，这时的车看起来宛如一只笨重的黑色甲虫。

男人从车里出来的时候，只来得及感觉到身后有一阵劲风扑过，就被兽尖锐的牙刺穿了喉管。

她可以把男人吃掉，但由于王晓中午叫的披萨塞饱了肚子，她只是象征性地把尸体脖子上的一块肉撕扯掉。致命的那块咬痕被她随着肉咽了下去，启示者说过，人类很少懂得敬畏，因此需要给他们看到明白无误的凌驾之力。男人缺了一块肉的矮胖身体泡在血泊中，惊恐的神情看起来有些滑稽，但估计足够让发现尸体的人感到恐惧。

她借着黄昏的光线最后看了一眼尸体，心头漠然地闪过一个念头。王晓也许会高兴吧，这回。

王晓在半夜才到家。她早就饿了，把屋里所有能吃的零食消灭干净之后，她开始后悔没把那个半老男人作为点心。

因此，王晓一开门，她就跳起来冲了过去，和他撞个满怀。他伸手一把抱住她，这才没有让两个人一起倒下。他似乎有些窘，急忙重新站稳，把手从她身上拿开。而她不觉怔住，兀自回味着刚才那个瞬间。

他身上有种好闻的味道，干净的血肉和体温的味道。和那个散发着腐败气味的半老男人不一样。

她有点困惑，很想让他再像刚才那样抱一次自己。那种感觉究竟是什么呢？如果说是对食物的渴念，似乎又不太像。她还记得那些覆满羽毛的鸡给她带来的快感，牙齿穿透脆弱的鸟类骨骼的感触。但她的牙对王晓没有欲望。那应该是别的什么。

王晓似乎立即注意到她的饥饿，叹了口气，"我没带吃的，可怜的小红薯。今天从傍晚到这会儿都在警察局。"

他卸掉厚重的外套，开始打电话叫外卖。人类的语言虽然是累赘之物，在这种时候则显得无比重要。她自己没法叫外卖。等外卖送来的工夫里，王晓对她说了今天发生的一切。大部分情形她都清楚，毕竟人是她干掉的。不过王晓在警察局的遭遇倒是值得一听。

只是王晓没显露出高兴的模样，半点也没有。他看上去心事重重。吃过晚饭，他说，今天晚了，不去跑步了，睡吧。

可能因为人类的喉管在口中断裂的感触过于鲜明，她没能很快入睡。脑子里一会儿闪过和王晓还有那两只动物嬉戏的场景，一会儿滑过别的什么。

终于入睡之后，她做了一个讨厌的梦。

准确地说，那不是梦，而是她"蜕变"之前的过往。

如果不是这个梦，她几乎很少想起，自己曾是人类。

泉水淙淙地流着。她闭着眼跪在地上，泉水在流淌。

那声音仿佛一直流进人的身体里，或是内心深处。进入这个房间时，她不曾看到类似泉水的存在。当她按照启示者的要求闭上眼，双膝触地，泉水便开始淙淙流淌。

启示者在对她说话。事实上，就像泉水的存在让人感到困惑，对于他是否在用声带说话，她也同样没有把握。他的声音如同一道清泉，直接流经她的大脑和神经，乃至血液和四肢。

启示者说："你听见了吧。"

"您指泉水？"

"不，那是你的眼泪。"

她顿时无法作答，某种哽咽的感觉扼住了她的喉咙。是吗？这是她的泪在淙淙流淌吗？

启示者又说："苦难的人呵，你被你爱的人抛弃，你感到自己无所依凭，渴望内心的平静。"

"是的，我渴望内心的平静。请您赐给我平静。"

说话的时候，她感到自己在颤抖。不是由于恐惧，而是缘自那种惨痛的被弃感。

她紧闭的眼前浮现出某人的脸。那张她曾以为会凝视一生的脸，那种似笑非笑的温柔，那种让人产生眷恋的明朗。

以及，他转身离去时的冷漠。

心脏仿佛被一根丝线勒住般，不淌血，却疼痛难忍。

启示者轻笑一声："傻孩子，你还在执著。"

她惶恐道："我没有。"

启示者喝道："不用狡辩！你以为我们此刻是在用语言交流吗？在内心的对话中，没有人可以逃遁神的视线！"

她软弱地说："那么……我该怎么做？"

启示者放缓了语气："你有没有听过一句话？若离于爱者，无忧亦无怖。"

那是……佛经的句子？"我也想放下，可似乎，很难。"

"你不用那么做。因为这方法治标不治本。"

"您的意思是？"

"若离于人者，无忧亦无怖。这其中的真义，你很快会亲身体会到。"

启示者在她的脑中哈哈一笑。没有震动声带的笑声，听来竟也无比真切。

在静修室中的记忆多少有些支离破碎，她在其中大半时间陷入不受控制的昏睡。一旦醒来，肉体的疼痛告诉她，修行还不算完。全身每一块肌肉骨骼都疼得失去控制，她估计自己的脸也疼得变了形，可这里没有镜子，无从确认。事实上，她眼中一无所见，包裹着她的是无形却仿佛带有重量的黑暗。她在无法估量密度的黑暗之中，因为疼痛和发烧般的虚脱半躺在地上。地板仿佛是金属做成的，冷而硬。她的喉咙焦渴，她的眼泪干涸。

真希望这一切早点结束，哪怕死亡也比这样的疼痛要强。如此想着，她再次昏沉睡去。她知道，当她醒来，一切又将周而复始。疼痛淹没了她，她已成为疼痛本身。

你必须经历九九八十一重磨难。启示者曾经告诉她。八十一是个不小的数字，或者只是一种隐喻？她没有对自己经历的疼痛做过计数，所以无法确切地知道答案。

而疼痛的日子终于到头了。屋里开始一点点透入光线，这是个缓慢的过程，直到她的双眼完全适应。接着，她再一次听见启示者的声音。或许是她的心理作用，那声音似乎压抑着喜悦的余波。

"去看看你自己。"启示者说。

屋子的一面墙在她的眼前逐渐变亮，最终变成了一整面镜子。

她看向镜中的自己。虽然启示者曾暗示过会有一番怎样的变化，尖叫仍差一点溢出她的喉咙。她牢牢咬住下颌，不让自己在启示者面前失态，同时尝试着轻轻摇动脖子，晃动膀子。

镜中的生物也做出同样的动作，像一个心怀恶意的家伙在模拟她。

那就是我。她花了很长时间来说服自己。

是为了变得更好，更接近神的存在。

她这样告诫自己的同时，镜中的它向她投来深思熟虑的眼神。那双钢蓝色的眼眸中有种陌生的冰冷之色。这真的是我吗？我真的还是我吗？

她在心里打了个寒噤。

镜子的表面又发生了变化，由亮转暗，并重新以不可思议的方式亮起来。这一次，她眼前是一面巨大的显示屏。屏幕中央是一个面无表情的女孩，其轮廓犹如人偶般精细。

"这是……"她疑惑地问。

"这也是你。是人们所看到的你，世人既然无法接受真相，我们就给他们看他们爱看的。"启示者冷漠地说。

从梦中醒来的时候，她毫无来由地想起王晓的话。

他曾说，"我希望我们能，彼此驯服……希望你能了解我，我也想，了解你。"

可能是因为昨天一直被警察盘问导致精疲力竭，王晓没有像往常一样早早醒来。他躺在寝室的另一张单人床上，皱着眉，似乎在梦中继续经受质询。她站在床边看了他一会儿，又走进浴室，就着水龙头喝了些水。抬头看向镜中的映像时，她困惑地扬一下眉。

镜中的自己有着冷澈的蓝色眼睛，鼻子向前突出，上下颚之间露着交错的犬牙。有点儿像人们叫做"狼"的生物，当然也有诸多不同。例如，她是直立行走的，覆盖着灰色毛皮的手也和人类一样灵巧。

奇怪的是，她模糊地记得自己"蜕变"之前的过往，却对自己身为人类时的脸孔全无记忆。王晓说过，我们以为自己是自己，是由内心决定的，其实不是，真正的关键在于基因。

我是我。她对镜思考，但我真的是我吗？王晓看到的我，和这一个我，究竟哪一个才是我真正的模样？

她摇摇头，试图甩开这些无用的想法，耳畔仿佛响起启示者的话：你的任务是除掉两个人，其中一个，和过去的你有些渊源。

A3. 探究

从噩梦中醒来时，王晓发现红薯正坐在自己的床边，一双黑眸依旧不显露感情，却是笔直地注视着他。她似乎在为自己担心。

"我没事。"他努力冲红薯一笑。她伸出手，笨拙地擦拭他额头的冷汗。王晓顿时感到背后的汗毛无声地竖立，完全是条件反射。这感触和上次抚摸她脸颊的情形一样。

红薯自己大概不知道，她天衣无缝的"外形"只针对肉眼。她抚过王晓额头的手布满粗硬的毛发，同时不难感到手的形状。

你究竟是谁？王晓把这句话咽了下去，查看枕旁的手机。凌晨四点半。手机上有条短信，是霍达发来的，发送时间是一小时前。

"你也去了警察局吧？我在安妮家。你赶紧过来一趟，来之前，麻烦你去我住的地方拿笔记本电脑，钥匙在门垫下。"安妮是霍达的新女友，短信的后半部分是一条地址，并要求他看过后删除。王晓把地址记在脑海中，删掉短信，随即起身洗漱。因为噩梦的缘故，他感到自己身上满是黏腻的冷汗，于是转到莲蓬头下去冲了个淋浴。他洗完澡才想起没带换洗衣服进来，随口喊红薯帮忙递。站在浴室门边等红薯从衣柜拿衣服过来的时候，王晓心里仍在琢磨霍达的短信。情形不妙是怎么回事？难道说，导师的死和霍达有关？警方让他看过导师的尸体，并怀疑是实验室的某个生物跑出来行的凶。王晓一边向他们保证不会是实验室的纰漏，一边暗自感到惊心。如果是大狗，大概有可能酿成此类血案，但那家伙性格温顺，而且他打电话让师弟确认过，大狗仍好端端地待在屋顶花园中。

红薯敲一下门，把浴室门推开一条缝，探手进来。王晓说了声谢，接过衣服就往身上套，套到一半的时候，他的动作停住了。

红薯映在浴室磨砂玻璃门上的侧影有些模糊，但仍可以分辨出，那是大型犬科动物毛茸茸的头颅。死去的导师脖子上那个血肉模糊的大洞滑过王晓的视网膜，他感到双腿发软，努力深吸一口气，这才继续完成穿衣的动作。

王晓抵达安妮家附近的时候，天色刚开始转亮。安妮住在闹市区的一栋大厦里，附近的商场十点开门，也许是因为这个原因，冬日早晨的街道杳无人迹。他在走进大厦之前环视左右，确认没人跟踪，然后尽可能迅速地走进门厅。

霍达本人并不像他的短信那么慌乱，他靠在安妮家的沙发上吃薯片看电视，一副惬意的模样。看见王晓来了，他"嗨"了一声，没有起身。

王晓很快便弄清了其悠哉状态的来源。霍达没有看到导师的尸体。据说他也作为实验室的前成员被喊去问话，因他离开已有一年，警察只是例行公事。

"那你干吗要躲起来？"王晓冷淡地问，"连电脑都不敢回去拿。"

"噢，那是两码事。"霍达说，"我这叫居安思危。"说着，他随意地拽过安妮的手，后者刚给王晓倒了杯茶，在他身旁坐下。据霍达说，安妮是个律师。从这屋子的地段和陈设来看，这个女孩在律师这一行中算是混得不错的。

王晓深深地看了他一眼，"我有两个问题要问你。"他停顿一拍，又对安妮说："你能否回避一下？"

安妮打算起身，却被霍达按住了。"我老婆，有啥不能在她面前说的？"他收敛了平素没心没肺的模样，换上认真的语气，"是真的，我们快要结婚了。"

"恭喜。"王晓的语气却没有恭喜之意，"那我就直说吧。半年前，导师把我在博士阶段的研究数据拿去卖了，这事你也知道。"

"是啊，你不是为此窝心了好一阵吗？"

"在我告诉你之前，你就知道这件事，对不对？"王晓灼灼地盯着霍达。

安妮插嘴道："你有什么证据？"

霍达拍一下她的腿，意思是别乱说话。半晌，他叹一口气，"没错，下家是我介绍的。准确地说，是他们想要的研究方向正好是实验室那个，我就把导师介绍给了他们。"

"实验室那个……"王晓一笑，"对我的研究最清楚的，除了导师，就是你了。"

"但我没想到导师会那么黑，完全当成自己的东西来交易，一点油水都没给你。"

"这不是钱的问题。"王晓不耐烦地说。

"难道你还认为是科学家的荣誉？我早就对你说过，这一套不时兴了……不过现在好了，既然导师已经去世，他还没来得及把你的论文以自己的名义发掉，你可以正式发表啦。不用担心那家公司，我以前就打过交道，他们从来没有公开使用过购买的科研成果……"

"你怎么这么无知！"王晓看着霍达，"你难道没有想过，导师为什么会死？"

霍达似乎当真吃了一惊，"你的意思是？"

"你敢说，你现在躲起来，和这件事没有一点关系？"

霍达苦笑，"是安妮让我躲在这里，我本来觉得她妇道人家太过谨慎。"他看向安妮，"如果你是对的，那还真的不妙了。"

安妮握紧他的手，声音仍然平稳，"你别怕，事情总有解决的办法。你不过是牵了个头，应该关系不大。"

"仅仅是牵头吗？"王晓喝一口茶，仿佛在自言自语。

霍达惊讶地看向这个平时木讷的师弟，"你这是什么意思，要挟，还是恐吓？"

王晓从衣兜里掏出一个银色的小玩意儿，放在茶几上。霍达扫了一眼那东西，安妮则拿起来仔细端详，"这是什么？"

霍达说："风铃的铃铛，易拉罐做的。以前别人送的，我搬家时给王晓了。"他停顿一下，"你怎么想到把这玩意儿拿出来？"

王晓看向窗外，天已经亮了。城市的喧嚣隔着玻璃窗隐约传来。红薯此刻在做什么呢？今天走得匆忙，没有给她弄早餐，她是不是又饿了呢？

他毅然开口说："凡事有因必有果。我不想说你做错了什么，只是，不管有什么结果发生在你我身上，估计都很难逃脱。"

其实，早在王晓把红薯带回城市的那天，他就隐约意识到红薯是谁。

他不记得那个女孩的名字，因为他从不曾费心去记忆霍达女友的名字。但是他记得那个女孩留在寝室的一串风铃，每一枚风铃都是用易拉罐的拉环缠绕而成的，是个手巧的女孩。霍达搬离寝室的时候没有把风铃带走，他对霍达说，这样不好吧，毕竟是人家费心做起来的。霍达笑道："你喜欢？那就送你好了。"

王晓和女孩短暂地相处过，她曾和霍达还有实验室的几个同伴去海边烧烤。那是个只能算清秀的女孩，霍达开始和她交往，据说是因为她的声音。女孩来自西北的农村，在一家呼叫中心任职，自然，她有一口特别婉转动听的嗓音。

那声音不知为何也留在了王晓的记忆中，清而浅，如风铃的脆响。

当他看到红薯随手用易拉罐拉环拧成的风铃，第一感觉是震惊。从容貌上看，红薯是截然不同的另一个人。既然她不说话，自然也就无法从语音来辨认。

我们靠什么来辨认一个人呢？他想到，会不会存在这样一种可能？女孩改变了自己的容貌，却失去了声音。

听起来简直像"海的女儿"。可在童话中，小人鱼付出代价，为的是陪伴在她的王子身边。而自己不过是一个无关紧要的人。这中间很有些阴差阳错。

可是，如果红薯不是那个女孩，她又是谁？

带红薯回到寝室那天，他先进屋把风铃藏了起来。不知为什么，他觉得这样做比较好。共同生活大半周之后，王晓趁红薯熟睡的时候从她身上取了些皮屑组织，对红薯来说，那不过是睡梦中的轻轻一挠。第二天，他在实验室对组织中的基因做了分析。结果让人惊心。

他仍然无从知道红薯是谁，但至少可以判断她是什么。在那张完美面孔之下，是被大幅度改造的人类基因。如果借用某个老套的神话来形容，红薯是实实在在的"狼人"。

所以才有了玻璃穹顶下的嬉戏，夜晚喝醉后的倾诉。不管她是什么，她至少是他二十多年枯燥生活中唯一的亮色。

唯一的伴。和大狗或阿齐不同，她毕竟是个"人"。他知道她懂自己，甚至连自己的无奈和痛苦也一并了解。她只是不表达。

发现真相之后，他傻乎乎地跑到研究所对面的奶茶店，试图在满墙的纸片中寻找女孩写下的文字。他记得霍达曾毫不在意地指着某一张说："喏，上次烧烤那个女生写的。这种所谓的深情款款，时过境迁来看就有些可笑，我在考虑要不要帮她撕掉。"

满墙的各种纸片上散落着人们的情绪。蓝色，粉色，黄色，绿色。如同错综的拼图。他在其中迷了路，遍寻不到女孩的那张。或许真的被霍达撕掉了。

　　导师的死如同拼图的最后一块，王晓突然惊醒过来。关键不在于红薯是谁。重要的是，她是什么。红薯可能是那个女孩，可能不是，但无论怎样，她的出现应该和两项研究有关。

　　王晓自己关于人类基因重组和变异的研究。

　　霍达所在的公司有关"幻象"的研究。

　　这两组研究结合起来，塑造成他眼中的她，以及，真实的她。

　　此刻面对霍达，王晓没有提及红薯的存在。他只是说，我猜导师死于灭口。有人用他的研究制造出一种生物，并用你们公司还在试制阶段的研究来掩盖这种生物的真面目。导师死了，接下来会死的可能是你，或者是我，也有可能我们都在其列。

　　霍达终于露出无可掩饰的恐惧。他确实曾把公司的数据偷偷泄露出去。他看向安妮手中的风铃，声音嘶哑："这和林素又有什么关系？你为什么要把她做的风铃拿来？"

　　原来那个女孩叫做林素啊。王晓忽然想笑，这么好听的名字，如果真是她，我喊了她那么久的红薯……

　　"没什么关系。顺便一提，如果我没记错的话，你让林素去堕胎，结果手术发生意外，据说对她的身体造成了很大的伤害。那之后，她就失踪了，对不对？"

　　说到这里，王晓对安妮感到一丝抱歉。但比起红薯曾经遭受的，这也不算什么。

　　"你做任何事情都是这样，感情，或是事业。你只看到自己，从来没想过你所做的会带来怎样的影响。事已至此，如果他们下一个目标是我，我没什么好抱怨的，毕竟我的研究和今天的局面有关。你也一样。如果你要怪，就怪自己吧。"

扔下这句话，他起身离开，身后传来霍达变调的嗓音："你要去哪里？"

"回家吃饭。"王晓淡淡地说。

B3. 映在你眼中的我

王晓在凌晨匆忙出门之后，她失去了睡意，便站在窗前眺望窗外的操场一隅。王晓的宿舍在大学本部这边，白天的时候，窗下常有学生的谈话和笑声传来。

她在很久以前来过这间宿舍。那是在什么时候呢？时间如同橡皮筋，因着感知方式的不同而被拉长或缩短。对于"蜕变"之前的事件，她虽然保留着记忆，但全都像胶卷底片上的显影般，需要对着光努力分辨，才能认出那上面的人物与场景。

她在记忆中翻腾了半天，找出这样一张底片。在海边，她混在几个年轻男女中间，她的身边是某人，王晓也在同一个场景里，他手上拿着抹油的刷子，忙着给席地而坐的大家烤吃的。王晓注意到她没怎么吃，便问她是不是不喜欢吃辣的。

"要不我给你烤一个不辣的鸡翅？"他擦着脸上的汗说道。

某人在旁边说："不用了，她在节食。"

王晓显得有些惊讶："你不胖啊。"

她没说什么。某人喜欢骨感的女孩，她便总以为自己还不够苗条。为什么要因为另一个人而限制和改变自己呢？从前的自己还真是难以理解。

想起某人，她的心头闪过一丝不分明的情绪。继王晓的导师之后，下一个必须干掉的就是某人。

启示者的声音幽幽地响了起来：若离于人者……

她相信自己不会手软。因为，她早已不是过去的自己。

王晓那天难得地没有去实验室。他从外面回来之后，仿佛是心血来潮一般，提出带她去步行街玩。

"步行街有很多好吃的。"他注视着她说。她一阵高兴，同时不无遗憾地想到，上次一起玩耍的狗和狐狸没法同去。

这天不是周末，但步行街上仍四处是人。两个人一路吃过去，烤串，可丽饼，冰淇淋，珍珠奶茶，鲜肉月饼。王晓吃到一半就笑着说自己不行了，于是后半段路只有她在不懈地进食。

她感到非常非常幸福。或许是因为食物，或许是因为王晓含笑看她的眼神。

她想起来，自己从没有被谁这样注视过，从前和某人在一起的时候，似乎总是她在注视对方。

不过，王晓所看到的，不过是比影子还要虚假的影像罢了。想到这一点，心头忽然被轻微地扯紧。

人或是兽都有很多面。真实的，不那么真实的，别人看得到的，或是别人看不到的。

她记得，自己曾经在一个西北的小镇生活，到这个城市之后，她有很长一段时间都不适应。她不像王晓，有份自己热衷的研究可以投入进去。她不过是个平凡的女生，想有个值得依赖和托付的身边人。

后来她遇见了某人。某人青年才俊，虽然是科研人员，却完全没有学究气，笑容灿烂，足以让大多数女孩怦然心动。她听说过某人的一些传闻，却仍义无反顾地陪在他身边。半年后，她因为手术事故丧失了生育能力。某人没来医院看她。

在医院住院的那几天，每天都有快递送吃的过来。水果，营养品，还有让餐馆送来的鸡汤。订货人不详，快递的发件地址是本市某大学的附属研究所。某人已在上个月离开那里，那么又会是谁送来这些食物和安慰呢？

她不期然地想起那个忙着为大家烤制食物的男孩。她无法真切地回忆起他的脸，只记得他戴着眼镜，标准理科男的模样。

她没来得及去道谢。就在她出院前一天，启示者来到她的床边，对她说，所有的痛苦都可以结束，只要她做一个选择。

"这取决于你要不要继续做人。"启示者说。

"如果不做人，还可以做什么？"她问，同时不禁想道，做人太累了，我真的疲倦了。

"你可以成为更接近神的存在。跟我来——"

等到历经"蜕变"的痛苦历程，终于成为全新的自己，并接下启示者所说的任务，她再次遇见了那个眼镜男孩。这个曾是某人的室友的人类，她从前没记住他的名字。看见他躺在山坡上晒太阳，她有种陌生的感觉，原来这个理科男也有这样不显拘谨的表情，如此放松，完全像是另一个人。

"我叫王晓，"他坐在车站大厅对她说，"我可以叫你红薯吗？"

再后来，她看见过他的各种模样。他经常忘记系鞋带，仿佛很粗心，但照顾她的饮食却又那般细致。在屋顶花园，他对狗和狐狸还有她自己都同样亲切，让人怀疑他是不是没有"女孩"和动物的区分。

还有，在某些瞬间，他看她的眼神总让她感到心慌。就像在步行街的此刻。

可如果他目睹真实的自己，一定会流露出巨大的恐惧吧？就像他的导师临死前那样。袭击那人的瞬间，她关掉了系在脖子上的幻觉发生器。

按照计划，她应该在今晚去杀掉某人。也就是她从前的爱人霍达。

但王晓今天显得像个牛皮糖，随时黏着她不放。下午从步行街回来，他明显累了，洗澡休憩片刻之后，突然又提出去屋顶花园。

早上，银月在王晓回宿舍前出现过，把霍达藏身的位置描述了一遍。仿佛是出于慎重，银月问她会不会手软。她坚定地说不会。

银月蹲在窗台上，若有所思地看了她一眼。兽不会对彼此撒谎，因为交流不通过语言，而是经由意识。与此相比，人类之所以生活在欺骗之中，就是因为他们依仗着语言这种笨拙而虚假的工具。

这会儿，和王晓还有大狗和阿齐在一起，她再次想到语言的障碍性。如果他们仁也会用意识直接和自己交流，该有多好。

她把这个想法抛到一边，趁着玩捉迷藏的空当闪身出了屋顶花园，又搭电梯下到底楼。刚走出研究所的大门，她便开始飞奔。要用最短的时间赶到那边完成工作再回来，她对自己说。

就在她过了两个路口的时候，一条黑影掠过她的视野。那是银月。银月在朝着和她相反的方向赶路。要说那个方向有什么，该不会是——

她一转念，回头去追赶银月。尽管同样是兽，银月的"蜕变"度比她更高，因此速度和力量都在她之上。

等她抵达屋顶花园的时候，正好看到银月蹲踞在一棵枫香之下，大狗庞大的尸体横亘在当场，不远处站着王晓，阿齐则不见踪影，或许是躲了起来。

不！她从意识深处发出一声悲鸣，银月迅速朝她转过脸，一龇牙。

从她的角度，可以看到银月脖子上的发生器闪烁着人类肉眼看不到的微光。这么说银月没有关掉发生器。在王晓的眼中，应该是另一个面无表情的女孩撕裂了大狗。她飞快地瞥一眼王晓，后者一脸震惊。王晓此刻也发现了她，冲她喊："红薯，你别管我，快走！"

她朝银月扑了过去。

银月比她更快，也更强壮。不到一分钟，她就被银月死死压住。银月将牙凑近她的脖子，似乎想要一试锋锐，但转念又改变了主意。

"你如果死了，启示者说不定会生气。毕竟不是每个信徒都能完成'蜕变'。"

"为什么要杀他？启示者不是说只要观察他？"

银月咧咧嘴，露出更多的牙："我不知道。我只管执行任务。你还是太像人了，和他待了一阵竟然就开始护着他。"

"你放开她！"王晓不怕死地跑过来，用力地推银月。当然推不动。

银月以无动于衷的神色看一眼王晓，把手放在她的脖子上："可怜的人，让他看看真相再死得了。"

她想挣扎，但银月已经一把揪住她脖子上的发生器，用力一握。她听到薄弱的晶体碎裂的声音，不由得闭上眼。

一切都结束了，她想。

他必然看到了自己真实的模样，就在这一刻。

她听到一声惨叫，却不是来自王晓。她条件反射地睁开眼，正好看到瘦小的阿齐咬住了银月的脖子。银月怒吼一声，将阿齐甩开，冰蓝色的眼睛向外凸出，里面似乎不光是愤怒，还有恐惧。

王晓蹲在被砸在地上脑浆迸裂的阿齐身旁，"很遗憾，阿齐的牙是有剧毒的。"他抬起脸，脸上闪着奇异的表情，既像在笑，又像在哭。

"红薯，对不起，我对不起你——"

银月放开她，朝喃喃自语的王晓冲了过去，但身形已不如刚才敏捷。她趁机扑向银月的喉管。

银月果然比她迅速和强壮，即便在受伤的情况下。她没能一下子咬断其喉管，结果便是自己的胸膛被银月果决地撕开。血喷溅出来，疼痛如刀。

原来，不管是人类还是"更接近神的存在"，都会死。

银月没能更接近王晓，踉跄了一步，蓝色的眼睛突然变得空洞。

大量的血染湿了她的脸，血是热的。她过了片刻才想起，这是自己的血。她感到自己和银月一起倒下，生命正在迅速地远离她。

王晓在她身边跪下，抚摸她的脸颊。多温柔的一双手。她迷迷糊糊地想要就此睡去，脑海中却有个驱不散的念头。

他看到了。他看到了。

王晓像是读出了她的心思，开口说道："林素，不，还是叫你红薯吧。我知道这是你，我早就知道。可不管你是什么模样，你都是你，老是饿肚子的小红薯。"

她睁大冰蓝色的眼珠，瞪视着他。狼吻中耷拉出半截舌头，喘着粗气。

王晓继续说道："是我不好。如果没有我的研究，你也不会变成现在的样子。是我害了你……虽然，这不是我的本意。

红薯……"

他似乎哽咽了，没有继续说下去。

她多想对他说点什么啊，该死的意识交流，该死的语言。他们之间真的没有谈话的可能吗？就这样结束了吗？就这样……作为兽死去了吗？

一个念头忽然划过她的脑际。她艰难地抬起手，他如获至宝般握住那只关节粗大长满灰毛的手。

她把手抬起来，又放下。再抬起。

就这样在他的手心敲了三下。

好高兴。阿齐在遥远的过去以前爪击地表示道。

好高兴。她试图告诉他。

遇见你，我很高兴。

玻璃穹顶下的树丛间，突然响起一个男人干涩的嚎哭声。那声音空洞地响了很久。

犹在梦中

手机响起的时候，白昼的天光透过厚丝绒窗帘的缝隙，照在蒲苗的脸上。她躺在床上睡眼惺忪，黑底墙纸的卷草暗纹隐约泛金。这墙纸是霍征喜欢的，当只开一盏夜灯时，她浅褐色的皮肤显得蛊惑。霍征说，光线不够拍照，不过我的眼睛记住了你的模样。

而此刻，屋子宛如巴洛克风格的棺椁。再没有那样一双眼看着她。再不会有了。

电话是店里打来的。女店员说小早川一家刚来过，他们想做带绣边的全套床品，拿不定主意，希望蒲苗参谋下。

蒲苗听女孩念出店里日历上的备忘，才想起今天是黎姐的生日。她让女店员订个蛋糕送过去，起身洗漱。洗完澡，她不经意地在浴室的镜中照见自己。来到城市的十三年，她由少女长成了女人，只有胸部和十五岁那会儿一样，弧线轻浅。霍征常开玩笑，说她的模特身板源自幼时的营养不良。简直荒谬，寨子里不缺吃的，何况她从小受到厚待，新熟瓜果，人们翻山进城买回的新米，以及猎物最肥美的部分，总是属于瑶婆和她。

想到瑶婆，蒲苗轻叹了口气。如果瑶婆还活着，现在大概近七十了吧。她甚至不知道瑶婆是否还在世。在瑶婆的预知能力还未衰退的日子里，老太太常盯着她看，看得她心头一颤。

莫非那时的瑶婆已经望见她的此刻？看到她身在异乡，孑然一身，无可奈何地活过又一天。

想到这里，她几乎为此怨恨霍征。如果没有他，事情本来会是另一种局面。

下午到店里，蒲苗选了藕荷色的布样和相宜的绣样，让快递送到古北的小早川家。她给小早川太太打了个电话，光是寒暄就用了一分钟。她永远没法适应日语的累赘不堪，还是英语来得简洁明了。那么汉语呢？大多数时候，她几乎习惯了用汉语来思考，因为她的母语无法承载都市生活所必需的语汇，且不说电脑电话，就连布料的颜色都说不清。汉语如此动人而精确：天青，鹅黄，湖绿，樱粉……同样是白，也有乳白，雪白，影白。影白是她钟爱的，白里泛青，缥缈又纯净。霍征命名的颜色。

凡事都让她想到霍征。蒲苗掐断思绪，打电话给黎姐。黎姐说，蛋糕收到了，看着就好吃。

"我差点忘了，你能吃甜食吗？"

"医生说了，我现在想吃什么就吃什么，想干什么就干什么。"黎姐轻笑，"都这时候了，还小心什么。我要等你来，一起切蛋糕，吹蜡烛。"

她喊作黎姐的女人名叫黎君，是霍征的妻子，比她长十五岁，今天是黎姐的四十五岁生日。几家大医院的医生们看法一致，黎君只剩不到半年的时间，虽然眼下像个没事人，可说不定什么时候就会卧床不起。

面对绝症，黎君的自若让她诧异。也许她从未理解过黎君。她也搞不懂，黎君年初就知道检查结果，却瞒着霍征。否则霍征一定不会外出拍照，更不会死。

蒲苗问自己，那我呢？我又为什么没告诉他真相——黎君的病，以及其他。

霍征的死讯在五个月前传来，他的车在西南山间遇到泥石流。她因此有种被掏空的感觉。这就像是知道一局棋会被将死，仍只能一步步落子。

晚上在霍家吃蛋糕的只有她俩。经营室内设计工作室的黎君平时也有不少往来，但她似乎总一个人待在家里，俨然"宅女"。

这名癌症晚期的宅女不像病人，也不像四十五岁。化疗让她掉了些头发，好在原本发质丰盛，不太明显，而且一双眼眸清澈如昨。如果不是信仰的缘故，蒲苗几乎要妒嫉她。汉人认为死者能在另一个世界相聚，所以黎君不久就会"见到"霍征，病人的矍铄有一半来自于此。不过十余年的教化不足以改变蒲苗相信的另一套：死者居住的地方没有梦，没有记忆，更没有未来。在那里，爱人见面亦不相识。

蒲苗等黎君吹蜡烛许愿后说："黎姐，你有没有想去的地方？"

黎君开始切蛋糕，"怎么？"

"要不要我陪你去散散心？"

黎君思忖片刻，"也好。我一直想去你家乡看看。你这么多年没回去了，带我走一遭吧？"

这要求猝不及防，蒲苗不觉一怔。她接过蛋糕盘子，"我是逃出来的。"

"知道。是霍征把你从迷信的祭祀仪式上带走的。这故事都听烂了。十多年了，你老家不至于总这么迷信。"

"……你让我考虑一下。"

重回故地会怎样？她有点怕，却也有突发的向往。都十三年了，寨子或许已经变了样。甚至可能没人记得她这个逃走的预言者。对了，族人们一定以为她死在了山腹之中。她自己都以为自己死了——蒲苗和当年那个小女孩毫无共同之处。

黎君隔着桌子冲她一笑，"这蛋糕不错，你多吃点。我还记得你第一次在我家吃蛋糕的馋样，你当时还是个小丫头。"

"我也记得。那时候的蛋糕太好吃啦。"蒲苗不知其味地应着。她去年梦见憔悴脱形的黎君，那情景或许近在眼前。

霍征死后，她再没做过梦。未来的昭示不再闯入，她感到不安，也有莫名的轻松。没有梦的夜晚很像死亡的代替品，阻隔开绵延的白天。

她听见黎君平淡地说："其实我喜欢巧克力的，爱吃芝士蛋糕的人是霍征。"

蒲苗没接话。她有时怀疑黎君早就清楚自己和霍征的事，而她对黎君的心态似乎不仅是负疚那么简单。一旦黎君死了，她就是真正的孑然一身了。想到这里，蒲苗不禁看向情人的遗孀。黎君吃着蛋糕，暗淡的前景显然并未影响她的开朗。这是第一次，没有预知能力的黎君和曾经的预言者蒲苗站在了同一个位置，眼前横亘着黎君的死亡。霍征喜好的芝士蛋糕浓稠柔韧，顿时哽在了蒲苗的口中。

蒲苗在床上醒来，有人随着她的动静哼了一声。她伸手环住那人的脖子，把鼻尖凑过去。

"冰鼻子小狗。"那人笑着揽她入怀。她睁开眼，床头灯让视线一晃，接着看见霍征的笑脸。她依稀记得霍征是早上来的，多半在一旁看书，等她醒。

"我做了梦。"她说。

"我的小预言家。"霍征的胳膊加了点力，"梦见什么了？"

"梦见黎姐过生日，我和她在你们家吃蛋糕。"想到梦中三年后的黎姐和自己，她尽可能放淡了语气，心底却一酸，垂了眼。

"就你俩？我不在家？"霍征勾起她的下巴，"怎么啦？不高兴了？"

"我差点忘了，有批南亚的托盘下午到，我得去店里。"

"你让底下人做吧，我们下午出去走走。"

"去哪里？"

霍征一笑，"去了你就知道了。"

想必是怕人多眼杂，他这几年很少带她在城中露面，两个人的生活局限在这套两室一厅，完全是偷情的模样。她不喜欢，也只能对自己说，这就是命。

她忽然把身子贴近霍征，喃喃低语："要我。"

她很少这样主动，霍征不禁动容。他拧灭床头灯，白昼的光透过窗帘，影影绰绰地打在两个人的身上。她的手指勒进他的背，这一刻，他还活着，他是她的。

霍征带她去的地方是一处画家的工作室，苏州河边的老房子。爬上逼仄的弄堂楼梯，一进门，仿佛有重量的昏暗忽然被铺天盖地的阳光湮灭。画家在二楼做了大幅的玻璃窗，窗外便是河。这个城难得有如此奢侈的阳光，她不禁想起故乡的坝子。

霍征和画家坐下来喝普洱茶，蒲苗绕着工作室踱步，从靠墙摆放的画作中选了两幅。有的男人送情人珠宝，霍征的做法更有品。但也许殊途同归。她的家居店是她的另一张脸，就如有的女人用珠宝华服武装自己。

她也坐下喝茶，画家问霍征今年还出去拍照吗，霍征说还没定，又笑说，你知道的，我在城里待久了就发慌。

这个男人有种流浪的情结，三年后她能拦着不让他走吗？蒲苗张了张口却没说话。瑶婆说过，凡说出口的事都可能应验。言语本身即是咒。

所以她不能说，我梦见了你死于外出的事故，黎君得了绝症。

从画廊出来，她陪霍征回他的工作室。那是他们夫妻合用的小复式，楼下是影棚，楼上背对背摆着两台电脑。黎君的桌上凌乱地放着图纸和资料，霍征的桌子一派整洁。两个人的存在感溅落四周，笑起来眼神温暖的爽利女人，条理不乱的男人。霍征一如理性的代名词，他这辈子最不理性的举动大概就是把她从山洞里刨出来带到城市，继而爱上这个由他一手塑造成眼下模样的女孩。

霍征忙着修图，她随手翻一本影集。那是他几年前出的书，《失落的远方》。她很快翻到自己那一页。

那年她十五岁。头发梳成乱糟糟的小辫，沉重的银项圈抵着锁骨，新染的蓝衣服，蓝得就像你在晴朗日子看到的天空深处的颜色。

十五岁的她凝视着镜头，眼神不无惶惑，咬着嘴角。背景虚化成一片阴影，观者多半不会发现，她身后其实是一群黑衣人。

他当然会一眼发现她。全寨着黑，只有她穿着蓝衣。他来得太巧了，那天是接梦神的日子。平时她身上是贺叔叔带来的橙色运动外套，她蹿得快，衣服开始不合身，肘部破了，瑶婆用白布补过，看着扎眼。

她正在对书发呆，忽然有只手在她肩上轻轻一按。霍征把她拉到楼下的影棚，让她捧着书站在穿衣镜前。十五岁的她和二十五岁的她一同映在镜中，让她有种莫名的眩晕。

"你别动。就这样。"霍征在她身后拍下了这一幕。镜中的女人，杂志上的她和活生生的她，过去和现在。

"我以为你最恨在棚里拍人像。"她指他的工作，杂志大片或是广告插页。

他飞快地答："我永远不会厌倦拍你。"她想起他家四处都是黎君大学时代的照片，没吭声。

当晚，他们等黎君见客户回来，三个人一起去吃涮羊肉。

忙了一天的黎君一口气吃了半盘羊肉，这才缓筷叹道："有酒有肉有大家，真好。"

"大家"指的自然是他们。丈夫霍征，还有小妹妹一样的蒲苗。蒲苗帮黎君捞了一块萝卜，感到自己很可鄙。她隔着火锅的雾气瞟一眼霍征，他一脸模范丈夫的表情。

黎君说，新案子的软装由蒲苗来做。如此模式几乎成了惯例，靠着黎君，蒲苗的家居店收益颇丰。如果没有霍征的影响，或没有黎君若有若无的扶持，她还是现在的她吗？蒲苗不愿深究。这两个人给了她一种生活，浸透她的身心骨髓，难说是好还是坏。

霍征聊起他和驴友们发起的公益项目，在偏远地区建学校，提供书本文具。所谓的偏远地区位于车路的末端，她从前的寨子离那地方还有半天路程。如果要去寨子，就只有双腿可以依赖。

"等项目起来了，我再看看能不能到你老家做第二期。"霍征说。

她大声说："没必要吧。"

霍家夫妇诧异地看着她。黎君柔声说："蒲苗你这是怎么了？"

"读书对他们来说未必是好事。"她少有地激动起来，"不读书，他们在寨子里过一辈子也没什么。等他们知道外面的世界，就会想离开，可是大多数人不见得能到外面念书，他们能做什么？进城打零工，辛辛苦苦往家寄钱，女孩子就更难说……"

霍征皱眉，"苗，我这么多年来对你的教育都白费了？你怎么会说出这样的话！你自己有了不一样的生活，为什么要阻止你老家的孩子有新的可能？你说的情况也不是不存在，但如果没人去做，他们永远过着半狩猎式的原始生活。不仅是贫穷，没有未来，甚至没有对未来的期待。"

她想反驳，谁说我们没有未来？我们的未来和你们没什么不同。人无非是一死。这一想她又开始难过，抿了嘴不吭声。

结果这顿饭不欢而散。

蒲苗不想立即回家，她去了"浮舟"书吧。老板谢晔正准备打烊，见她进店，他停下来，给她沏了杯玫瑰茶。

"云南的玫瑰。"谢晔告诉她。她点头，示意他也坐下。

两个人一时间无话。谢晔本来就是个寡言的人。她思忖半天才说："我有个问题想问你。"

"你讲。"

"你知道，我会做未来的梦，梦里看到的事情，都会发生……"

"嗯。"

"未来真的改变不了？"霍征就要死了。这句话在她嘴里打了个滚，险些滚出来。

谢晔迟疑片刻，"你试过了，还想再试？"

蒲苗心头生寒，她强迫自己喝一口茶，玫瑰的馥郁让她一怔。"那如果，我先死了呢？"

谢晔不动声色地看着她，这个人就是这样，从来不会惊讶。

她组织着词句，"如果我死了，是不是所有事情都会不一样？因为我在梦里经历的事情，都有我，如果我先不在了……"

"有些事，不试是不会知道的。"他温和地说，"可如果试了，你就什么都不知道了。"

蒲苗睁开眼，发现车停了。车窗上覆满雾气，像一张白色的膜。她用手指划过，白色的膜漾开两道半透明的缺口，阳光泻进来。她不觉眯一下眼。

她蜷在座位上朝外看，阳光下是枯萎的草坪，有几尊诡异的雕塑，远处的红砖房经过修葺，构成所谓的 LOFT 风格。这场景有几分非现实，让她以为自己还在做梦，直到身后的车门哗地开了，有人裹挟着寒气冲她喊："大伙儿都喝完一杯咖啡了，你可真能睡。我们先取外景，你赶紧到咖啡馆化妆。"

那是摄影师小孟，霍征从前的徒弟。独立后的小孟不像师傅那么挑活儿，所以有些客户经霍征介绍后就习惯了找小孟。霍征对此毫不在意。他常说，要不是人首先得保障生活，他愿意只做一个带着相机走天涯的旅人。

大概是小孟试图表达对师傅的歉意，蒲苗的工作也跟着多了。今天是替某品牌拍一组春装，她进屋让化妆师鼓捣过自己的头脸，又回车里换上单衣。下车的时候蒲苗打了个哆嗦，随即赤脚踩在高跟鞋上，撑出一脸明媚，在甬道上走了个来回。

三套服装拍完，蒲苗感到自己嘴都紫了，浓妆挡住了真相。她钻进车里换回自己的衣服，车门忽然又被拉开，她仓促地挡住胸口，尖锐的冷意袭过赤裸的背部。

小孟赶紧别过头说："霍老师找你。"说完又"砰"一下关上门。

蒲苗从车里出来，看见霍征，顿时笑得灿烂如冬阳。冷和累倏然没了。霍征摸一下她的头，"化了妆像个大姑娘了。"

"本来就是大姑娘，我都二十了。"她抓住霍征的胳膊一起走。刚来城市的时候，她无论走到哪里都要紧紧揪着霍征，才不会感到随时会被人流挤走，在陌生的墙体之间迷路。如今她熟知蛛网般的街道，却仍要揽着他才能安心。

"第一印象决定一切，我老觉得你只有十五岁。"霍征说，"不过仔细一想，你早就独立了，是个大人。"他指她的模特生涯。蒲苗从来不觉得自己漂亮，她没有胸，也不像黎姐那么白。也许城里人觉得她有异族风味。

霍征又说，"咱们下午去书吧坐坐，然后我送你去夜校。今晚是什么课？"

"思想政治。"她皱眉，"我可不可以逃课？真不明白汉人为什么要发明政治课。"

霍征纠正她，"每个国家都有政治课。虽然有些课程比较乏味，但你至少要念完高中。"她的识字启蒙是由他和黎君负责的，一年后换成了专业家教，她用两年时间学完小学到初中的课程，又开始念夜校高中。

"高中生好像不需要学日语，也不用练习英语会话。"

"小家伙抱怨了？"他笑，"学语言是黎君的意思，这也是为你好。多学一门不吃亏。"

"我知道你们是为我好，以色事人不长久。"

他惊笑，"谁教你的？模特的确是青春饭。咱们得合计一下，为你的将来。"

以色事人那句话是小孟教的。想到小孟，她皱起眉。

"浮舟"的生意照例清淡得可以。老板谢晔沏了一壶红茶过来，陪同闲坐。霍征没话找话地说："你看这个小丫头，一眨眼就这么大了。"

蒲苗已经卸了妆，长发扎成马尾，窝在书吧的皮质圈椅里。

谢晔点头："是啊，时间真快。"他只比蒲苗大几岁，口吻却俨然像个长辈。蒲苗懒得指出这一点，问谢晔："要是我梦见有人遇到不幸，我是不是该告诉那个人？"

谢晔顿一顿才说："那要看具体情况。"

霍征按住她的肩，"小预言家，有些事就算说出来也未必会有改变，反而让对方有心理负担。你说是不是？"他像在紧张什么。她想起今天在车里做的梦，那几乎有些诡异，她梦见霍征死了，自己陪身患绝症的黎姐过生日。她从这个悲伤的梦里醒来——别人大约会庆幸"好在只是个梦",但她从来无法这样庆幸——她以为自己醒了,其实还在梦中,对,那是第二个梦,她和霍征夫妇吃饭,然后独自来到书吧。梦中的自己不再是模特,有了自己的店,却并没有变得更快乐。原因也许是她成了霍征的情人……直到被小孟惊醒,她才回到真正的现实。她仍然是霍征的小妹妹,应该说暂时是。

这两个层层嵌套的梦让她有些晕乎。未来当真如此苍凉吗?为什么自己明知霍征会死却没阻止他远行?为什么霍征消失后自己还能好端端地过着日子?蒲苗感到梦中的自己很陌生。而她马上要说的话与这些无关,因为有个更贴近的预知梦。

"是性命攸关的大事。"她对谢晔强调。

"说出来不一定管用……你可以试试。"

她转向霍征,"你帮我告诉小孟吧,我梦见他在街上跑,夜很黑,下着雨,然后他……被车撞了!"

霍征肃然道:"那是什么时候?"

"街上有'2005 Christmas'的装饰灯。"离二〇〇五年的平安夜还有两周。

"你让我怎么对他说这种话?我只能劝他这阵子晚上千万别出门。"

谢晔忽然转变话题,像是为了安慰她,"听说你快毕业了,想要什么礼物?"

霍征飞快地接腔:"不要随便接受怪叔叔的礼物。"两个男人都没再提及她的梦境。

小孟真的关起了禁闭。霍征没提蒲苗的梦,只说他最近请某位神人帮大家算流年,发现小孟晚上在家才能避灾。

过了一个星期,小孟耐不住了,打电话给蒲苗。"请来探监吧,坐牢的滋味不好受啊!"

蒲苗在电话里笑，"你这也算坐牢？无非是不能出去夜夜笙歌。"

经不住小孟磨，她答应夜校结束后去看他。圣诞节的灯饰有时会留到一月份，真不知爱玩的小孟该如何熬到灯饰撤下的季节。

她买了零食拎上楼，小孟看见她，双眼放光。"我的女菩萨哎。"

"你总是没个正经。"

"是，我没有霍老师正经。"他的语气忽然有种酸溜溜的意味。

蒲苗不搭理他，自顾换了拖鞋靠上沙发。腰底下硌着个东西，她抽出来一看，是霍征新出的影集，《失落的远方》。内容基本是云南的风光人物，她随手翻过，扔到一边。

"里面有你。"小孟倒了可乐过来坐下，翻开那一页。十五岁的她一袭蓝衫，眼睛直视镜头。

"你也拍过我，都一样。"

"不一样。"小孟放低了声音，"这张照片上，你就像一个梦。我一辈子也拍不出这样的照片。霍征的运气，让他给捡着了。"

"捡着？我以为照片是拍出来的，不是捡来的。"

"我是说你。"小孟毫不避讳地看她，"你就像霍征的私有财产一样。他教你讲普通话，让你念书，当模特，口口声声说是为了你。依我看，他还不定有什么肮脏的念头呢，装得人模人样的。"

她倏然起身，"你竟然这样说霍老师！我回去了。"

小孟一把扯住她，她几乎是跌坐回沙发上。

"你给我回来！"小孟恶狠狠地说。她没见过这样的小孟。当他把自己整个人压上来的时候，她开始挣扎和尖叫。

类似窒息的恐惧袭来，让她想起山洞里的那种黑，深不可测的黑，无法呼吸的黑，没有尽头，没有光，直到某个声音传来——

门铃忽然响了。三声，然后又三声。小孟僵硬地停止了动作，在她身上急促地喘息，片刻之后，他似乎恢复了神志，走过去开门。

门外是霍征。没等小孟开口，蒲苗在沙发上尖叫一声，她用母语骂了一串脏话，然后飞快地奔了过去。霍征一看她凌乱的衣服，劈手给了小孟一拳。小孟捂着肚子的当口，她跳上去紧紧搂住霍征的脖子，不肯松开。门在她身后被用力关上了，应该是霍征关的。她毫不在意，只顾死死地抱着她唯一信赖的身体，更不用说留在屋里的大衣和包。霍征一把抱起她，下楼把她塞进吉普车。等他从另一侧上车，她这才发现自己满脸是泪。

"你没事吧？他没，没欺负到你吧？"霍征显得比她还慌乱。她摇头，又贴过去抱住他。她没多想，只觉得一秒钟也不想放开他。恐惧从内心涌到指尖，唯有牢牢抓住霍征，她才能感到自己活着，没有被未知的黑暗挤压崩溃。当年她摸黑在山洞里走了很久很久，终于发现另一头有个光点，光点的尽头是外面的世界，还有既熟悉又陌生的他。看到他的瞬间，她也是这样扑过去抓着他不放。她听见霍征在她头顶叹息一声，然后感觉到他温热的嘴唇抵着自己的耳廓。

"我实在没办法。"霍征在她耳边说。

"没办法什么？"蒲苗迷迷糊糊地问。

"没办法不爱你。"他在她耳边说。

那天夜里霍征没有回家。他给黎君打了电话，说自己和小孟喝酒，晚上不回去了。那是他头一次对黎君撒谎。如果她的梦终将成真，他以后还将继续撒谎。很多谎言。

她有一间小小的租屋。几个月前她满二十岁，黎君说女孩大了该有自己的空间，于是霍家两口子租了套房子作为生日礼物。之前她一直住在霍家。

早上，霍征躺在她身旁看着天花板。"我得承认，替你租下这间房的时候，我不是一点想法也没有。人哪。就算要为此下地狱，我也认了。"

蒲苗不懂他的感叹。她不懂很多事。汉人以为有天堂和地狱。好人死后上天堂，坏人死后坠入地狱受罚。那么霍征是以为自己做了坏事？他从小孟那里救了她，那不是坏事。要说昨晚，既然他喜欢她，她也喜欢他，这又有什么错？

何况她不信地狱。她的族人相信，人在此岸，死者在彼岸，死者没有记忆，所以也没有痛苦，他们只是静静地存在于"那边"，如鱼在水。

她刚想对霍征阐述自己的死后观，座机响了。是黎君。电话那头说："哎……何苦找人算什么命。"

蒲苗一愣，"怎么了？"

"小孟死了。今天早上的事。"

她感到喉咙一紧，强忍住惊呼，霍征一脸沉默的不解。

黎君兀自絮絮道："说是怕小孟没劲，霍征昨晚还特意去了他家。这会儿霍征手机关机，也不知他在哪儿，真让人着急。"

"到底怎么回事？"她压住黎君的话头。

"小孟早上去拍片，借了别人的棚，你知道，他没有自己的棚，一向是用我们的，这次也不知怎么了，突然去借别人的。"黎君说话有些颠三倒四，"然后就出事了。"

"我不明白。拍片怎么会出事呢……"她是在问自己。她在梦中看到的是晚上。

"那间影棚天花板有个装饰的铁锚，你应该去过，开灯的时候影子会投在地上。"黎君答非所问。

蒲苗捂住嘴巴，想起自己昨晚用母语发出的诅咒："你个烂人不得好死！"她听见黎君说："是意外……铁锚掉下来，正好砸到他的脑袋。"

霍征迷了两次路才找到藏在群山间的寨子。他离开上一个村庄时还没过午，这会儿太阳已经西斜。四五点钟的阳光对摄影师来说是"黄金光线"，镜头那端的世界染上了温情脉脉的色泽。他抓着相机从山上俯拍寨子的全景，挤作一堆的土垒墙农舍显得很平常。

他深吸一口气，快步下山。

霍征是从老贺口中听说这个苗寨的。老贺是他尊敬的前辈，去年死于交通事故。老贺说，寨子里的人说的是苗语的变种，所以外界的人即便是苗族也听不明白。这个寨子太过僻远，残留着原始的风味。例如他们的食物来源一半是狩猎，耕种的作物只有玉米和蚕豆，日用品则需要翻山到其他村落卖野味然后购买。

"既然听不懂他们的语言，你怎么这么清楚？"霍征问老贺。

老贺一笑："我又没说他们不会汉话，人家多少还是会讲一点的。"

霍征有种上当的感觉，又问："你这几年每年都去那个村子，就因为原始风味？"

老贺沉默片刻才说："你可能不信，不过那个村的人有点邪门。有个老太太，我第一次去的时候，她对我说了些事，后来每件都应验了。那老太太甚至不识字。"

霍征恍然："你指预言。没想到你还信这个。"

老贺说："我本来也不信。"

霍征问："那你每年去，就为了听预言？"

老贺瞥了他一眼："不是，预言哪里是随便听得到的。我去看一个人。"

"什么人？"

"据说是老太太的接班人。是个小女孩，同样不识字，明年就十五岁了。"

两个人边喝酒边聊天，老贺把去寨子的路线画在了本子上，对霍征说："如果我今年不能去了，你替我去看看那个小姑娘吧。"

霍征以为老贺喝高了。一个大男人为个小丫头每年往山里跑，显得有点用心不良。不过霍征不想随便评价别人。

直到老贺的死讯传来，霍征忽然想起那天的谈话。他决定进山去完成死者的嘱托。他对小女孩没有特殊兴趣，纵然对方长得和天仙一个样。他感到好奇的是预言的存在，尽管他自认为不信这一套。

下山比预想要久，当他走到寨子入口的时候，天已经擦黑。两个男人闲步走来，看上去既像是来者不善，又仿佛只是路过。正当霍征打算开口询问哪里可以借宿，一个男人操着带口音的普通话对他说："婆婆让你去一下。"

霍征愣了几秒才意识到对方在朝自己说话。说话的男人穿着显然是在村镇集市上买的便宜外套。两个人都是山区人的硬线条脸，很难判断年龄。男人们转身迈步，霍征只好跟了上去。

他被带到一栋三开间的老房子跟前。男人们站在门口，示意他进去，他刚跨过门槛，有人从堂屋一侧的厢房喊他："过来。"

霍征乖乖地往左拐进那间屋。屋里弥漫着辣椒的香味，桌上摆着饭菜碗筷。之前喊他的是个矮小的老太太，大概就是男人们口中的婆婆。他没来由地认定，这个穿着黑色苗族服饰的老人就是老贺提到的预言者。

婆婆说："吃饭。"她没再说别的。霍征默默地拿起碗筷。他确实饿了，大口吃下加了辣椒炒的腊肉，还吃了一碗糙米饭。肉很香，似乎是某种野味。等他吃完一碗饭，老人问："添饭？"他摇头。

霍征直到这时才想起自己的来意，他对老人说："我姓霍，是老贺的朋友。"

老人点头："我晓得。老贺被车撞死了。他第一次来这里的时候我就和他讲过，要当心车子。"

霍征感到嘴里火辣辣的，辣椒实在够劲。他发现墙角有个水缸，当即走过去，拿起旁边的葫芦瓢舀了水。他咕嘟咕嘟地喝掉一瓢水，老人则无声地坐在草墩上看着他的一举一动。霍征喝完水回来，老人又开口了："去歇吧。明早会好吵呢。"

这也是预言吗？霍征想问，却没有开口。他感到浑身疲乏。难道他走了这么远的路，就为了听一个老太太说出既成事实的死亡？他决定先休息再说。也许一觉醒来的时候，会发现今天的种种不过是无稽的梦境。

老人带他去了另一间厢房，床上铺的是棕榈，硬戳戳的。他实在疲倦，很快睡着了。

早上果然很吵。霍征被铙钹的声音惊醒，一骨碌爬起床，才发现用竹帘遮蔽的窗外已经天光大亮。他第一反应是伸手摸床头的旅行包，包还在。他带上相机出了门。院子里一个人也没有，只有晒了一地的玉米粒在阳光下闪着泛红的金色。霍征从外面张望昨晚吃饭的房间，发现静悄悄的空无一人，便走出大门。嘈杂的来源好像就在门外不远处。

他一走出去就看到了昨晚那两个男人。在早晨明朗的光线之中，他看出他们长得很像，大概是兄弟。两个男人的打扮变了，他们穿着粗布黑衣，包着黑缠头，看起来年长的那个叼着烟袋蹲在地上，另一个无聊地站着。这两个人在这儿可能纯属偶然，也可能是在看守他。但他们没理会他。

　　霍征拿起相机，心里很没底。他尽可能客气地说："我能给你们拍张照吗？"

　　两个男人不置可否。霍征想起死去的老贺，自己并不是第一个带着相机来这里的人。他鼓起勇气按下快门，然后若无其事地走开。

　　他很快找到了喧嚣的来源，那是房屋之间的一片空地。男人女人都穿黑衣，或站或蹲，聚成黑压压一片。有些人叼着烟袋，抽一会儿就在地上笃笃地磕两下。人群中间是几个赤着上身的男人，铙钹和鼓的声音就是赤膊汉们发出的。他们的演奏缺乏调门和节奏，像是状态不到位，或是纯粹在练手。

　　这么说，今天应该是寨子的什么节日。老太太昨晚的话也是因为这个。霍征没走近人群，用长焦拍了几张照。快门的声音大得让他感到心慌。有几个人注意到了他，更多的人则保持着漠然。

　　他就是在这时看到了那个女孩。

　　女孩站在离人群稍远的位置。一袭鲜亮的蓝衣。这颜色把她清晰地从人群中孤立出来。以他的角度看去，只能看到她纤细的脖子，银项圈，还有乱糟糟的发辫。霍征不想穿过人群，他从另一侧兜过去，在一处墙根站定，离她大概有十来米。这足够了。女孩站在不带一丝阴翳的光线里，肌肤是新鲜的褐色。她像是一个不属于这个世界的精灵。和大人们不同，她听见快门的响动，立即像个受惊的小动物般转过脸。

就在她的视线和镜头接触的瞬间，他又按了一次快门。汗水从他的手心沁出。见鬼，他十多年的拍照生涯从没有过这样的紧张。

霍征放下相机，女孩仿佛有些失望。他走过去，尽量不去在意别人朝这边投来的目光。"我是老贺的朋友，老贺，你认识吧？他让我来看看你。"

女孩抿一下嘴，"婆婆说贺老师今年不来了，说会有别人来。"她的普通话相对流利多了，大概是老贺的功劳。"你是别人。"

霍征苦笑一下，走到哪里都绕不开古怪的婆婆。"是，我姓霍，你可以喊我霍征。你叫什么名字？"

"苗。"女孩吐出一个字，盯着他的相机看。

霍征没话找话地问："老贺……贺老师有没有给你拍过照？"

没等女孩回答，铙钹的响声忽然一振。叮叮，咣，锵锵。其间夹杂着低沉的鼓声。女孩朝人群走去，转头对他说："要接神了。"

对霍征而言，接下来发生的事情很像是一场梦境。他后来怎么也想不明白，自己为什么只是作为旁观者茫然伫立。可能是因为那种氛围，热辣辣的阳光，黑衣人群，以及那些人看向他时不带感情的目光。他们看他如看一尊雕像，于是他真的成了一尊像，会走动的像。他跟着不成调的乐队和大批人马走着。蓝衣的女孩走在人群的最前面。然后一起爬山。最靠近寨子的那座山有个山洞，洞很浅，宛如嵌在山壁的小龛。女孩走进小龛，人们用早就备在旁边的石头从下往上开始堆砌。一堵墙很快形成，墙淹没了她的脚踝、小腿、腰、胸口，最后她的脸消失在墙后。没有人说话，只有铙钹和锣鼓的声音单调地响着。叮叮，咣，锵锵，咚。

霍征有种被魇住的感觉，甚至忘了拍照。直到那堵墙成形，人们开始往回走，他才扯着嗓子喊了起来："喂！喂！你们这是……"

有个人对他说："你莫管！等到明天就好了。"说话的似乎是带他去婆婆家的男人之一。也可能不是。他眼睁睁地看着人们原路下了山，只剩他一个人站在半山腰。

霍征在这时倏然恢复了神志。他用手从石墙上刨下一块块石头。石头滚落的声音很大，却没有人跑回来找他算账。他刨到一半时停住了，那个浅浅的山洞是空的，石头背后什么也没有。

霍征不死心地继续忙碌，一定有某个被他看漏的角落，小女孩应该就藏在那里。然而当所有的石头都滚落在地，他瘫软下来，山体的褚红色石壁暴露在他的眼前，没有岔道，没有可以藏身的洞。女孩不在那里。一切都不像真的，除了他沾满泥土开裂出血的双手。

他忘了自己怎么下的山。他好不容易找到婆婆住的屋子，门前没人看守。霍征不用进门就看见了婆婆，她坐在廊檐下绣一条繁复的腰带。

霍征张口就说："我见到了苗。"他试图回忆正午的古怪场景中有没有婆婆的存在，却想不起来。他的记忆中是一片模糊的人群，还有蓝衣棕肤的女孩。

婆婆说："好。"霍征急切地说："我看到寨子里的人把她……把她埋进了山洞。"他一咬牙又说："我把他们堆的石头刨开了，可是没见着人——苗在哪里？你们把她弄到哪里去了？"

"苗去接梦神了。"老太太说，"你莫急。"

霍征听不懂。他原以为自己目睹了一场最为野蛮的活祭，但人们的反应似乎有些异样。他只能问："苗还回来吗？"

婆婆的神色不变:"难讲。洞里有岔道,要看她走得对走不对。"

霍征回想着看不出秘道的浅穴,"那要是走不对?"

"就在那边回不来喽。我十五岁的时候也走过。"婆婆咧嘴一笑。

霍征在这时突然明白了老贺的话。老贺说,女孩明年就满十五岁了。他也突然领会了老贺让自己来这里的用意。

"我要把她带出来。"他恨声说,"到哪里可以找到她?"

婆婆笔直地看向他。他这才发现,老人浑浊的眼睛里有种莫测的光。他双膝一软,当场跪下。"告诉我。"他哀求地说。

"我可以和你讲。不过——"婆婆停顿了片刻,"我只能讲一件事。你想知道自己的祸事,还是怎么带她出来?你带她出来,将来就没得办法救自己。"

他毫不迟疑地说,"告诉我怎么救她。"

婆婆笑了,"你说要把苗弄出来,是救她?不一定。你这个人,看到她,连自己婆娘都不顾了,自己性命都不要了。唉,作孽啊。"

听到"婆娘"二字,霍征忽然发现自己这几天都没想到黎君。他心里一乱,又听婆婆说:"山背面去也有个洞,砌了石头。你把它挖开。她如果不在里面,那就无法。是走是留,要让苗自己选。"

霍征飞奔出去。他一路遇见几个村民,男人们已经换回现代打扮,只有老年妇女仍穿着传统的黑色衣裙。他们似乎忘了之前发生的一切,用他听不懂的语言拉着家常,提水桶的女人匆匆走过,小孩子尖叫着追逐嬉戏。霍征意识到之前没见过一个孩子,除了半大女孩苗。但他此刻顾不上这么多了,只是竭力上山,走到半路又开始后悔没带工具。这也同样顾不上了,他绕过被自己弄得一地狼藉的山洞，往山的另一面走去。如果婆婆是对的，他会在那边看见另一个被石头掩埋的洞口。当务之急是搬开那些石头。

苗在黑暗中睁开眼。她做了奇怪的梦，脑海中一团乱。她过了好一会儿才想起来，今天是接梦神的日子，自己在山洞里。

她梦见自己长成了一个大姑娘，穿着好看的衣服，让不同的人拍照。在她的梦里有那个下午刚见过的男人，他自称是贺老师的朋友，还有其他的一些人。她和那些人生活在一个陌生的地方，就像贺老师给她看过的远处的照片。

还有，在她的梦里，她像瑶婆一样具有了梦见未来的能力。一个男人因为她的预言死去了。另一个男人，也就是刚认识的那个人，将因为她没有说出预言而死去。

不仅如此。梦就像一层层的盒子，当她打开其中一个，发现里面还有另一个。她在梦里继续做梦，环环相接，她搞不清自己醒了多少次，何时才算真正醒来。或许就连眼下的黑暗也不是现实。她伸出手向周围摸去，泥土冰凉的感触传来。如果这不是梦，她就在山的中央。

她想起瑶婆的话。瑶婆说，梦神会告诉你怎么走出去。她从不怀疑瑶婆的话。但梦神没有告诉她方向，只让她做了一连串古怪的梦。

正当她为出口发愁的时候，不知怎的开始喘不上气。恐惧伴随着冷意扩散。瑶婆没说过她会走不出去，可她还是害怕了。她又用手摸了一遍。洞窟细细长长，两头都是黑暗。她不知该朝哪边走。

苗想哭。

要沉住气。她对自己说。仔细想想，你刚才做了什么梦。

记忆模糊而破碎，那些古怪又鲜明的梦让她几乎忘了最末一个梦境。她在睁眼之前梦见自己朝左手走去，洞窟被打开了，全寨的大人们站在她的眼前，其中没有瑶婆。等接完梦神，她就是新的接梦人，瑶婆会变成没用的老太婆。这是瑶婆自己说的。

她正要鼓起勇气朝左边走，忽然有个声音传来。她的心一紧。那声音像是来自外面。是有人在搬开石头吗？难道她已经在山中过了夜？如果不赶在天亮之前回到洞口，通道就会消失，她将再也无法返回外界。她听说过，很多很多年以前，有一个接梦的姑娘死在了洞中。当然没有人看到过她的尸骨，因为除了瑶婆和她这样的人，没有人能穿越洞窟的墙，被梦神送到山的肚子里。

她感觉到新的恐惧。自己有可能走错方向，也有可能赶不及。她重新侧耳谛听。出口明明在左边，声音为什么从远远的右边传来？

就在这时，梦境以完整的形式回到了她的脑海。倒数第二个梦，她没有向左而是向右走。给她拍照的男人孤零零地站在洞口，他神色憔悴，脚边是一地的石头，在看到她的瞬间，他忽然笑了，好像看到什么珍宝。

对，就是那个梦。梦长极了，像一条头吞尾的蛇。他带走了她。她有了一个姓，他喊她"苗"，别人喊她"蒲苗"或者"蒲小姐"。她在梦里做梦，目睹遥远的将来。她成了他的女人，她陪他一起撒谎，她沉默地等待他的死亡。她什么也不敢说，因为怕那一刻提前来临。这一串纷乱的梦呵，又痛苦又甜蜜，像针扎着心，却有种煎熬的愉悦。

苗在黑暗中扶着冰冷的山壁，钝重的声响在她的右方传来。她想起来，与其说是从进洞之前的记忆，不如说是从她关于未来的梦境中想起来，男人名叫霍征。他为她拍了一张绝世的照片。他有妻子，可他同时也爱着她，从他第一眼见到她即是如此。他会陪伴她十余年，然后彻底从她的生命中消失，给她留下一间堆满无用装饰的店铺，一段别样的人生。他给她的不只是名字，还有记忆。

那会是她在梦中见过的记忆。如果亲身经历，一定能咀嚼出个中滋味。

女孩义无反顾地朝右走去。遮天盖地的黑暗里，有什么在那头呼唤着她。那或许是他的声音。

或许是她自己的心跳。

魄
绘

"虚拟假设不存在，发生的事就是发生了，不管你怎么想，都不可能从头来过。"

我看向说这话的男人，"那我们至少能吸取教训，在将来不犯同样的错误。对不对？"

他笑了。"希望如此。不过，有些事你知道自己必定别无选择，因为你只能是你自己。就算预先知道结果，你还是会朝那个方向走出第一步。"

我环顾四周，人们在阳光下懒散地走路，或是坐着发呆。很难想象所有这些人都在朝着不可抗拒的方向而去。我隔了一会儿才说："听起来，你很宿命。"

他没有回答，和我一起斜倚在粗笨的原木长沙发上，同时因刺眼的阳光微眯着眼。这是七年前的五月，云南大理。这番对话连同当时周遭的景物一同镌刻进我的记忆，至今不曾消磨半分。卖银饰的女人身背民族布包，带着空茫的神色经过我们眼前，不远处有个北欧男孩赤着上半身晒太阳，我点了一杯叫做"三道茶"的当地饮料，这时正喝到散发古怪膻味的第二道。

我清晰地记得这一切，不仅因为那之前和之后发生了太多的事，更由于那整个时代已变得遥不可及，犹如青春本身。七年足以划就一个时代，当时上海的房价还不到现在的二分之一。每当提起那一年，我的好友明霓不由得面露怅然，她总说要是那时出手买房该多好。人往往会有这种"要是""如果"的假设。

当然，让我感到痛悔的完全是另一码事。每当关于虚拟假设的对话伴随着大西南灼人的阳光一起浮现在脑际，我就会闭上眼睛，等记忆的重量撤离我的身体。谁说往事如风？怀念本身像把刀。

　　春天之前是冬天。那年冬天的前半截没什么特别。我在一家软件公司编写使用手册，就是把技术人员提供的中文手册翻译成日文，兼做些简单的内测。这份工作无非是消耗脑细胞，不需要太大的进取心，正合我的性格。我每天尽可能按时在六点下班，租住的房子离公司骑自行车二十五分钟的路程，再往前不远就是菜场，这么着，我几乎总能在七点前后拎着菜爬上五楼进屋。

　　最喜欢冬天打开家门的那一刻。屋里的灯光混合了暖意涌出来，像小孩儿的粉拳打在脸上。有家真好。

　　方涛每天在家。因为他没有收入，每到交付三个月房租的时节，我就得变着法子找钱。最常用的办法是从信用卡透现，然后托明霓给我找翻译的兼职来补缺口。不过，除了为经济犯愁的短暂时刻，我很喜欢这种有人在家的感觉。我把菜搁在厨房，穿过比过道宽不了多少的饭厅，来到十多平方米的客厅兼卧室。方涛照例在电脑跟前，他坐累了就会换个姿势蹲在椅子上，仿佛一只大猴子。这只猴子比我大四岁，头发自从失业后就没剪过，入冬后已经超越耳际往肩部发展，比我的还长。

　　他想必早就听见我进屋，这会儿朝我转过一张略显瘦长的脸庞。懒洋洋的笑意在他的嘴角一闪而过，我走过去，隔着电脑椅从背后抱他，下巴搁在他肩上。他"哎哎"地作势叫两声说，"小考拉，我要掉下去了。今晚有啥好吃的？"

　　我把晚餐的菜谱报一遍，换上家居衣服进厨房做饭。吃饭，一起看碟。这就是我们日复一日的家庭生活。一天下来毕竟疲了，我看了半截就在沙发上睡过去，醒来通常是夜半，自己不知何时已被挪到床上。方涛要么在我旁边睡着，要么仍在房间一角上网，这要看我朦胧睁眼的具体时段。我在昏暗中辨认出他或远或近的存在，随即安心地回到黑甜乡。

有很长一段时间都是这样。生活平静无波，我以为老夫老妻也不过如此。其实我们相处不过九个月，相识则不到一年。

十二月后半的周日下午，我接到明霓的电话。她直奔主题地说："妞啊，有份轻松的零活，报酬也不坏。"

我当时正拎着一棵被肢解了塞在黑塑胶袋里的圣诞树，气喘吁吁地走在前往地铁站的路上。街道两侧的橱窗一致呈现出季节感，玻璃上的喷雪，圣诞老人的画像，从店堂内曳出的"铃儿响叮当"的音乐，所有这些汇聚成一种不无矫揉造作的节庆气氛，鼓动人们进店买单。道旁树上点缀的彩色玻璃球也同样暗示着消费的美妙。而我，一个二十三岁的所谓小白领，用一只大黑袋子装着从城隍庙买来的家庭圣诞装饰，周遭的一切对我来说只是风景。同样是过节，穷人有穷人的过法。

听明霓这么一说，我以为又是什么翻译活儿，结果不是。她有个卖普洱茶的朋友最近要去云南办货，需要找个人临时看店，也就一周的工夫。报酬确实不错。我虽然抱着"鸟为食亡"的心态，还是对明霓说："姐姐，你忘了我得上班啊。"

"没说让你去——你家方涛不是闲着吗？正好给他找点事做。"

我思忖片刻，"他可能对看店不感兴趣。"

隔着满街的喧嚣都能感到明霓的不屑："拜托，他总不能一直靠你养。再说也就一个星期，又没让他干一辈子。就算他想，人家也没那需要。他不是文艺青年吗，店里还摆了些画，他没事可以看看画，翻翻书，到哪里找这么好的事！"

我赶紧表态："好，我回去和他说。不过你最好也问问别人，万一他不想去，也有个后备。"

明霓答应得略为不快，又问我在哪儿。我说在人民广场附近，她说："哎，我就在那家茶叶店里，福州路进来一点，离你很近。你正好先过来瞧一眼。"

我本想说我拿着一堆东西呢，转念答应了。嗓子直冒烟，去歇口气喝点茶也不错。既然是茶庄，总该有茶喝才是。

在福州路没走多远就到了明霓说的横马路，我拐弯进去，找到那家名叫"一念"的茶庄。从名字看是个不俗的店。格栅木门敞着，进门两侧是与墙齐高的原木置物架，左边架上摆着若干陶杯，右侧陈列的是饼状的普洱茶，白底的包装纸上以古拙的字样印着某某古树茶。再往里走一些才能看见店堂朝左侧弯曲的深处，那儿摆着一张大桌，三面墙上挂了些画，这个角落不像茶庄，倒像一间画廊。

明霓和一个男人坐在大桌两边，正在喝茶。她背对着外面，那个男人先瞧见我。他冲我点点头，明霓随之转头。她脸上立即绽出笑意，亲昵地喊了一声"妞"。

我应了一声，眼睛不觉滑过墙上错落的画框，在其中一幅上停驻。和店堂入口的中式风格不同，全是油画。我盯着看的那幅夹杂在静物花卉与水乡风景之间，是唯一的肖像。但这不是它格外惹眼的理由，让我无法移开视线的是画中人本身。

那是个红衣服的少数民族女人。

红色其实并不确切。衣服的底色无从辨认，其上缀满了大朵的刺绣红花，花朵肆虐在长袖布衫的每一寸，遍及小马甲，以及宽腰带，她整个人好似一片缤纷的春日田园。她的头发压在缠头里，那上面同样极尽了绣花的可能，只在两侧留出少许黑底。缠头越往末梢越细，像一截竖在脑袋上的花烟囱。与这一切夺人眼目的红相比，蓝布袖套显得有些突兀，两只手局促地交握着，皮肤黧黑。同样的肤色也在她的脸上，更黑的是她的眉眼。脸型瘦长，若不是那双倔强的黑眸子，你可能会对过高的颧骨或菲薄的嘴唇表示挑剔。

那双眸子让人没法挑剔。

我一定是对着画发了好长时间的呆，以至于明霓格格地笑了起来，"傻妞，要是你来看店，我估计老乔该不放心了，你就这么只顾自己看画，别人把店里的东西搬空了你都不知道。"

她喊作老乔的男人冲我温和地说："你好像很喜欢这幅画。"

我把目光撤回来，"这幅画就像蒙娜丽莎，让人一看就想知道它是不是有原型。"

"原型？哦，你是说模特。有倒是有，不过听说已经去世多年了。这是我爸画的，画上的人是他在云南插队时认识的一个彝族姑娘。"

我在明霓身边坐下来，老乔烫了一只杯子给我倒茶。茶色暗红，像血。喝到嘴里有股土味儿。他注意到我的神情，问我是不是第一次喝熟茶。

"喝惯了就会慢慢喜欢的。"老乔说。

"这茶清肠胃，美容。"明霓像在打广告，"哎，我真羡慕你的日子，喝喝茶发发呆，一天就过去了。哪像我们，除了伺候客户，还得伺候手下人。"

我笑了，"可别把我算进去。我的日子也很简单，虽然没他这么舒服。你要是不把公司做那么大，自然可以少些辛苦。"

这几年，眼看着明霓的忙碌与收入一并见长。她算是我的学姐，我从大四开始就帮她干零活。她的翻译公司最初只有两个人，现在租了像模像样的写字楼，有十来名员工在其中像陀螺一样忙个不停，接单，把翻译活派出去，校对排版交稿。明霓成了鞭打陀螺的人，比从前凡事亲力亲为的日子更不得闲。

明霓对我的话一扬眉，"我这也是身不由己。不做大就要被吃掉。"她忽然注意到我放在地上的黑袋子，"什么啊这是？"

我告诉她里面是圣诞树和其他装饰。"你要不要来玩？后天平安夜，我们在家简单布置下，吃个饭。"我顺便也邀请了刚认识的老乔。

以圣诞树为引子，明霓又开始感慨"本小姐苦无男友"。我说你少花点时间在公司就有时间谈恋爱了。老乔慢条斯理地沏茶，不时看一眼我和明霓，像个见过太多的长辈。我直觉他是个有心事的男人。有心事，而且有故事。让我有隐约的好奇。他答应圣诞节来我家坐，正好和方涛见个面。

那天晚些我对方涛说了看店的事。和预想的一样，他表示不感兴趣。我自己倒是很中意老乔的茶庄。最近刚交完房租，家庭账目暂时打平，我便也没有说服他的动力。最主要的是，我不想变成一个老对自己男友唠叨的女人，那样太琐碎，想一想都可怕。大概因为这种试图洒脱的心态，我被明霓总结为"惯男朋友惯得不行了，没见过这么傻的女人"。她当着老乔的面说出这一评语，他听了只是温和地笑，没就此八卦半句。我暗自感激他的反应。

如果日子是穿在一起的珠串，节日就是其中大而炫目的一粒。不过，再闪亮的日子也终将毫不迟滞地过去。

平安夜在记忆中闪着节日特有的短暂微光。方涛被我指派去安装圣诞树，嘀咕了几句"过什么洋节"，等那株半人高的塑胶圣诞树被竖起来，枝条上的小灯泡五彩闪烁后，我从厨房把一道道菜端出去，他也不觉兴奋得像个孩子。老乔来得有点早，他带了两支红酒，两个男人坐在沙发上先开了一瓶喝起来。等明霓到的时候，屋里已经充满"酒逢知己千杯少"的融洽气氛。她跑到厨房来视察进度，一边感慨："你家方涛今天状态不错，让我想起你们刚在一起那会儿。"

我正在炒萝卜干腊肉，厨房充溢着呛人的气味。明霓是湖南妹子，她一点不怕呛，反而显得很享受。她的话让我轻微错愕，"你觉得他近来状态不好？"

"你自己没觉得？他对什么都没兴趣，还老认为自己特别了不起。和他随便聊点什么，动不动就开始评论社会不公，一会儿又说别人缺乏想象力。就当我和你都没他有想象力好了。也不想想是靠哪个缺乏想象力的女人才有他现在的日子。"

好在抽油烟机的嗡嗡声遮盖了明霓尖锐的嗓音。方涛在失业前做的是销售。销售大约是一种需要想象力的工作，不然怎么忽悠别人掏钱呢。我倒是不介意被他下定义，只是明霓提到他的状态，让我有点挂心。方涛也试着找过几次工作，并不顺遂，这使他对社会多了些抱怨。社会也许确实像他说的那样充满了种种不公，可我们都必须在其中过活。

我费力地端起单柄炒锅，把菜拨拉到盘子里。"所以我喜欢过节，有机会让他多和外人说说话。我怕他老待在家里变得自闭。"

明霓接过盘子，脸上又露出那种"你这个傻女人"的表情。她没再说什么。那天接下来的时间交织着谈话、食物和酒。我不懂酒，只觉得老乔带来的红酒真是好喝。老乔每年要去云南好几次，他侃侃说起那边的风土人情，方涛和明霓都听得很带劲。大约因为酒精的缘故，我没怎么听，只是恍惚地看着他们三个微笑。

有句话我没告诉明霓，我喜欢过节，也因为这时我不用特意寻找话题和方涛聊天，而是可以放空头脑，仅仅做我自己。

一月底的某个周末，我走进老乔那家名叫"一念"的茶庄。他坐在店堂深处我们第一次见面的位置，身前是茶海，手里是一本书。

明霓说得没错，他的生涯让大多数人羡慕。不光是这种生活方式，更重要的是他脸上那份和现代社会几乎错位的怡然自得。

直到我在对面的椅子上落座，他才从书页上抬起脸来。"是你。好久不见。"

"你好像一点也不关心生意，只怕别人把外面的货拿光了你也不知道。"我探身过去看那本书的封面，他把书竖起来让我看清楚。《梦华录》。果然是神仙日子看神仙书。

老乔嘿嘿一笑，"确实有人偷过杯子，茶饼倒是比较安全，体积大，不容易携带。"

我试图想象了一会儿偷陶杯的贼。"那些杯子挺别致的，是哪里产的？"

"我一个朋友设计了找人做的。"他说，"粗陶而已，有些人觉得好，也不是每个人都喜欢。"

"我觉得挺好。"

"那你去挑一个自己喜欢的。就当是平安夜的回礼。"

我笑了，"看来我以后要多请你吃饭，还有杯子拿。"

"那天真的挺不错，"他忽然感慨起来，"我好些年没过圣诞节，也好久没有那么开心了。"

这句话来得突兀，我不知该怎么接，起身去挑杯子。我选了一个比手掌还高的大杯回来，杯子的外壁没挂釉，贴在手心里像块质地细密的石头，但比石头温暖。

老乔盯着我看，"你个子小小的，却喜欢用大杯子。"

"给方涛选的。他每次都倒一大杯水牛饮，可没耐心像你这样泡功夫茶慢慢品。"

"哦，你家方涛怎么不和你一起来？今天是周末吧。"

对方涛来说天天都是周末。我没把这话说出口，只告诉他方涛已经回家了，赶在春运之前走的。

他又问："你过年去他家还是回自己家？"

我笑了，"他父母应该不知道我吧。我今年不回家。"

老乔显得有点诧异，没再追问。这倒省得我编造理由了。方涛回家要待大半个月，再说我总不能让他空手回去。仍是用信用卡透现的老办法，我给他凑了一笔钱带着。现在就盼着春节后的年终奖，或许还可以趁假期在家做点翻译——二月底又要交三个月的房租，我努力挖东墙补西墙都来不及。考虑到经济状况，我今年只好不回家了。

我还没想好怎么对爸妈解释。或许该说我买不到票。晚一些再说。

我决定换个话题："今天你泡的什么茶？和上次那个一样吗？"

他像是被提醒了，"看我！只顾着说话，都没给你倒茶。"他打开随手泡的开关，水壶很快响起来，像一只打呼噜的猫。

老乔解释说今天泡的是生茶。见我一脸茫然，他开始讲解生茶的熟化过程，又从长桌一侧的藤制矮架上抽出一本书，翻开里面的彩页给我看茶树的照片。聊了会儿茶之后，他跳到另一个话题。

"你一般会选择相信直觉，还是相信别人告诉你的话？"

我老老实实地说："要看那个人是谁。如果是我信任的人，我当然选择相信他。"

他定睛看了我一会儿，"如果你的直觉和那个人的话矛盾呢？"

我思索着，"你的意思是，对方说谎？那我会想办法找出他为什么要说谎。有时候，人会选择善意的谎言。不过我不喜欢这样，我更愿意所有事情都清清楚楚的。"

老乔把茶浇在壶上，又用一块小毛巾把壶身擦干，动作轻柔得像在给洗完澡的婴儿擦拭身体。他做完这些才开口："虽然刚认识，不过，我就猜到你会这么说。"

我抬头看向他身后挂着的彝族姑娘的画，忽然注意到这已经不是原来那一幅。很相似，但画中人的角度和之前略为不同。在这一幅画里，她的腰上有个黑色的物件，大半隐没在深色的背景中，难以辨认。

为了看清些，我起身走到老乔旁边的位置，仰着脖子盯视层叠着油画颜料的布面。

黑色的物件是一把刀。皮制刀鞘呈现乌油油的色泽，拴在她绣有大朵红花的宽腰带上。刀柄被短马甲下摆的流苏遮住了，刀身大概有我刚才选的杯子那么长，一寸来宽。之所以得出这个结论，是因为这幅画显然是按照真人比例画的。

走近看时，她的眸子显得更加深不可测。像两口深井。冰冷无光的液体在井底深处悄然涌动，那是属于古老时代的水脉，透不进一丝现世的光。

我莫名其妙地感到脖子后面有种凉飕飕的感觉。

耳畔回响起方涛的声音：你最大的问题就是缺乏想象力。

谁说我没有想象力来着？我的想象力多到可以吓唬自己。

这个略为嘲讽的念头使我微笑了一下，继而对老乔说："看来你爸很喜欢画这个彝族姑娘，这一幅比那幅更传神。"

身后传来一声脆响，我转过头去。

老乔的宝贝茶壶从他手里滑落到茶海上，摔成了碎块。湿乎乎的茶叶飞散在桌子各处，像一团团迷你水草。我赶紧问他有没有烫到。他仿佛没听到，兀自心事重重地盯着我看。

不对，他是盯着我身后的画。

我条件反射地又转回去看画。年轻女人和她的刀。绣花衣服。这其中没什么足以让人打破杯子。

"怎么了？"我问老乔。

他皱着眉，"你刚才说，这幅画比原来那幅更传神。你觉得两幅画有什么不一样？"

我诧异地伸手一指，"她多了一把刀。"

就在这个瞬间，我也终于意识到有什么不对劲了。她的手放在刀柄上。我可以对天发誓，在一分钟之前还不是这样。我刚才看见的是挂在腰上的刀，刀柄隐没在马甲的流苏里。而今，一只皮肤微黑的手——毫无疑问是女性的，同时显得相当有力——正按着乌木刀柄，那些垂挂着圆形金属片的装饰条被掀到了一旁。

我听见老乔说："我没换过画，这就是原来那幅。你确实看到她活了？"

我目瞪口呆，来不及作答。他又说："在我眼睛里没有任何变化。真的。不过我相信这不是你的幻觉，因为以前也发生过这样的事。"

我到家已是入夜时分。五楼显得从未有过的高，我爬了好久才抵达家门口。我边从包里摸索钥匙边想，方涛要是在家该多好。随即又想起他总说我包里一堆零碎，从中拿个什么都像寻宝。我的手指滑过镜子，圆珠笔，零钱夹，一本今天从福州路买的小说，又是一本书。怎么会有两本书呢？楼梯上的感应灯已经熄了，我还在兀自出神，终于记起那是老乔给我的本子。手指仿佛被烫了一下，我慌腾腾地把钥匙从两本书底下揪出来，开了门。

家里一团漆黑。我打开灯，换鞋，走过放着餐桌的狭窄空间，贴有塑料地板布的地面在客厅加盖了一层磨得半秃的红绒布地毯。方涛有些洁癖，他不喜欢房东的地毯，说容易积灰，还会有尘螨，不过这是我们当时所能找到的性价比最高的租屋。我把房间的顶灯和床头灯全部打开，接着瘫倒在沙发上，视线漫无焦点地游弋，掠过方涛贴在门后的电影海报。贴海报是为了遮住门上缺损了一块的油漆。《仲夏夜之梦》的海报，带有童话味道的绿色森林铺满了整张纸面，从这里看不清下方的英文字，但我知道写的是什么。

Love makes fool of us all.（爱让我们所有人变得愚笨。）

老乔说，画上的彝族姑娘名叫阿果。她死的那年二十一岁，那是差不多三十年前的事了。

我的后颈又是一阵凉飕飕的感触。我问老乔，画里的是不是阿果的鬼魂，否则她为什么会动？尽管她在老乔眼中保持着老样子，可我明明看到她换了两次姿势。值得庆幸的是，她还没在我眼前活灵活现地动弹，否则非把我吓出心脏病不可。

"我和她无冤无仇。"我苦着脸说，"怎么会这样呢？"我很想加一句：我只是路人甲，活了二十四年也不曾有过什么通灵异象。

在我说这话的时候，老乔已经把那幅画摘下来，用报纸包了放在一边。这多少给了我镇定的余地。他看我的眼神显得有些古怪，过了半晌才慢悠悠地喊我："沈箬竹。"

我提示他："你可以像明霓那样喊我竹子。"

他没理会我的建议，又说："沈箬竹，上一个看到阿果活过来的人，就是把她画下来的人，我爸。他在几年前去世了。"

我兀自一惊。老乔立即会意，忙说："你别怕，我爸是因为癌症，和这幅画没关系。他和你一样，看到过阿果多了一把刀，还有别的变化……那是好多年前的事了。那时我还在念大一。"

"别的变化？你指什么？"我听见自己的声音变尖了。如果方涛在旁边就好了。但他向来不信鬼神之说，很可能觉得我和老乔都在发神经。我看向那个报纸包，突然有种想要掀开报纸看过去的冲动。我会看到什么？她会突然对我露出死者的笑容吗？

老乔的声音及时打断了我的胡思乱想。"我不知道他看到了什么。我从学校接到我爸的电话，他说了些奇怪的话。他说阿果活了，带着她的刀，还说这也许是报应。我当时甚至以为他的脑子出了毛病。再后来，我家发生了一些事，父母把我送到英国去念书，一待就是好些年。在这期间，我爸查出肝癌，很快就走了——我甚至没能给他送行，当然也没来得及问他关于画的事。"

"嗯，"我试图整理思绪，"那你母亲是不是知道什么？"

他苦笑，"我妈虽然还在，却变得像个陌生人。我爸走后，她把我家的糕点厂抵了出去，之前赚的钱加上转让费，足以让她好好过下半辈子。我回来三年了，也只见过她两次。我们隔阂已久，说不上话。她很少回老家，一年中大部分时间都在不同的地方边住边玩，这会儿天冷，大概在海南。"

"这么说，你就没有一点头绪？"

"倒也不是一点没有。"他的声音显得有些迟疑。

我盯着老乔看。这个男人甚至可能知道一切，但他因为某种缘由不想直说。到现在他绕来绕去都在讲自己家的事。这些和他父亲的画，或是和画中人遽然结束的人生之间，是不是有什么关联？

老乔喝一口已经凉掉的茶，"在英国第二年，我收到我爸寄来的邮包，里面有这幅画，还有他从前的日记。当时他已经知道自己生病，不过一个字都没对我提。"

"那日记还在？是什么时候的日记？"我急切地问。

"不是他看到幻觉的那个时候。是更早以前，一九七六年。那时我还没出生，我妈和奶奶一起住在老家，我爸在云南插队。日记是关于阿果的。"

我坐在自家沙发上盯着海报看了许久，这才下定决心把那个牛皮纸封皮的日记本从包里拿出来。日记的边角磨损得厉害，纸张已经变成了脆弱的黄色，有几页受过潮，使本子失去了平整。我下午已经在老乔的店里看过，所以一开始就径直往后翻，直到有关阿果的那部分文字呈现在眼前。

一九七六年七月二十三日　雨

每天出工前，必须咬紧牙关，才能把昨天换下的又湿又凉的脏衣服套在身上。雨季的早上最难熬。不过只要过了这一关，在雨里待久了，就不会有任何感觉。

今天收工回来，我看到了阿果。有一阵子没看到她了。我踩着被我们砍下的树木的尸体往山下走，落在了其他人后面。她突然从一根横在地上的粗壮树干后面探出身子来，让我吃了一惊。

四年前我们相识的那个傍晚，她也是这样悄无声息地从树林里出现。那次是她阿爸病了，她来问知青们有没有药。

她的汉话说得比四年前好多了，人也不再是那个不到我肩膀高的瘦小女孩。只有眼睛和从前一样。她问我平哥什么时候回来。董平这次请探亲假回去之前没告诉她要走多久。

我没法不注意到她裹在黑马甲下面的胸部。她完全是个女人了。董平这小子。同伴们有时粗俗地开他的玩笑，问他彝族女人是不是和汉族不同，有特殊风味。他当然有发言权。陈晓玲也对他死心塌地的。不过我总觉得他对陈晓玲是别有用心，谁都知道陈家爸爸已经平反了，说不定什么时候就能动用关系，把女儿和未来女婿弄出农场。

我对阿果说，我也不知道董平什么时候回来。不过他只要回来了，当然会第一时间去看她。

她注意到我的砍刀，拿过去审视了一下，然后用她缺少抑扬的汉话说，你现在会磨刀了。

我笑了笑，说有她这个老师，当然不赖。

我还记得阿果家火塘的暖意。捂在柴灰里烤熟的洋芋。她在火塘一角仔细地帮我们磨好一柄柄砍刀，弧形的刀锋上映着火光，又把红色反射在她的脸上。她偶尔抬眼看我们，不，她看的是董平。董平和老刘他们几个人正在喝阿果的阿爸酿的包谷酒，我不喝酒，所以只有我看到她眼睛里的光。

一九七六年七月三十日　雨

董平昨天回来了。我催他去看阿果。他懒洋洋地答应着，把从家里带来的罐头扔给老刘他们这群狼去抢，自己窝在下铺抽烟。

今天下午我才听说，阿果的阿爸去世了。是上个礼拜的事。大概就是在她突然来找我问董平消息的那天。我很后悔，自己为什么不多和她说说话，问问她家里的情况呢。我是在避忌什么呢。

一九七六年八月十二日　晴

难得今天没下雨。董平说他可能要和陈晓玲结婚，还让我先不要告诉别人。

我问他阿果怎么办。他没回答。我想揍他一顿，可最终只是气哼哼地走开了。我恨我自己的懦弱。

一闭上眼就看到阿果的眼睛。我睡不着。想拿支笔把她画下来，才发现我其实不记得她的脸。

一九七六年八月十六日　晴

陈晓玲这个女人简直疯了，她说阿果杀了董平然后跳了江。她为什么要这样讲？

只有我知道发生了什么，可我不能说。事情是我引起的。是我害死了他们两个人。

八月十六日的两行字下方还有一行字，被人用墨重重地涂掉了，无法辨认。这本日记在一九七六年的记述只到这里，中间的时段全部空白，然后是一九七七年二月，写日记的人也就是老乔的父亲回了老家。从日记来看，他似乎是请病假回去的。从这时起，日记中突然出现了"娟"和"安安"这两个名字。白天在店里没有细看，我又翻到前头去研究，总算拼凑出大致的经过：老乔的父亲在一九七六年春天回去探亲时和一个叫做娟的女人结了婚，他隔了一年回家，这才看到自己素未谋面的儿子安安。

原来老乔并没有我想象中那么老，他其实不到三十岁。看上去老相，大概是因为他总在云南出没，紫外线催人老。

读别人的日记，尤其是一个已经死去的人在他年轻时代的记述，让人多少有种不可思议的感觉。我不知道身为人子的老乔读这些文字时是怎样的心情。老乔父亲写一笔清秀的好字，几乎不像是男人的手笔。

这个已婚男人显然暗恋着那个叫做阿果的彝族女人。画上的她很难被归类为美女，却一眼能看出其性格倔强如石。只有用情才能把一个人画得那么生动吧。想到她活了这一点，只能说实在过于生动了。

这有点像在读一个知道结局的故事。无论老乔的父亲揣着什么样的情绪，他都会回到自己的妻儿身边，心平气和地过他的下半辈子。直到有一天，阿果突然在他眼前活了过来。他说这是报应。他把儿子送到国外，又寄去这语焉不详的日记和那幅画。随着他的辞世，所有过往全被埋葬——如果不是我今天白日见鬼。

我又读了一遍最后那行字："事情是我引起的。是我害死了他们两个人。"

阿果和那两个知青之间究竟发生了什么呢？从日记中只能看出，她和他爱的男人都死了，另一个女人把经过说得像是一场情杀。阿果为什么选择在我这个路人甲的眼前复活？她和她的刀。她想告诉我什么？是关于她那被掩埋和忘却的死亡真相吗？

我没洗脸刷牙就爬到床上去，先用床头的座机给方涛打电话。按理来说他不可能在十二点就睡了，可他的手机没人接。无奈之下，我只好给他发短信。几句话说不清这些错综诡异的事，我在短暂的踌躇之后写道："小宝，你在做什么？我很想你。"

写完后我叹了口气，把手机上好闹钟放在枕边。希望阿果不要在梦中出现，我明天还得上班。想想也挺可悲，二十一世纪的升平白昼，对一个年轻又老迈的鬼魂来说，大概不是个适合徜徉的所在。

手机闹铃声把梦境硬生生地拦腰截断。我条件反射地伸手摸索，把闹铃关掉，随即在被窝里呻吟一声。昨晚花了很长时间才入睡，脑袋仍固执地想要爬回不可理喻不具形态的梦境彼岸。

我咬牙把被子一掀，坐起身。

手机上有来自方涛的短信，发送时间是凌晨两点。"在和老同学吃烤串。"平淡的陈述句。男人啊。男人一旦过了求偶期，就会对表露情感的话语吝啬如斯。

这会儿方涛肯定还在睡，我一如既往地洗漱出门。风很大，骑在自行车上，帽子围巾加手套也挡不住针一样的寒意。到公司照例比规定的时间提早许多，在尚未开始拥挤的电梯间，我从镜面般光滑的不锈钢电梯内壁上照见了自己的脸。脸色绯红是迎风骑车的缘故，眼神的熠熠却没法解释。我在记忆中拎出和方涛恋爱时的那个女孩，没错，当时也是这样一张脸。

眼下我当然不是在热恋期，是阿果的故事把我烧的。轻微的害怕、迷惑、一心想知道真相的好奇，所有这些汇成一股热流，灼烧着我的每一根神经。

接下来的上午，我面对电脑机械地输入和中文对应的日语。有点像小时候玩过的简陋电子游戏，橙色的圆形大嘴一路吭哧吭哧地吃掉迷宫中的点。只有去倒水和上厕所才会让我离开座位。公司的内部 QQ 不能联外网，我给明霓发了个短信，向她要老乔的手机号。

当我又一次从洗手间回来，手机上有条短信，QQ 也在闪烁。我先看手机。明霓说她只有老乔店里的电话，还说那人怪得很，不用手机。我点开 QQ，一边把话筒夹在耳朵和肩膀之间拨号，电脑屏幕上闪现一个对话框，陌生的头像说："你一直戴着毛线帽，让我想起我的老外婆。是忘记摘还是感冒了？"

电话就在这时通了。我愕然盯着屏幕，差点忘了对着话筒说话，直到老乔"喂"了好几次才回过神来："我是沈箬竹。"

他"噢"了一声，"你还好吧？"

"挺好的。为什么这么问？"

"……我想你会不会被吓着了。"

我扯掉脑袋上被我遗忘的帽子，"说不上吓到，不过也不能算没事。我昨晚重读了你父亲的日记。"

"嗯，有什么结论？"

"还是只知道日记上写的，更多的我可看不出来。你没有那之后的日记？譬如你父亲看到画上的阿果活了那段时间的。"

"我没有。他一直有写日记的习惯，留下来的却只有这本。我知道这没什么用处，不过也许能让你对那个人多了解一些。"

我立即意识到他说的是阿果，"了解之后呢？难道她会从画里跑出来？"

这话只是随口一说，话筒那端却传来大片的空白。充满了不可言说话语的空白，仿佛带着重量。我高昂的情绪顿时绷紧了，不，这不是害怕，只是我说不清的一种感觉。

隔了大概有一分钟那么久，老乔终于开口了："我也不知道。我妈有一次掉进河里，我在大一暑假回家，镇上的人都在传这件事，说她遇到了水鬼。"

"难道你认为，这和阿果有关？"我不无诧异地问。

"之前没告诉你，阿果是跳河死的。她和那个叫董平的知青的尸体后来在下游被捞起来。我下去收茶的时候特意去找过农场的老职工，好几个人都证实了这一点。"

我没有立即回答，脑子转得有点僵硬。

"她真是自杀？"

他发出一个含糊的声音，表示不置可否。"这只有我爸才知道……大概还有那个陈晓玲。你别再操心这个了，该留神的是你家方涛。"

我不觉提高了声音："什么？"说完我立即捂住话筒环顾四周。一览无余的巨大办公空间里，每个人都自顾对着电脑，不少人还戴了耳机听音乐，没人注意到我。

我又重复问他："你指什么？"

老乔叹息一声。想必他正坐在"一念"僻静的店堂里，面前有茶，背后墙上有幅画的位置空着。这一刻我非常确定，他知道什么。他甚至去查访过阿果的死，这人绝对已经理出了整件事的前因后果。

接着我听见一句奇怪的话。

"沈箬竹，我比你大几岁，你可以把我当哥哥来看。你也许觉得我在这件事情上不够坦白，但我确实没法对你说更多了。"

"方涛他，会有危险吗？"

老乔沉默片刻，"应该没有。我妈不也好端端的吗？我想阿果她并不坏，她只是……"

我没能等到他把那句话说完，因为老板正远远地从走廊那端踱过来。这间办公室没有任何隔断，一张张办公桌连成若干条泳道模样的横线，只在中间留出一条纵向的走廊作为通路。一看见老板，我赶紧对他说我要挂了。

我装模作样地对牢电脑继续忙碌，老板缓缓巡视过办公桌组成的一条条横线。他总让我想起巨大的深海鲨鱼，那个庞然大物游过之处，鱼群全都披上保护色，一头扎进珊瑚群，连气泡也不敢吐出。我前面不远的几块电脑屏幕前坐的是程序员，他们没有固定的座位，而是随着项目组的更迭不断换位。我们几个手册组的人一直坐在办公室的这一端。

深海鲨鱼的巡游结束后，我打开被最小化的 QQ 窗口，给那个陌生的头像回了一句话："谢谢提醒，我是忙忘了。"

回话很快过来，"多喝水。冬天办公室比较干燥，对女孩子的皮肤是一大损害。"

我打开那个蓝精灵头像的属性察看真身，程序四组的张朝武。不认识。这算是搭讪么？本姑娘现在没心思理他。我在等待中午的到来，那时方涛就差不多醒来了，我可以和他打电话说阿果的事。想起老乔说他母亲曾掉进河里，阿果在我脑海中的形象忽然变得狰狞起来。我的心揪紧了。如果方涛这时不在老家该多好，我恨不得他老老实实待在我们自己家，一下班就能让我看见，让我确信他平安无虞。

当天下班后，我到明霓的办公室去拿待译的资料。已经过了规定的下班时间，可她的公司还没人离开。每个人都一脸严肃地对着电脑忙碌不休。明霓的办公室是个用落地玻璃围绕的隔间，其位置正好可以把整间公司一览无余。她不需要扮演鲨鱼就能知道手下人有没有消极怠工。

我一进去就问她："你有时间？"

明霓的视线从电脑移到我脸上，停驻了半秒，随即她放开鼠标，整个人连同椅子朝我转过来。

"本来没有，现在有了。你有事对吧？你和方涛怎么了？"

"为什么非得关于方涛？"我皱眉，"就不能是我自己有事？"

她撇撇嘴却没继续尖刻，看来是好奇心压过了反驳的冲动。于是我坐在她办公桌对面的"汇报工作专座"上，一口气把昨天下午到今天的事说了一遍。

明霓在倾听的过程中不断把双手的手指绞在一起，显得有些紧张。听我说到老乔的警告，她终于按捺不住地开口："你不怕吗？"

"本来有点。"我承认道，"我担心方涛出事。不过……"

"不过什么？"

"我现在找不到他。"

"什么意思？"

"午饭的时候我打他手机，结果关机。我想他不至于还在睡，这事又挺让人挂心，就没多加顾虑，直接往他父母家打了个电话。你知道的，他还没和家里提过我，所以我本来尽可能不这么做……"

"他不提首先就不对。你接着说。"

"他母亲接的电话，我冒充成他的同事。他母亲有点诧异，说方涛不是过年加班不回来过年吗，还问我难道不知道？"

明霓"啊"了一声。

我继续说："我只好赶紧解释，说我和他不是一个部门的。后来整个下午我打了几十次他的手机，一直关机，直到来你这儿的路上才终于通了。"

"那他对自己不在老家这事给出说明了？"

"没。我也没说我打电话到他家了。他说昨晚和老同学烧烤喝酒，弄到凌晨，所以这会儿刚醒。我就问他今天接下来做什么，他说晚上要陪父母去新建的一个什么广场散步。"

明霓冷笑起来，"他还真是吹牛皮不打草稿。你没和他提那幅画的事？"

"当然提了，但只说了一半。他说我神叨叨的，是不是该去看心理医生。"我叹了口气，看向明霓，"我觉得他恐怕是出事了。我的意思是，这段时间，他多半是和别人在一起。否则他没必要撒谎。"

明霓没接话。

"我该怎么办？"

她毫不迟疑，"等他回来，审他。"以她的性格，这个答案可说是顺理成章。我却做不到这么简洁明快。

"哎，你不是有翻译的活给我吗？我先带回去好了。现在不愿意想这些事，还不如赚点家用。"我说着，尽量不去理会明霓满脸喷薄欲出的说教。

接下来的日子充满了谵妄的幻觉。这些幻觉既有我自己制造的，也有别人施加在我身上的。要说后者，当然就是方涛。

他继续编造在父母家的谎言。我已经不愿意给他打电话，每天只是例行公事地发一两枚短信。我不再给自己做饭，白天上班，晚上在家做翻译的兼职，饿了就吃点面包或是外卖的盒饭，哪一样都没滋没味。睡眠质量变得极差，曾经我是个一沾枕头就能入睡的人。我没法不想起刚开始同居的日子，贪睡如我，几乎没和方涛看完过一部完整的影碟。醒来时身在枕头和被子的绵软怀抱里，他的吻炙热地落在我的耳边颈项，筑起迷离的情欲之网，让人想要就此辗转昏沉，不复清醒。

如今我整夜整夜睡不着。偶尔陷入短暂的朦胧，立即开始做梦。可怕的是，所有的梦都一样：方涛带着一个女孩回来，向我宣布我们完了。梦中我看不清那个女孩的脸。我哭了，哭到哽咽，然后满脸眼泪地醒来。

即便在清醒的时段，眼泪也会在周遭无人的空当涌出来。有时候甚至在上班时间也无法控制。我好几次快步走到洗手间去哭。真恨自己的座位偏偏在远离洗手间的另一头，必须穿过漫长的甬道。

有一次，从洗手间把脸洗干净回来，我又收到张朝武从QQ发来的消息。他问我是不是心情不好，还说有家不错的甜品店，要不要下班后一起去吃。这时我已经知道，他就是那个座位挨着甬道的眼镜男生，我曾无数次经过他的身旁。

我没有和张朝武去吃甜点。大概全世界都看得出我一脸死灰，甚至有可能我全身散发出咸涩的眼泪气味。至少，我希望能一个人待着。我翻来覆去地对自己说，方涛的谎言未必就像我认定的那样，背后会有个面目模糊的她。可这样的劝说显得相当无力。

明霓抽空来看过我两次。一次是晚上，一次是周末。我不想在她面前哭出来，两个人聊得前后不搭，中间不时出现失忆般的空白。她说想看老乔父亲的日记本，我才惊觉自己一直忘了还给人家。老乔也很奇怪，那次电话之后就没有半点消息。

我没把本子给明霓看，擅自做主似乎不太合适。倒是因为她提起这事，我重读了那些近三十年前的日记。这让我有了一个不恰当的联想，觉得自己现在的情形和阿果不无相似——如果方涛果真出轨的话。

不过，这实在不是个把心思花在一幅怪画上的恰当时机。就在我干脆忽略了老乔其人的时候，他忽然来了我家。那是在公司刚放假的那天晚上。小年夜。

听见有人按门铃，我以为是明霓，心下纳闷。之前没听说她要来。明霓的父母今年来这边过年，按理来说她这几天下班后该乖乖回家才是。

打开门，眼前赫然是老乔。我自然一惊。看见他手里拿着一件用报纸包裹的扁平物体，我反倒镇定下来。我让他进屋，问他吃了没有。听到答案是否定的，我有些抱歉地解释，家里没有吃的，或者我们可以待会儿出门吃饭。

"你明天一个人过年？"老乔坐在客厅沙发上问我。那幅画——应该是那幅画，被他小心翼翼地倚在茶几边上。

我点头，他说自己也是一个人过年。然后我们之间出现了短暂的沉默。被报纸遮蔽的画悄然昭示着自身的存在感。

"你明天到我那儿过年吧。我可以弄个火锅。"老乔突如其来地说。

"也好。两个人总比一个人热闹些。"我努力微笑了一下。他仍然若有所思地睃着我。

"你和方涛怎么了？"

我想起明霓也是这么问的。那是在她的办公室，大概一周之前，感觉上却似乎是相当遥远的过往。大概是因为严重缺觉，我对时间的感觉变得紊乱。

"没什么。他有些事瞒着我。可能是我多想了。"我远远地坐在转角沙发的另一端。以前晚上看碟的时候，方涛会整个人在转角上摊开来，把脑袋放在我的腿上。

心思游荡间，我听见老乔说："问个老问题，你一般会选择相信直觉，还是相信别人告诉你的话？"

我不由得瞪着他。老乔看来并没有等待我的回答，他淡淡地说："我爸是个很固执的人。别人都说他怕老婆，耳根子软，其实他骨子里偏极了。一旦他认定的事，九头牛都拉不回来。譬如送我出国的事，还有他搬回老房子的事。"

"搬回老房子？"

"是啊。就在我离家刚进大学没多久，原因是他认为我妈和别人好了。这事说来话长。"

老乔说，他父母的婚姻不能说是幸福的，不管在外人眼里，还是从他这个独生子的角度。母亲是个精明得近乎强悍的女人，家里大事小事都要拿主意，而且最恨别人不顺着她。

父亲虽然是有名的敦厚性子，但他那种绵里藏针的倔强劲一上来，两个人就得闹矛盾。

父母的婚姻是别人介绍的。母亲是邻镇人，年轻时也算是有模有样。她嫁给远在外地当知青的父亲，当时很多人不理解，后来大家又纷纷觉得自己明白了——人们都说，那是因为乔家的糕饼方子。

乔家算得上是糕饼世家，几款手工点心早在清朝就销往周边四乡。芡实糕绿豆糕这些甜点，水乡很多人家会做，但都不如乔家的细致，他家还独有用鸡头米、荷叶等应时材料做的糕点，取水生植物的清气，吃起来香糯不腻，深得老少妇孺的欢心。乔家的饼店开到六十年代就停了，但手艺还在。他家有一点特别，糕饼方子是一代代传给媳妇的。老乔的妈妈一进门，乔老太太就开始偷偷地教她做各种点心，有的材料当时找不齐，所以老乔的妈妈没把祖传的手艺学个十成十。老太太去得早，老乔的爸爸从云南回来的时候，家里就只剩下媳妇和儿子，还有九成九滋味的家传糕饼。

到了八十年代初，老乔的妈妈一马当先地开起了糕点小作坊。名义上作坊主人是老乔的爸爸，可实际从头打点到底的人是他那个厉害的老婆。作坊很快兴旺起来，一传十十传百，开始有点闲钱的人们从附近的乡镇过来买糕饼，带回去给家人解馋。增加人手之后，最关键的制作步骤仍是老乔的妈妈在管，由她亲手调和各种原料的乔家糕饼保持着神秘，生意自然也就兴旺不衰。

老乔的童年是在相对优裕的条件下度过的。他是整个中学第一个穿牛仔裤的人。因为手头宽裕，他常请同学吃冷饮，高中的寒暑假还带着要好的同学去上海玩。少年的心早就不肯局限于逼仄的水乡小镇，而是憧憬着另一种完全不同的生活。

也因为这个原因，他对父母的新合伙人不无好感。那是个姓邝的广东生意人，不过大家都不喊他的姓，而是应其本人的要求称他为阿海。阿海瘦长个子，白净面皮，普通话说得很好，不像人们印象中咬字乱七八糟的南方商人。他给小镇带来了不少变化，和乔家合作的糕点厂是带流水线的，镇上好多闲人因此有了新工作。糕点一改往日印着"乔家点心"字样的粗陋纸包，换上精美的礼盒，上面还有新崭崭的金色注册商标。老乔的爸爸成了名义上的厂长，谁都知道打理工厂的主要是乔家媳妇和阿海。正值高三的老乔平时住校，每个月只回家一两次。就在这样半个月到一个月的间隙，他看到自家的新楼嗖嗖地盖了起来。新楼位于镇外，靠近工厂，是当时的时兴样式，两翼是卧室，中间一到三楼分别是客厅、棋牌室和桌球室，便于待客。两边顶上还竖着一对英式风格的尖顶，外立面贴满瓷砖。用现在的眼光来看大概显得不伦不类，放在那个年代，绝对是豪宅了。

然而，就在老乔一家鞭炮喧天乔迁新居之后没多久，老乔的爸爸突然带着他画画的工具回了镇上的河边老宅。他也不再去上班，整天闷在屋里画画。这人爱画两笔是众所周知的事，刚回城那会儿，他的最大理想就是到县城的文化馆去搞宣传，眼看这个理想无望实现，他也就老老实实跟着自家媳妇，开作坊，办工厂，可说是媳妇指哪儿他打哪儿。大家都说他窝囊，说他少根筋，可这窝囊人突然像是多了根筋，而且是根偏筋。他就这么不管不顾地窝着画画，镇上人的嘴巴当然也不会闲着，纷纷开始猜度老乔家出了什么事。流言在屋檐间飘荡，从一座桥到另一座桥，甚至随着河水流到了其他镇子。

那时老乔刚成为意气风发的大学生，他一头沉浸于上海的新生活，对那些没有影子却曳着翅膀的流言一无所知。他直到暑假回去才知道家里出了好几件事：他爸爸搬出来了；妈妈有一天回来找爸爸吵架，半路上掉进河里，还好给救了上来；老宅差点被烧了，意图纵火的不是别人，正是他爸，有人甚至怀疑他爸想自杀，大家都骂乔家爸爸只顾自己忘了邻居，这檐碰檐的老房子倘若真烧起来，没准是好多条人命哪。

"这一切其实都和阿果有关。"老乔停下叙述，把他脚边的画拎起来放在膝上，解开层层缠叠的报纸。我目不转睛地看着他手里的动作。等那幅画完全呈现出来之后，我不由得长叹一声。

如果这一切仅仅是我的幻觉就好了。然而我知道这是真实的，就像方涛此刻不在父母家一样真实。

画上的阿果手握短刀，刀锋已经离鞘，闪着银蓝色的光泽。她的蓝袖套也不见了。袖口上的殷红花朵和腰带的刺绣风格一致。我试图回忆上次看到她手握刀柄的时候有没有袖套，可记忆不争气地一片模糊。

为了慎重起见，我向老乔确认："这确实是同一幅画？"

他点头。我又问："在你看来，她还是原来那样，戴着蓝袖套，双手交握？"

他再次点头。"我本来犹豫了很久，要不要把她带来给你看。如果现在发生的事和从前一样，接下来，你多半还会看到别的。我爸寄到英国的除了画和日记，还有一封信。他在信中说，他曾在这幅画上看到我妈和那个阿海在一起，所以才搬出去。我一直没告诉你这些，是不愿你多想。不过明霓给我打了电话……所以我想，有些事终究必须面对。"

老乔走后，我一个人对着画枯坐了很久。阿果没有再发生明显的变化，我不知该为此失望，还是松一口气。乔家的混乱在那个夏天匆匆收场，老乔中止学业，被送到北京读语言班，紧接着出了国。他在国外收到父亲的来信，整件事听起来异常荒诞，他不愿相信，宁可把这当作是父亲的一场幻念。

老乔说，不过等父亲去世，他读完书回来，发现母亲把工厂连同糕饼的专利一起卖掉了。收购方不是阿海。那个广东人离开了小镇，也离开了被他搅动不宁的一家。到了这个时候，老乔觉得不再有必要去追究那些过往。父亲死了，母亲老了。她在他印象中一直光鲜，如今却突然多了皱纹，人也胖了许多。再加上母亲显然把四处游玩的新生活当作一帖补药，做儿子的又能说什么呢？

我当时的表现近乎失控。我尖声问他，既然知道这幅画如此怪异，为什么还要把它挂在外面给人看？

老乔窘迫地回答，这是他父亲最好的一幅画，而且他自己从没看出什么异常。他原本以为阿果只对父亲产生作用，所以才没有把画收起来。而且——

他的表情显得有些苦涩，又说："你还没看到我爸说的那些情景，现在就先入为主，认为方涛肯定在欺骗你，是不是为时过早？我之前就问过你，愿意相信直觉，还是别人的话，你说过，你选择相信对方。"

他说得句句在理，我意识到自己多少有些拿他撒气，有点窘意。最后老乔把画搁在了我家。他诚恳地说："你自己选择吧，看或者不看——没事最好，如果有什么，随时打电话给我。"他留了家里的号码。

我毫无睡意，也无意做其他事情分心。大概过了半小时，我意识到自己又在哭。阿果在画框里执刀冷眼看我，凝然不动。门后的海报上仍是那句关于爱情的老话，这时显得很是刺眼。

又过了一阵，我强迫自己起身去喝水。眼泪一直无声地流下来，身体严重脱水。拿着杯子走回来时，视线落在墙角的电脑上，我心里忽然一动。

我有方涛的手机卡密码。在他离开的这段时期，我得不时检查余额，看是否需要充值。

电脑桌在电视柜的左侧，房间靠阳台的角落。我打开电脑，感到自己的手在颤抖。画在地上靠床边摆着，我尽量不回头看它。开机很慢。好不容易等到网络接通，我直接来到手机运营商的网站。输入手机号和密码。查询网页跳了出来。有一个选项是上月明细，我点进去。

屏幕上冗长的清单顿时刺痛了我的眼睛。密密麻麻的短信和电话记录，我的办公室电话和手机号码偶尔闪现，清单几乎全由另外两个号码构成。一个手机号，一个异地座机号。看到凌晨两点长达三十分钟的通话记录，我有种心底发冷的感觉。当时我一无所知地睡着。方涛难道是在这个房间打的电话？不，有可能是在洗手间或厨房。但这已经不重要了。我用鼠标滑过清单，拉到三天前的位置。通讯记录倏然寂寥下来，一天里只有两三个我的号码。

我又打开一个网页，对那个座机号码的区号做了查询。深圳的区号。然后是手机归属地查询，手机号也属于深圳。

那两个号码应该属于同一个人。这么说，他确实是和那个人在一起。

我张开嘴，却发不出声音。我摇摇晃晃地从椅子上起身，走了两步，像个失忆患者一样停下来，仿佛想要确认自己身在何处。就在这时，在不远处的前方，阿果的刀锋泛起一道尖锐的冷光，我条件反射地眯起眼。

光洁如镜的刀刃像一道银练般逼近前来。其中映着人影。原来你的刀是一面镜子啊，我在心里对阿果喃喃。下一个瞬间，镜中人影扭动着聚焦，逐渐清晰。一张熟悉的脸半侧着，那是方涛。他正转头亲吻一个女人的侧脸，女人半开玩笑地轻推他，让他转回去看前方。他们舒舒服服地靠在一张陌生的沙发上，似乎是在看碟。

我很熟悉他们的表情。那样的满足，慵倦，不知今世何世。曾几何时，我也有过这样的时光。

我想闭上眼睛不再看下去，另一股力量却促使我强睁着眼。黑色的情绪从胃的底部涌起来，泛着僵硬的酸楚。这是古老的情绪，阿果和老乔的爸爸都尝过它。它的名字叫愤怒。被背叛被欺骗的愤怒。

我在春晚开始后不久接到明霓的电话。她显然担心我一个人过年太过冷清，当听说我在老乔家吃火锅过节，她显得有些错愕，又问我有些什么人。我说就我俩，明霓小声念叨了句什么。我没听清。再追问时，她又不肯说了，留下一句"年后见面聊"，她挂了电话。

火锅的汤底是老乔预先炖好的骨头汤，我帮着洗了蔬菜。酱料是他自己调的，芝麻酱，韭菜花，腐乳，香菜。我不喜欢涮羊肉，只捞蔬菜。以电视的歌舞升平为背景，两个人隔着缭绕的热气埋头吃起来，居然也很有过节的气氛。老乔这套两居室不像是租的，装修简单却得体，白墙，深色木头家具，和茶庄的风格相似。只有米色布艺沙发上三只玫瑰哑绿深紫的刺绣靠垫渲染出强烈的民族风，靠垫表面的繁复绣花让我想起阿果。

进门的时候他看见我手中的扁平物体，随手接过去放在房间一角。他问得漫不经心："这画你不看了？"我答得平淡："不用了，谢谢。"

火锅吃了一个多小时，毕竟只有两个人，再怎么吃战线也拉不长。我主动去洗碗。

　　一边麻利地洗着碗，我忽然意识到，这多像过去九个月的夜晚，不同的是我在另一间厨房，在屋里看电视的也不是方涛。方涛此刻在做什么呢？这个问题一浮现就变成了刀，直扑我的心脏。我把堆积在盘子上的泡沫狠狠擦掉。

　　一只手放在我的肩上。我一震，转过脸，正遇上老乔深沉的眼睛。他端着一杯浅黄色的液体，轻柔地伸到我鼻子底下。酒气扑鼻。听见他说"喝一口"，我愕然，随即不假思索地就着他的手吞下一口。半透明的液体伴随着浓重的果味灼烧起来。我眯起眼，"好烈。"

　　"是青梅酒。云南的朋友用家酿的包谷酒泡的。"他没走，继续站在那儿陪我洗碗，不时自己喝一口，又不时让我抿一口。杯子在我们之间悠来荡去，很快空了大半。碗全部洗干净的时候，我的脸也腾腾地热起来。

　　他拉着我回客厅，我的脚底好像踩在棉花上。一沾到沙发，我就把腿收起来，蜷成一团抱着膝盖。老乔耐心地把我拉开，让我舒展身子，头枕着靠背，说这样酒气才容易散开。他在我身旁坐下，"沈箬竹。"

　　"嗯？"

　　"你想知道阿果是怎么死的吗？"

　　"你果然知道。"我闭上眼睛，黑暗泛起奇怪的块状存在，在眼底游移，"说吧，我听着。"

　　阿果在十六岁第一次见到那些外来的年轻人，他们有个称呼，叫做知识青年。在那之前，她的生活很简单，白天翻过一座山去公社的茶场上班，晚上回来照顾阿爸。阿爸腿不好，所以不能干活赚工分。不过阿爸最善于用机关陷阱抓小兽，有时还能抓到野鸡。抓来的动物肉可以吃，或是偷偷卖掉，父女俩的日子倒也不算太差。

自从认识了平哥，阿果的生活有了一些变化。她还是会在夜里赶回来陪阿爸吃饭，茶场食堂的饭菜可比不上阿爸做的辣椒炒干巴，或是阿果自己做的皮萝卜和腌菜。吃过饭，阿果又没影了。阿爸知道她去找谁。他抱着水烟筒，偶尔抬眼，看女儿把缠头重新仔细缠一遍才出门。阿爸没说什么。

除了平哥，有个姓乔的知青也和阿果很熟。他送了阿果一面小镜子，还把她画了下来，画得像极了。不过阿果分得很清，平哥是她的男人，乔大哥是哥哥。

阿果二十岁了。彝族女孩在这个年纪大都已经嫁人，茶场的伙伴中有不少已经当了阿妈。阿果问平哥什么时候娶她。平哥说了一句很难懂的话，他说要先立业，后成家。还说阿果是个不懂事的女人家。这后一句阿果倒是听懂了，她有点生气。平哥刚来的时候瘦得像根松枝，要不是她不断把做好的野味拿来给他吃，他能像个男人吗？

又一个雨季来了。平哥回老家，一去就是好长时间。好不容易等到他回来的消息，阿果忍不住说谎请了半天病假，跑过去看他。她在男知青的宿舍外头等到收工时分，其他人都陆续走回来了，惟独不见平哥。阿果就去问乔大哥。乔大哥的表情非常奇怪，他想了一会儿才对阿果说，你跟我来。

阿果跟着他往一片还没开过的山上走，路很难走。阿果有点奇怪，平哥收工后跑到这里来做什么。等爬到河流从半山拦腰流过去的位置，有一片每年被洪水冲刷而不生树木的开阔地，地上密密地长着铁线草，像一条绿色的毯子。

阿果看见了平哥，他和一个女人滚在厚实的铁线草上，就像他曾经和阿果做过的。

乔大哥没说话。阿果也没有。他们站在树木构成的屏障之后，两个人一齐看着一丈开外的另外两个人。阿果的手放在了腰刀上。

她拔刀只在一瞬间，接着她整个人冲了出去。在乔大哥还没反应过来的时候。

尽管涉及自己的父亲，老乔却是以一个奇怪的角度来说这件事。他刚说到拔刀的情节，屋里的电话响了。他起身去接电话，我拿过茶几上的杯子一口口呷着，几乎没留心那边的对话内容。老乔回到沙发前，露出一个愕然的表情。

"这么快？当心喝醉。不过也好，人生难得几回醉。"说着，他又给我把酒倒满。我这才注意到沙发另一端的巨大酒罐，高度几乎等同我的胳膊长度。惊人的储备。我迷迷糊糊地感到满意，这下不用担心没酒了。

"有个问题我一直想问你。"老乔说，"你喜欢方涛什么？我只见过他一次，不好说。不过他似乎有点……"他在搜索词汇。

"愤世嫉俗？"我笑了，"明霓也这么说。他以前不是这样的。可能，是因为在家待久了。"

"那他以前什么样？"

"很体贴，会在很多小细节上哄女孩子开心。我们刚认识的时候，我生病了，他就来煮粥给我喝。过马路，他永远走在有车来的那一边，刚过一半又赶紧挪到我的另一侧。我起先觉得他谨慎得有点儿可笑，同时也有些感动……"我停顿片刻，"我其实是个很闷的人，也没什么特别的长处。他看过很多很多电影，人又聪明，对社会人生都有比我更深刻的看法。和他在一起，好像自己也能生活在一个更广阔的世界里。"

老乔用眼神表示"后来呢"，我继续说下去："我们在一起没多久，他就失业了。原先他是和同事合租，我呢住公司宿舍，因为想一起生活才重新找了房子。一开始，我以为他在家只是暂时的，可几个月后，我发现他变得不爱外出，也没有找工作的意向，整天就窝着上网和看碟。要应付两个人的开销，对我来说不是件容易的事。上班加上兼职，我累起来也就不想和他多说话，好像我们各自都慢慢地缩进自己的壳里。我有时候想，要是我像明霓那么能干就好了。"

老乔笑了一声，"要是你和明霓有半点相似，大概都不会容忍这么久。我这不是批评你，真的。每个人都只能是他自己，所以很多事情可说是注定的。"

我折回刚才的话题，"阿果其实没有对那个平哥怎么样，对吧？"

"是啊。她冲出去是因为看见蛇。可惜没来得及，她把蛇砍成两截之前，董平已经被蛇咬了。阿果跪下来帮他把毒液吸掉，那个叫陈晓玲的女人只是在旁边发呆。我爸本来想转身走掉，却挪不动步，就继续站在树丛后面看着他们三个。只要过了草滩旁边的河，就可以从开垦过的山路回去，那边比较好走。阿果扶起董平，因为独木桥只能容一个人过，她让董平走在前面，自己扶着他的腰。走到一半的时候，董平忽然回身说了句什么。"

"他说什么？"我不禁问道。

老乔摇头，"距离远，我爸听不见。不过阿果一听到那句话，就把放在董平身上的手松开了。所以可能他说要自己走什么的。董平见她放开自己，笑了一下，转眼就跳进河里。阿果当即跟着跳了下去，她一定是想救他。那是雨季，水势大得可以冲走一头牛。两个人很快被急流卷走了。陈晓玲在河边惨叫了半天，真是叫天天不应，最后她跑过独木桥，从另一边下了山。我爸这时才从树丛里出来站在河边，默默发了很久的呆，然后他一个人沿原路回到连队。后来的事你都知道了。"

"你爸……喜欢阿果是吧？"

"你说呢？"他接过我手中的杯子研究性地看一眼，然后啜了一口，"其实我直到看见他那封信，才知道他对我妈的感情很深。之前我一直以为，他们不过是介绍成婚，谈不上有多恩爱。我爸看起来不像是个感情丰富的人，他的心思都藏在心里。我妈泼辣，大胆，凡事有自己的主意，可以说有点倔。她和阿果在这些方面很相似。我妈结婚生子都早，阿海出现的那会儿她才四十岁，人是由性格决定的，她向来不甘于只当乔家的媳妇，一心想要闯出个天地。就像我曾对阿海有好感，觉得他新潮，有派，我妈应该也是一样的感觉。"

我注意到他的用词："你不恨那个阿海？他破坏了你父母的感情。"

"感情是两个人的事。如果我妈能有我爸一半的心，有些事就不会发生。也可能是我爸太不善于表达自己，他不像有些人那么会哄人。"

我脸上火辣辣的，"你的意思是方涛会哄人。这最后都是空的。"

"我可没有影射，你想多了。总之我爸看到阿果活了，看到她拿起刀，后来又看到我妈和阿海出现在画上。我想，你应该也已经看过类似的情景，对吗？"

我没有回答他的问题，只是虚弱地说："你把画拿来。"

他默默起身去拆下画的外包装，把它靠茶几摆着，自己站在一旁。我不由得盯着那幅画看，然后缓慢地抬头看向老乔。大概真的喝多了，仅仅转动脑袋这个动作都让我一阵晕眩。

"你说过，你母亲有一次掉进河里。"

"是。收到我爸的信之后，我怀疑过这件事。因为阿果也是死在河里。我在水乡出生长大，多少有点迷信。"他抿紧了嘴，"不过我没问我妈，她似乎不想提从前的事。"

浓重的情绪扩散开来，如同某种拖着影子的生物蹑手蹑脚地爬过心房。这情绪是恐惧，牵挂，还是不愿面对，或是恨意？我分辨不清。我听见自己说："还有一件事，你父亲纵火未遂那件事，他那时候不是要烧房子，他是——"我看向那幅画，"他是要烧掉阿果。"

　　我还记得画面最初的模样。戴蓝袖套的盛装彝族少女，双手交握，没有刀。此时此刻，画上只有一片浓重的黑色。阿果已经不在那里。

　　我知道她去了哪里。

　　"我明天一早去深圳。不然，方涛会出事。这不是迷信。"我艰难地吐出这句话。

　　老乔的声音不带慌乱，"我陪你去。"

　　我闭上眼睛，听见他继续说，"希望来得及。"

　　大年初一的深圳像座空城。我们乘坐只有几个人的机场大巴进入市区，车窗右侧可以看见海。我们在第一站下了车。马路宽广得让人有迷失之感，往前看是稀稀拉拉的高楼和绿树，往后看也是同样的情景。还好老乔来过深圳，他带着我拐进一条岔路，又进了路口的茶餐厅。这会儿还不到十一点，我没吃早餐，对端上来的粥也毫无胃口。昨晚在老乔家的客厅沙发凑合了一夜，多少是倚仗酒精的作用，我才陷入几次短暂的朦胧。意识如同起落的潮水，一波接一波把我推向可以安眠的海岸，却始终抵达不了。

　　老乔对我说，"你如果热，可以把羽绒服脱了。"我机械地照做。他在我对面斯斯文文地喝着粥，喝到一半后放下勺子，"你要不要给方涛打电话？"

　　我点头。摸出手机才发现自己的手抖得厉害。该来的终究要来。我横下心，用拇指按下快捷拨号。电话接通了，我听见方涛"喂"了一声，便也张了张嘴，却没发出声音。

老乔隔着桌子轻捷地把手机从我手中抽走，"喂，方涛吗？你好，我是乔安，圣诞节在你家吃过饭的，还记得吧？对，我现在就在沈箸竹旁边，她有事和你说。我们约个时间？"

他停顿片刻，"我当然知道你不在上海。我们也在深圳，刚到。"

又是短暂的停顿，"我看她现在的状态接不了电话。还是见面谈好一些。"

他忽然微笑，"你想错了，我只是她的普通朋友。"我想把电话拿回去，他冲我摆摆手，"一起午饭怎么样？"间歇，"波托菲诺？哦，我知道华侨城，到那儿再问路好了。好，那你订位。再见。"

他挂掉电话，温和地对我说："方涛好像误会了。他以为我和你在一起了。"

我发现自己又恢复了说话的能力，"这算不算恶人先告状？"

"随便他怎么想。倒是你——我猜，下午他可能会带那个人来。你能行？"

"我没事。谢谢你陪我来。要是只有我一个人，大概会比较难。"

"应该的。我很抱歉，是我家的画造成这些。"

"就算没看见那幅画，有些事情还是一样会发生。只是过程可能不同，譬如我不至于跑到这里，只会傻乎乎地在上海等着人家回来宣判。"

老乔皱眉，"未见得是宣判。你们不一定就这样完了，你要冷静些，看看他见面以后怎么说。"

"你父亲的信，"我说，"他有没有讲，他和你母亲的关系，在那之后怎么样？"

"他没提。不过据邻居们说，我爸的身体在我出国后明显虚弱了很多，我妈搬回老房子照顾他，他俩常一起在河边乘凉。"

"那个阿海呢？"

"好像那时候就不太有人见到他了，合伙关系真正结束是在我爸去世后。可能的一种解释是，我妈主动和他断了。"他也招手结账，一边说，"你别想太多。我家以前的事和现在完全不是一码。再说你来也不是谈分手，你是为了方涛的安全才来的，要记住这一点。"

波托菲诺这个洋味十足的名字代表的是一片住宅区，位于叫做华侨城的绿岛一隅。我们顺着树荫下弯弯曲曲的窄马路往深处走，路上遇见过推着婴儿车的年轻母亲，以及小夫妻模样的男女。这个城市似乎很少看见老年人。

我在路上收到方涛的两条短信，第一条很长。

"你可以怪我。我知道是我不对，错全在我。不过我也希望你给我一个解释的机会。你这样追到深圳来，大家都很难堪，不是吗？而且你还让外人陪着来看我的笑话。算了，见面说吧。"

第二条则只是公事公办的语气。"丹桂轩，我订了四个人的位子，十二点。"

果然是四个人。我感到有些无稽，他说我让大家难堪，这个大家又指谁呢？我只对第二条回了一个"收到"。

我们先看见一个钟楼模样的小尖塔，接着找到了那家叫做丹桂轩的餐厅。典雅的西洋式建筑，墙体在几乎不像冬日的明朗光线里泛着一种难以形容的橙粉色。穿黑西服套裙的女领班带着我们穿过大厅，沿着迂回的座位间隙走了好大一圈，推门来到户外。看见布置着墨绿色桌布和花冠形餐巾的桌子，我的第一反应是想要退回去，"怎么是在水边？"

这家餐厅竟然是临水的。落地窗外的这几张桌子位于防腐木堤岸上，往桌边走几步就是宽阔的湖水。不知是人工还是天然的湖泊，总之不小，住宅区沿着湖岸错落地延伸开去。正午时分，一湖暖阳碎金，如果在平时，大约算得上情调卓然。

女领班有些困惑，说订位的方先生指定要湖边的位子。我正要继续争辩，老乔插了句："既然人家特意订了，就坐这儿吧。"

方涛他们还没出现。我和老乔坐在同一侧，不远处的湖水让我莫名地心神不定。完全是没话找话，我问老乔："你有喜欢的人吗？"

他一愣，像是没想到我会问这么不相干的私人问题。"有过。"

"后来为什么分开呢？"我补了一句，"你要是不想说就算了。"

"是我大学时候的恋人。我从英国回来，发现对方结婚了。"他喝一口送上来的饮料，"我之前一点也没听说，所以受了不小的打击。"

"初恋？"

"对。"

我沉默片刻，"方涛也是我第一次喜欢上的人。"

他淡然回应，"人们都说初恋不长久。"

"其实我也没以为，我们能一直继续。有很多时候，我并没有这样的信心。"我用手指摩挲着玻璃杯，转动它，看阳光在其表面的映射。"为什么不能喜欢一个人，就一直是这个人，从此不变呢？"

我感到老乔屏住了呼吸，他似乎想说什么，然后他微微转过脸，"他们来了。"

　　我后来一直没能记住方涛的新女友长什么模样。当然记不住，如果你只看了对方一眼。眉目应该是颇为清秀的，可我的视线刚扫过她就像触及了什么烫人的东西，迫使我挪开眼睛。她戴着两枚长长的水晶耳环，到最后，只有那两颗泪滴形的水晶反射着阳光，留存在我的记忆之中。

　　我尽量只看方涛。如果再多看一眼那个女人，我可能会当场失控。老乔从身旁悄然握住我藏在桌下的手。我没有抽开，任凭自己的颤抖和冰冷在他稳定的手心里。坐在大太阳下，我浑身嗖嗖地冒着寒意。

　　可笑的是，我们几个就像不太熟悉的点头之交般闲聊起来。老乔问方涛喜不喜欢深圳。方涛说还行，又问老乔生意如何。他介绍身旁的女人，说她叫小和，和平的和，是做设计的。

　　我在这时才终于挤出一句话。我没看小和，对着方涛说："做设计？那应该很有想象力。"说完我立即在心里捂住脸，沈箬竹这是你吗，你居然如此尖酸刻薄。

　　方涛几乎是从容的："是啊。我们有不少共同语言。"我的心抽了一下，看来他确实是来谈分手的。说什么都没用了。

　　老乔用力握一下我的手，同时平淡地问方涛："你还回上海吗？"

　　方涛看也不看他，朝我说道："过一阵回吧，等大家都冷静些。"

　　我无力地吐出一句："我没有不冷静。你有什么打算，可以在这里说出来。"

　　方涛迟疑片刻，"还是不要了。"他似乎很清楚自己将要说的话只会让我失控。他向来是个爱面子的人，并且害怕争吵。这与家庭的影响有关。他的父母吵了很多年，到老依然没有分开，不过目睹着父母摔锅砸碗长大，方涛成了一个永远不会撕破脸皮的人。我曾经珍惜他的这种谨慎和纤细，如今却只觉得他的彬彬有礼充满了不可见的冷，让人遍体生凉。

四个人一时间无话可说，还好菜陆续上来了。叫做小和的女人之前一直没和我们交谈，自顾熟稔地点了菜。她的嗓音清脆，如硬币般滚入我的耳畔。我悲哀地想，就算不看她，我也将不得不死死记住这把声音。

吃饭这个行为能把最尴尬的死局消解大半。我几乎没动筷，小和帮方涛剥白灼虾，沾过生抽后放在他碗里。我想她不至于做给我看吧。有那么一刻，我几乎疑心她对我和方涛的关系一无所知，但这当然不可能。

老乔忽然转向她，"和小姐。"

那把脆生生的嗓音回答："我不姓和，你喊我小和就好。"

"噢。不好意思，我问个问题。"

"你说。"

"你喜欢方涛什么？"

她毫不迟疑，"他很体贴。一般男生都没这么细心。而且，他对事物有自己的一套看法。"

我没说话。体贴可能发展为冷漠，主张也不难扩散成愤世嫉俗。开初总是万般皆好，真正过起日子来又会别生滋味。我听见老乔说："你会和他在一起？"

这一次她踟蹰片刻，大约是在顾忌我。然后她说："对。"

"即便将来，有些感觉和现在不太一样，即便你将要面对一些……更加生活层面的东西？"他问得像个牧师。无论贫贱富贵，无论健康疾病，你会和他在一起吗？

小和表示肯定。我惊讶于自己没有当场哭出来。可能眼泪已经流干了。老乔这时问了一个相当残忍的问题，他对方涛说："你的答案，和她一样？"

方涛先是凝视着我，眼神里有抱歉、愧疚，或许还有别的一些情绪。他绷着嘴角，像是难以启齿，最终，他无声地点头。

一顿饭吃到这里算是结束了，虽然大概谁都没吃饱，或是食之无味。小和买了单，然后起身去洗手间。方涛点了一支烟，走开去抽。我想喊他，告诉他不要站在水边，但我只是空洞地张了张嘴。老乔顺着我的视线看去，我猜他看不到我正在看见的，一定是。

我看见她从水中浮现。她的手臂攀上了方涛的腿。她的头发濡湿，她的眼神漆黑寒冷，如同死亡本身。

方涛倏然掉进湖里，他甚至没来得及发出一声喊。

老乔的反应比我要快，他冲过去"砰"地跳进水中。我迟疑了半秒，也跟着跳了下去。毕竟是冬天，水很冷，扎在皮肤上如同没有形状的刀。老乔很快托住方涛，但一股更大的力量把他们两个一起往下拽。我朝他们游过去，听见身后惊叫四溅，还有人跟着跳下来的声响。老乔正冲我喊："你别过来！"我一心一意地游过去，深吸一口气，随即潜入水中。

我在水下努力睁开眼，阳光裹挟着人的肢体搅动起来的水流，像翻腾的果冻。她就在那里，在半明半暗中悬浮，死缠不休地抱着方涛的腿。没有人看得见她，除了我。我游过去，掰开她冰冷的手，把她用力推开。

他不属于你。我在心里用力地对她说。他不是你的。

缺氧使我的脑袋一阵剧痛。我浮起来换气，这时老乔像是突然掌握了救人的诀窍，他往岸边游去，臂弯里是惊慌失措呛了好些水的方涛。另一个男人也及时地游过来帮忙。我在他们身旁游着，从阳光普照的水面回头往下看去，水中一片空无，只有我们搅起的水花在向后飞溅。

她走了。

那天后来的情景可谓一团忙乱。老乔说我这样会感冒，而我又拒绝去那个小和家换衣服，于是我们找了个最近的宾馆入住。我洗了个长长的热水澡，裹着宾馆的毛巾浴袍从浴室出来的时候，正好看见老乔在倒酒。大概是通过客房服务叫的红酒。他给我倒了满满一杯，用温和而不由分说的语气对我说："你累了，把这个喝完，睡一觉。等你醒了，我们回上海。"

我曾以为年后的日子会很难捱，实际过起来，发现要忙的琐事多到足以分心。我在老乔的建议下搬去他家，占据了原来的书房。除掉我的衣服、书和CD，我和方涛那个已成往事的家几乎原封不动。交完房租，我给他发了短信，告诉他有三个月的时间回来收拾，如果他想续租，请自己联系房东。方涛表示还想和我谈谈，他说那天场面被老乔搞得过于尴尬，后来又出了意外，我们一直没有机会坐下来心平气和地交谈。我说没什么好谈的，你反正已经表过态。我本来还想加一句：我们在一起不到一年，希望你下一次能长久些。

后来我终究忍住这份多余的刻薄，在短信里写下"你好好过日子吧"。倒也算不上言不由衷。我期待时间成为缓释的遗忘剂，让我远离爱恨，平静度日。

程序组的同事张朝武又约过我两回，一次是去动物园，一次是"参观上海的老房子"。真难为他能想出这么多花样。我推了一次，终于还是应了第二个邀约。他带着我穿街走巷，不断介绍那些房子曾经的用途，某某商会，某某烟草公司，如今有的被整修过，成了银行的办公楼，有的则荒废颓败。和历史的沧桑相比，人事，或者说情事的变迁，似乎真的算不上什么。

如果换一个时期，也许我会对这个戴眼镜的消瘦男生有更多好感。他养了一只流浪猫，常自己做饭。他对我很有耐心，也成功地把我逗笑过。没过多久，我通过公司邮件告诉他我快结婚了，并将辞职。他迅速回信，说"我想那是个幸运的男人"，还说"祝福你们"。两周前他被公司派到南亚出差，给我发当地照片成了他的日课，其中有一幅是张空空的吊床，他在邮件中写道："我这人没什么抱负，理想无非是躺在吊床上喝椰汁看书，女朋友在身边。"我当时回信说："吊床好窄，看来你的女朋友只能自己搬个小凳坐在旁边。"他回信过来："哦，那就让给她，我坐小凳，给她打扇子赶蚊子说笑话。"

我记得自己对信微笑，不再回复。我感谢他给我带来的亲切和美好，但我终究无法那么快走进一段新的心跳岁月。

明霓对我和老乔的婚事表示反对。她说这也太快了。

"就因为离我和方涛分手才一两个月？"我反问。那是在四月底，方涛终于拿走了他的什物，退了房子。他在上海的一周曾试图和我见面，我坚决推拒，他便不再强求。他就是这样一个不喜欢气急败坏的人。

明霓严肃地说："我怕你这是新伤疗旧伤。你和方涛的问题就出在匆匆忙忙在一起，然后发现很多事情和想象不同。你现在还要重走老路？"

我诧异，"我以为我和方涛的问题是他有了别人。"

"你真的认为那就是全部？竹子，不是我说你，你在生活上关心他，精神上呢？你忙你累，这我知道，可你后来渐渐不和他说话，老是把我拉去改良气氛，你以为我看不出来？"

我迟疑片刻才说："那只是因为经济上的压力，如果他能好好地和我在一起，将来找份工作，瓶颈总会过去……"

"我们不说他了，免得你又难受。"明霓的语调放软了，"过去的事就算了，我是担心你的将来。结婚和同居可不一样，何况你还要辞职！这么大的两件事都凑到一起了。"

"我又不是不工作了，我喜欢看店。老乔也可以多些时间去收茶，他喜欢出去走。"

"这和上班毕竟不同。上班你能积累职业经验，还有人脉。我总觉得看店不是个事儿。"她认真地看着我，"还有啊，你对他了解多少？"

"每个人对别人的了解总会有局限。不过，我想我是了解他的。"

"你真的喜欢他？喜欢到要和他结婚？"明霓寸步不放。

"你比我妈还唠叨。"我无奈地笑了，"我妈倒是很高兴我不用伺候公婆。要说感情，我们一起经历过很多事——你也知道，那幅画引发的。还有啊，我已经见过他母亲了，她对我挺和善。我父母都返聘回学校了，最近抽不开身，婚礼定在五一，就两家人简单吃顿饭，你也要来哦。"

明霓像是被我提醒了，"那幅画还在啊？"

"就挂在茶馆。你下次可以来看。"

"你们也不换个地方？我听着都发毛。"

"还好了。画是幅好画，画里的人也不是个坏人，为什么不能挂？"

把阿果照旧挂在那里是老乔提出的，他说这样阿果才不会太寂寞。我没有理由反对。我对这个死去多年的彝族女人感到莫名的亲近，她被至爱背叛，却在第一时间拯救那人的生命，最后又为他而死。她比很多人高尚，其中也包括我。

从深圳回来的飞机上，我问老乔，他父亲当年为什么不去救掉进河里的阿果和董平。老乔说，他爸爸后悔了一辈子，倒不是后悔这件事。因为当时的河水是那种状况，谁下去都活不了。他后悔的是自己不该带阿果去偷情现场，就此铸成大错。

我又问："董平为什么要跳河？是因为他对阿果愧疚，无法面对？"

老乔说："或许就连他本人也没法说清。人是很复杂的。"

他最后简短地感慨了一句："妒嫉是一种毒，感情越强，中毒越深。好在你和方涛都没事，不然我一定会愧疚死了。"

说这话的时候，老乔在飞机的邻座上握着我的手。我有种奇怪的感觉，他此刻的姿势不是要给我安慰，而是试图抓住可以依凭的什么。于是我把另一只手叠加上去。他闭上双眼，显得很疲倦。我在这个瞬间感觉到他的脆弱，这脆弱难得流露，因而更加轻叩人的心弦。他仍闭着眼，把头靠在我的肩上。动作轻而小心，似乎我一动他就会挪开。于是我静静的没有动。

婚礼如期在五月初举行。

其实结婚本质上是一堆琐碎的手续，但中国人向来觉得吃过喜酒才能算。为了这顿象征性的婚宴，我父母从老家奔波过来，老乔的母亲也从不知什么地方来了上海。乔老太太新烫过头发，眉眼依然灵动，把我妈衬得像是比她年长十岁。说是喜酒，其实只订了一间淮扬餐馆的大包厢，两边家长，我们俩，明霓，还有老乔的两个大学同学，正好一桌八个人。老乔的两个同学是一对夫妻，肖扬和徐昔，我是第一次见。徐昔是个开朗的美女，肖扬和老乔的感觉有点像，语速缓慢，吃饭时关照着旁边的女眷。明霓对他印象颇佳，后来暗地里对我感慨，说为什么好男人都是名草有主。

我父母对老乔比较满意，可能因为他个性稳重，又是在英国念过书的。他们不喜欢生意人，在饭桌上却显然忘了这一点。至于我辞职的事，父母甚至没多在意，他们认为城市的生活过于紧张，我帮老乔打理店铺，正好休息一下，为将来生孩子做准备。身为高级知识分子的父母竟然也有这么古板的儿女经，让我几乎吃了一惊。我没法不想到方涛，不是出于思念，而是设想如果此刻坐在我身旁的人是他，气氛恐怕没法这么融洽。想到这里，我几乎为那个难以融入成人世界的男人悲哀起来。

随即又觉得自己瞎操心，他这时候大概正在跟那个什么小和甜蜜着呢。

一桌人碰杯的时候，我感觉到乔老太太的眼神灼灼地落在我的身上。我对她大方地一笑。这老太太显然是个精明角色，如果和她在一个屋檐下生活，难保不会穿帮。好在我们将来只有逢年过节才会见面。

没错，结婚是一场戏，却不是我自己要演的。这都是为了老乔。不过，如果我一早知道他在整出戏背后的苦心，我当然不会扮演新娘的角色。绝不会。

忙着办理各种结婚手续的那段时间，我的噩梦始终不断。我反复梦见方涛掉进湖水的瞬间，这个噩梦不是每天发生，但从未远离我的睡眠，像一块颜色阴沉的云悬挂在我的头顶。

我们在喜酒当天搭飞机去了云南，先在昆明待了一晚，第二天坐车前往大理。住的地方是老乔的一个朋友在洱海边的家，有主人照料着，我感觉自己从来没这么闲过，每天无非吃饭喝茶聊天散步。以这些零碎行为消磨时光的时候，我们要么在古城，要么在朋友家里。住的地方离洱海只有几步之遥，穿过一楼院墙上的小门，有个悬浮在水面上的木头平台，我和老乔常在那儿各据一只小藤椅发呆。一个下午悄无声息地就溜走了，时间在这里的密度仿佛被稀释过。

我说："我们就待在这儿不回去了，好不好？"

他笑了："竹子，人还得吃饭。"

我忽然有点理解方涛从前的心态，惰性这种东西就像一层透明的泡泡，只要你不去捅破，它就会软软地托着你，让你不愿离开去面对各种现实烦恼。

然而透明的泡泡在一个清晨倏然破灭。那是我们到大理的第四天，老乔失踪了。我睁眼醒来后没见到他，先是以为他外出遛弯，等午饭时还不见人，我开始有些慌乱。老乔的朋友安慰我说不会有事，说也许他出去遇到哪个朋友多聊了会儿。

老乔不用手机的癖性在这时让人有种抓狂的感觉。

我不吃也不睡，等了一夜。他没有回来。然后我报了警。

那之后我在当地停留了一个多月。我相信他掉进了洱海，当地人都觉得不可能，他们说过了这么久没出现尸体，老乔纵然死了，也不会是死在水里。我也被警察多次叫去问话，大概我在他们眼中具有充分的嫌疑。年轻的寡妇，做丈夫的还留下一间不大不小的茶庄。最后警察和我都对各自的假设死了心，他们宣布让我回家等消息，我就一个人回了上海。

独自坐在飞机上的感觉很古怪。我不期然地想起那次从深圳回来的旅程，想起老乔握着我的手，脑袋向我轻柔地靠过来。我同时还想到，自己好久没有做那个方涛落水的噩梦。某个时代正式落幕，另一个人消失，他带走的似乎不只是我那段陈旧恋情曾经伴随的创痛感，还有其他的什么。

也许是我自己的一部分。

回到上海的第一件事是和父母通电话。我拒绝回老家，于是我妈差点试图请假过来陪我。如果不是我告诉她老乔的妈妈要来，她肯定不理会我的意见直接出门。

老乔的妈妈没说她具体什么时候到。虽然相当疲倦，我回家洗漱之后没有多做休息，还是径自去了"一念"。阿果的画还在那里。

福州路的西端热闹依旧，我拖着个黑塑胶袋子路过商店橱窗的记忆仿佛发生在前世。彼时是冬天，而今则是六月骄阳下，人们都穿着色彩明亮的短衫。我被云南的太阳烤得黑了一层，空着手匆匆拐进横马路，很快来到茶庄门口。让人意外的是，玻璃门上仍挂着"休息中"的牌子，店门的U形锁却不在原位。

难道是老乔的妈妈先到了？

我推门进去，没走几步就愕然站定。整块原木的板条桌前坐着个人，也没开灯，一动不动地凝固在略显昏暗的光线中。

那是老乔。

又过了一些时间我才反应过来，因为对方注意到我傻站在那儿，起身把灯给开了。他身后的一排射灯以不同的角度照着墙上的画，包括阿果的那一幅。阿果照旧是黑底绣花衣服加蓝布袖套的打扮，纹丝不动地交握着一双手。

我看着眼前的这个男人。老乔的大学同学肖扬。他们的身形确实很相似，难怪我会认错。

他显得有些尴尬，对我解释道："老乔说你们走的期间有批货要来，让我帮他收一下，所以给了我一套钥匙。"肖扬本人在一家贸易公司工作，上班时间比较灵活。

他又说："老乔的事……我听说了。你先别灰心，有可能，他只是心血来潮去了哪里。"

他这时已经重新落座，我在他对面坐下来。熟悉的面对面的格局，不同的是我对面换了一个人。我面朝阿果，他的脊背对着她。大概是怕尴尬，他主动拿了烧水壶到饮水机那儿去接水，又从桌上的茶罐舀出老乔从前弄散了存好的普洱茶。我看着他做这些，不由得有种物是人非的荒凉感觉。

"我们去了云南之后，你常来这里喝茶？"我问他。

"怎么会。我就上次来接货，然后是今天一时兴起过来看看。"

我从茶海上拈起茶杯。肖扬选的是熟茶，在杯子里漾着血色。老乔笑过我的联想，他说这颜色像云南的红土。

"饮水机。"我说。

"啊？"肖扬条件反射地转过头去看饮水机，然后他忽然明白了，"噢对，我换过一桶水。上次送货的几个人我也认识，所以一起喝了会儿茶。你的心真细。"

我记得桶装水在我们离开的时候正好将近用完。目前桶里的水位还不到一半。我觉得他很可能经常一个人坐在这里喝茶，但就此争辩没什么意义。我沉思着把杯子举到唇边，熟茶的温厚感觉在嘴里化开。老乔说过，慢慢的你就会欣赏熟茶，就像有些人，需要时间才能了解和喜欢。

老乔就是这样一个人。可当我了解他，喜欢他，愿意尽我可能守护他的脆弱时，他却不知所终。

我忍住想哭的感觉，对坐在对面的肖扬说："你背后的画有个故事，你想听吗？"

故事很长。故事涉及不少人。阿果和她的平哥，另一名女知青，老乔的爸妈，阿海。也许不该把阿海算进去，因为他和阿果没有直接的关系。我没提我自己和方涛。

听我说完这个漫长曲折的故事，肖扬叹息一声："听起来很奇幻。"

我看着他的眼睛，"奇幻吗？可你好像并不惊讶。"

他淡然说："可能因为小安不见了，听你说这些，我确实不惊讶。"

过了片刻我才意识到他说的是老乔。我搜索着词句，最后说："你不惊讶，是因为你听过这个故事。还因为，你也看到过阿果活了。"

他脸上的表情这时还算镇定，却随着我的下一句话倏然崩塌。

"他喜欢的人是你，一直是你，你怎么能忍心害死他？"

肖扬失声否认，说他没有害死老乔，但他没有否认他们的关系。他逐渐平静下来，断断续续地对我讲了最近发生在他身上的一系列怪事。整个事件都不算新鲜。他有茶庄的钥匙，过来帮老乔收货，这都是真的。阿果的画连同整个故事也是他熟悉的，他万万没想到的是，自己竟然亲眼看到阿果活了。他像着了魔，明明听老乔说过之后会发生什么，还是每天过来看画，直到有一天，画上的阿果不见了，而他事后也得到确认，老乔就是在那一天失踪的。

"你不能怪我，这是……是阿果干的。"他双手交握放在桌上，肩头有些颤抖，"我知道自己不该一次次来看画，可我控制不住。"

"因为你想知道他是不是背叛了你，是不是和我在一起？"

他没有抬眼看我，也没有点头。

"他在大一的暑假回家，很快就被家里送出国，也是因为你？"

他叹息一声，"是的。我们当时在房间里午睡，忘了锁门，他爸爸走进来喊我们吃西瓜……他爸爸真是个很奇怪的人，他甚至没有对我们发火，只是用一种非常难过的眼神看着小安。小安最受不了他爸那样。后来他爸就把他弄出国了，老头子很固执，一心要把我们拆散。他可能以为，只要不在一个地方，小安和我很快就会改变，会和其他人一样……"

我冷冷地说："他这想法也没错。你大学毕业就结婚了。"

他的眼神里有什么"嗖"地一闪，如同黑色的火焰。"没错，我是结婚了，可我从来没有忘记小安。后来他回国，我们又开始见面。"说着，他用拇指往后一指，"小安没有找工作，而是用家里的钱开了这家店。从一开始，这幅画就在这里。他把整个故事对我说过，可我一直以为不是真的。"

"你有没有想过，他为什么要把这幅画挂在这里？"

他苦笑，"我最近翻来覆去都在琢磨这个问题。我老婆也经常来这里喝茶。如果他是想让我老婆看见什么，也不是不可能。"

"他确实是这么想的。"我平淡地说，"我们到云南之后，他亲口告诉我，说他一直期待情人的伴侣看见阿果活过来，看见藏在秘密背后的一切——即便这样会伤害到他爱的那个人。他也承认这样做很卑劣，但他实在难以忍受。对他来说，两个人之间是将近八年的情谊。就从他回国那年算起好了，那时候是第五年，中间有整整四年的空白。可能对那个人来说是空白，对他来说，却是一直惦记着对方的四年。他太年轻了，以为只要自己学业有所成，回来有份好的事业，两个人在一起就很容易。"

肖扬忽然激动起来，"光是事业成功有什么用！他自己的妈妈就是最好的例子。人真的可以为所欲为吗？他就是从小被灌输了太多经济决定一切的道理，才会有这种傻念头。他自己倒好，老爷子去了，当妈的又不管他。可我不一样，我有长辈，有社会，有周围的人要面对！"

我感到无力，"我没有评判你或是他的资格。但是这幅画在上，你对他真的有那么好吗？你宁可看着他死，也不愿意他和我在一起。你太自私。"

他反驳:"那是阿果······"

"你别装了!"我保持着绷紧的坐姿,"我也看过阿果活起来。我也曾亲眼看着我爱的人掉进水里。看到那幅画最后的一幕,你就一定会知道,把人拖进水里的'鬼'不是阿果,而只是你自己。"

只是自己。

那个恶毒的从水中浮现的形象。那个紧紧缠住方涛双足的鬼魅。

我在看画的时候早已见证这一切。阿果的刀刃锋芒闪耀,我在幻觉中看见方涛和小和,接着,我看见方涛站在岸上,那是我还没去过的南方城市的水边餐厅,我从水中浮现,把他扯进黑暗的深处。

他是我的。他是我一个人的。这个念头如漩涡般吞没了方涛和我自身。

就在三天后,我惊恐地目睹幻觉毫不走样地发生了。当看见一个女人抓住方涛往湖泊的深处拖曳,我试图让自己相信那是阿果。然而,在阳光照耀的水中,我看清了她的脸。

那确实是我自己。

这幅画所承载的不是阿果的鬼魂,而是被背叛的情人的愤怒。黑色的妒嫉从水中绽放,酿出足以致命的毒。

老乔很清楚这一切,他一直知道。因为他父亲在临终的日子写信坦白了一切。那个让他母亲失足落水的鬼魂当然也是他父亲自己。与我们的经历相似,最后是他父亲和一个邻居合力救起了出轨的母亲。

阿果是好样的,实际面对的时候,我发现自己远不如她高尚。也是因为妒嫉，我才害死了她和董平。没有预谋，不代表可以逃脱罪责。我的时日已经不多，剩下的时间，无非陪陪你妈，同时忏悔。我犯下过很多错误，包括对你。我认为自己是为了你好，可谁知道将来会如何呢？那幅画，你可以把它毁掉，也可以带着它。无论怎样，希望你不要像我，让妒嫉毁了自己珍惜的东西，一而再地。

这是老乔的父亲在信中的最后一段话，他让我看了。从深圳回来后，他对我坦白了自己的过往，其实不算是完整的坦白，因为他只说自己和已婚的初恋情人一直藕断丝连，这个局面该结束了。他还说，我会在婚宴上见到那个人。

我当然以为那是肖扬的妻子徐昔。吃饭的时候我一直偷偷注意她，觉得她真是美，同时不由得为她的镇定而暗自惊异。需要怎样的心态才能长时间保持一段婚外情，然后看着自己的恋人结婚？我肯定做不到。老乔说，他已经厌倦了地下情人的生涯，想要彻底改变。他问我是否可以给他机会开始一种新的生活，没有第三者没有猜忌的生活。这就是他的求婚告白。

直到今天下午在茶庄看到肖扬之前，我丝毫没有疑心过他。我当然也曾把老乔的失踪和阿果联系起来，但画在店里，按理来说不会有事。唯一的可能是老乔背着我把画给了徐昔——倘若真是那样，说明他一心只是求死。

我算是猜中了。他让肖扬来店里接货，这大约能算作一种预谋。他想要的究竟是什么呢？只是想让肖扬为那些幻觉所苦，还是希望肖扬通过鬼魂之画把自己带离这个世界？这更像是一场赌博——赌对方是否能看见，赌对方看见后能否选择原谅。老乔赌的是情，赌注则是命。

我没有问过方涛，他掉进水里的那个下午，有没有见到一个模样和我相同的水鬼？如果答案是肯定的，那么在五月的清晨，我从床上醒来，却发现应该在一楼平台的老乔像空气一样消失了——或许他看到肖扬从水中出现，于是欣然赴死。

他是否有过挣扎和不甘？

没有人知道。就连曾在幻觉中把老乔拖入黑暗的肖扬也不会知道。能确定的唯有老乔再也不会出现的事实。

我把射灯关掉，让那个流着冷汗和眼泪的男人留在昏暗中。离开之前，我忽然想起一件事，"你知道他为什么不用手机吗？"

肖扬哑着嗓子回答："不知道。"

"他说如果用手机，就会忍不住给你发短信。而你肯定会怕你妻子看见，把那些短信删掉。他还说，那样就好像自己的存在被一点点删除掉，他受不了。"

说完，我推门走出去。外面阳光如瀑，顿时刺痛了我的眼。

昨日玫瑰

(leaf)

电梯内部明亮逼人。光线从水晶天花板上均匀地洒落，金属壁板上的蚀刻花纹被投射成深浅不一的层次，从旧铜器的哑黄到泛着暖意的玫瑰金，所有你想得到的金属色都在上面，斑斓的表面构成一幅从地板到天花板的图案，太炫目了，视神经一时间无法认出那图案究竟是什么。据说这电梯的内部镀了金。我收住对这件华而不实的交通工具的多余兴趣，保持视线朝向电梯门，一手扶着推车。

如果电梯不巧在某个楼层停下，门外来人的视线扫过堆着毛巾什物的推车，再掠向我这一身深黑立领制服，我会立即微笑问好，解释说货梯坏了。对方大约不至起疑，不，决不会。瘦子声称他最顺的那月收入也只够在这家精品酒店的标间住两个晚上，而他的日子在我看来至少比工薪阶层舒坦一大截。所以，如果你是这里的住客，难道会对区区客房服务生多加注意？

货梯当然没坏。我站在这里本身就是一场赌注，筹码是我自己。如果有哪个大堂经理之类的角色恰好看见服务生打扮的我——我为了避开他们才乘上客梯——麻烦是免不了的。

因为，我不是这家酒店的员工。

幸运的是，电梯从地下车库一路缓慢上爬，途中没做多余的停留。瘦子一定会说这是新手的运气，我几乎可以想象他得意的嘴角。

那就干吧。我模仿瘦子的口吻在心里说。

电梯在六楼停住。这是最高层。酒店的前身是某行会大楼，正对着河道。这座六层楼与其他建筑共同组成的江岸风景在百余年间变化徐缓，新月形状的河道点缀着老而不朽的楼群，让人有种误入电影布景的错觉。政府和企业联手维持这幅景观，只能说是出自某种无法解释的怀旧。这怀旧价格不菲。

电梯门近乎悄无声息地朝两边滑开。我在推车把手上加了点儿力，连人带车进入走廊。空调的暖意恰到好处，厚实的地毯往脚下传递舒适的信号，两边的墙上镶着深色木质护墙板。我迅速瞥向离河较远的一侧，要去的房间应该就在我的左手方向。

左侧护墙板之间有两道看起来一模一样的房门，厚重的木门带有和整座房子一致的半新不旧风范。两道门。瘦子没说过会有两个入口。顶层只有两套以走廊分隔的VIP客房，河景房自然相对更佳，听说那边眼下住着某国的大人物，所以我们的"目标"也就是万人迷小姐只能委屈自己入住挨着内街的这边。

我不想多加迟疑。重要的是当机立断。细看之下，我发现两扇门有个微小的差别。其中一扇门上嵌着块巴掌大的方形金属牌，表面蚀刻着某种图案。是电梯墙壁纹样的迷你版本。这次我毫不费力地认出了那些线条的意味。是玫瑰。我胸前的暗金色名牌上也有同样的黑色纹样，这似乎是该酒店的象征。瘦子对"名牌"的外观也一丝不苟，果然是术业有专攻。

我扭头看向走道对面的客房。那边唯一的门上没有标记，光滑的门板如同无声的提示。我想这标记应该是为万人迷安排的，毕竟她是个那么喜欢让自己显得与众不同的姑娘。

我在标有玫瑰的门上装模作样地敲了两下，喊了声"您好，打扫房间"。门内悄无声息。这是当然的。万人迷这会儿正在记者招待会上。我拿出瘦子准备好的门卡贴在门上，门锁传来一声轻响。不愧是瘦子。我现在只希望他的确搞定了监控设备，否则我这副光景会被毫无遗漏地录下来，那可就大大不妙了。

房间内异常整洁。看不出年轻女性的生活痕迹。新艺术风格的客厅品味不凡，透出某种非现实的意味。想想吧，如今树木是多么宝贵的财富，它们却被不加吝惜地运用在此。角落的客厅壁炉也俨然是个真家伙，不过我想应该不至于真在这里烧柴取暖。烧钱也要有个限度。

我让碍事的推车停在一边，四处打量过客厅，接着走进旁边的卧室。大得夸张的四柱床笼罩在白纱帘下，枕头叠放成适合倚靠的形状，其上有几处凹痕。床头有本书。我从裤兜里掏出相机迅速拍下书封。《存在与时间》。这年头阅读纸质书多少有些摆谱的意味，值得意外的是大众偶像私底下竟然看如此晦涩的书，虽然不是瘦子需要的信息，说不定能在哪儿用上。

没看见电脑。我感到焦躁，在这里每多耽搁一秒都会使风险增加。我逐一打开和卧室接壤的房门，每扇门都像在无情地嘲笑我的紧张。浴室足够一只小型犬做短途冲刺，书房的书架上摆满羊皮书——没工夫研究它们是真古董还是空壳子——足够八人围坐的书桌上不见任何彰显电脑存在的事物。

只剩下最后一道门了。从方位判断，这扇朝向西南的门那边应该是和阳台相邻的房间。不管有没有那个劳什子电脑，我都必须穿过房间到阳台，跳上暴露在楼外的消防楼梯，迅速撤离。

消防楼梯并未通到一楼。两天前，我曾坐在瘦子的车里打量那条由钢板和栏杆构成的通道。顶楼的四扇落地窗紧闭着，从右往左的第三扇窗外有个仅能容纳一把躺椅的阳台，楼梯就在阳台底下，好在护栏并不高，应该可以跳过去。楼梯顺着六楼盘旋而下，像一条饿了许久的蛇，在半空中凝固成一个绝望的姿态。

"这难道不是消防楼梯？怎么才到三楼就没了？"我诧异地问瘦子。

"用用脑子，兄弟。如果这酒店是你的，难道你会愿意有人顺着楼梯爬到阳台上扮罗密欧？这东西废弃好久了，真正的消防楼梯在里面。"他把被尼古丁染黄的手指搭在方向盘上，语气一如在向不成材的学生解释定义的老师。

"那为什么要留着这玩意儿？总不见得是拿来做装饰。"我干巴巴地问，没说的那句话则是：拜托，你真要我从三楼跳下去？

"你该去问酒店老板。有钱人的想法我可猜不透。不论是否得手，你到时候都得从那里走，动作要快，我会把车停在楼下，车顶上绑了缓冲垫，你只管跳——摔不死你的，也就十来米。"

这种老古董房子的三楼几乎等于现代建筑的五楼。

"我好像从来没演过特技。"

瘦子翻个白眼，"你也不是严格意义上的演员，省省吧。"

我换了个抗议的方法，"我从楼梯往下跑的时候，会不会被人从远处用枪瞄准？"

"你警匪片看多了。"瘦子无情地说。

我打开最后一扇房门。这差不多是间空屋。没了墙纸和地毯的掩饰，木纹斑驳的老地板从门口延向另一头的阳台门，阳光透过铸铁窗栅间的方块玻璃，在地面曳过格子形状的光影，悄然投在一具贵妃榻上。那是屋里唯一的陈设。榻上躺着个女人。

对方看来已在我开门进屋的同时被惊醒。我在慌乱之余不忘圆谎："抱歉，我过来打扫，不知您在这儿休息……"

她的视线是没有完全睡醒的那种，我谦恭地微笑，同时出于职业习惯暗自估算对方的年龄。四十五？不，实际年龄应该更大，这张脸可谓精心保养的典范。她看来有几分眼熟，我可能在某个酒会上见过她。难道她是万人迷的亲戚什么的？甚至有可能是那个偶像女孩从未公开露面的妈。

不过现在不是琢磨这个的时候，我离阳台门还有七八步的距离。要经过阳台门必须从贵妃榻旁边绕过去。该死的瘦子，他可没说过这里会有别人。

或者我该从原路返回。不过瘦子好歹提供了备选逃生手段。我朝她走近一步，继续装模作样："那等您需要打扫这间屋子我再过来。"

"这里不是客房。"中年女人用的是陈述句，其中不知为何张力隐然，如同拉满的弓。

我一愣。

"你怎么进来的？"她眯起眼，半仰着头笔直地凝视我，"不对，你不是这里的员工——你是……"

女人形状姣好的嘴唇颤抖了，其眼神似乎在竭力辨认着什么，我注意到她看向我的名牌。

该死的瘦子。他把名牌上的英文名做成了"Fake"，还自以为很幽默。

我用最快的速度把右手探向名牌后的机关。一道白光无声地闪过。贵妃榻上的女人如遭雷击，她轻微一震，随即瘫倒在榻上。

她不会死。不过她想必不会记得刚才这几分钟的遭遇。假名牌内暗藏了光震子，极强的闪光会经由视神经冲击大脑，使短期记忆消失。

我轻快地绕过榻上的女人，转动阳台门的把手。铸铁给手心带来冰凉的感触。我知道自己搞砸了，但不太在意。说到底我只是帮瘦子一把，即便出了纰漏，我的人生也不会就此完结。

打开阳台门之后的半分钟，我不由得茫然呆立。今天万事不顺。黑色铸铁构成的消防楼梯从阳台外侧蜿蜒而下，像一条瘦蛇，和两天前不同的是，在我的左侧隔了几米的地方看得到另一个阳台，同样有嶙峋的黑色楼梯向下延伸出去。两道楼梯在空中盘绕纠缠，如同基因螺旋的完美拟像。

这简直是一场噩梦。明明**应该**只有一个阳台一道楼梯。

即便是梦也已经太迟了。我纵身一跃翻过阳台从楼梯往下跑，绕过一个转弯，又一个转弯。在每个转角都能看见毗邻的楼梯龇牙咧嘴地朝我斜过来，我甚至考虑过要不要飞身跳到那上面去。

当然，我不是特技演员，这样的事我干不来。我一无所想地逐一踩过梯级，直到自己的脚触及坚实的地面。

等一下，是地面。楼梯不是没到一楼吗？

我愕然回身仰望。大白天的见鬼了。更见鬼的是我接下来看到的。

石头表面的六层楼外侧只有一道楼梯。不是我下来的那个，而是刚才以完美基因螺旋和它缠绕的另一个。楼梯的起点是从右往左第三道窗的阳台，终点是半空中的三楼。大楼顶端的射灯把外墙照得明亮如昼，六楼的窗帘紧闭，看不见里面。再往上是暮色轻掩的天空，尽管不够暗，但那确确实实是夜空。

也就是说，我踩着不存在的楼梯从六楼跑了下来。而时间不知怎的从白天切换到了晚上。现在**本该**是下午两点来钟才对。

我强迫自己撤回视线打量周围，路灯下的窄街停了几辆车，没有半个人。瘦子连人带车都不见踪影。今天绝对万事不顺。

(rose)

酒店后面的街道只能算作通道，一街之隔的五层楼在最初建成的年代属于某俱乐部，后来的几十年间被改为政府部门的办公楼，大约在十年前，何叔租下这座楼，把它重新变成了一处俱乐部。这也是瘦子找我帮忙的原因。我向何叔打过招呼，就算俱乐部的保安看见什么不寻常的动静，请他们就当没看见。

当然我不至于对何叔说明那会是什么动静。

正当我试图对刚才的诡异事件进行看不见出路的推导，饥饿的感觉倏然袭来。大概是精神紧张加上楼梯运动的双重作用。我绕到俱乐部的正门，打算进去吃点东西。虽然我不常来，蹭吃蹭喝的权利总还是有的。

房子的正面不同往常。我没看见俱乐部带有虹膜辨识锁的大门，倒看见一条被铁栅门挡住的通道，门侧有间岗亭模样的小屋，里面坐着个人。我走近一看，那人制服打扮，正在看报纸。

他在看的是报纸。我几乎怀疑自己的眼睛。全球无纸化协议是在我五岁那年开始实施的，二十年后的现在，报纸这种玩意儿只能在图书馆和私人收藏中看到。我呆立在原地，条件反射地转动脑袋，看向整条街。

这不是我熟悉的俱乐部街。同样是那些庄重地熬过世纪风雨的老建筑，不同的是石头或砖块砌就的外墙并非政府精心处理过的仿古色，而是参差的新旧不一。各家俱乐部不事张扬的形象被大大小小的招牌取代,霓虹灯以及灯箱明晃晃地彰显着咖啡馆餐厅或书店的存在。

书店。

我不由自主地迈步走到书店的橱窗前,书籍在日光灯下肆无忌惮地自我炫耀着,大大小小的标题、身材和颜色不一的纸本。有不少人在店内的书架前踱步或驻足。曾几何时,人们不辞辛劳地把木材变成纸,在上面印以文字,再通过书店把它们带回家。如此浪费时间和资源的行为,此刻却显得理所当然。我后退少许,心虚地看向自己刚才站的位置,岗亭旁挂着招牌,我现在看清了——

"S市新闻出版局"。

我的第一反应是用力咬一下舌头。疼得很真实。第二个反应是挪到岗亭前敲玻璃窗,警卫不耐烦地抬头,我尽可能和颜悦色地问:"这是今天的报纸?"

对方可能以为遇上了神经病,他嘟囔了一句什么表示肯定。

我在心里叹息一声。在门卫答话的瞬间,我隔着玻璃迅速辨认了报纸上的年份,这是我出生前一年的十月。也就是说,此刻距半小时前二十六年。

(leaf)

最近一次见到何叔是在某次酒会。他看见穿得一本正经的我,立即猜到我是来这里陪客户。

"小耀。"何叔先开口喊我。

"何叔好。"我摆出尽可能亲切的笑容。

他瞥一眼我身旁的中年女子,那是一家有机农园的女主人。我从何叔的表情判断出他认识她丈夫,说不定还很熟。他曾经怒斥"你这样和牛郎有什么差别",不过是在我十八岁那年。这么多年下来，我的皮厚有增无减，而何叔老了。他没多说什么。我冲他举一下杯，搂着女伴走到大厅的另一端。她直到离何叔有足够的距离才低声问我怎么会认识他。

"你在担心什么？"我轻抚一下她的耳廓，她立即垂下眼睛。我补充一句："他不会乱讲。"

她抬起眼，"我才不担心我先生知道。我就是要给他们看看你。"

无需特意提醒我并非她的真正男友，这一类年纪与财富成正比的客户都习惯了被人捧。我凑近她耳边低语，"你今天挺神啊。"

女人的呼吸乱了片刻。那么，我思忖着，看来这次的交往合同也会延期。

(rose)

我本以为"穿越时空"这种事只会发生在科幻电影里。而且不该有点技术依据吗？例如时空机器什么的。然而很遗憾，这事百分之百现实地发生了，以一道莫须有的楼梯作为技术依据。

我在酒店背后抬头仰望到脖子发酸，也没能目睹那见鬼的楼梯重新出现。夜色在我身边一点点加重，石头大楼远离射灯的部分凝成厚重的阴影。风泛起些微寒意，我来的地方正值晚冬，道旁挂了新叶的梧桐显示这里刚进入初春。我身上的黑色立领外套勉强符合季节。我把印着"Fake"与玫瑰的假名牌揣进兜里，又解开第一粒扣子，心想这样就不像制服了。

肚子咕噜噜叫。为了行动轻便，我把钱包和手机都留在了瘦子的车上。话说回来，就算我带了钱包和手机，难道能指望信用卡和手机卡在二十多年前通用无阻？

当务之急是找个人请我吃饭。酒店后面这条路没有半家店，我走到书店所在的主街上，努力把它和我记忆中的俱乐部街做了叠加。街景确实变化巨大，不过路还是这条路。我朝自认为正确的方向走去，每当吃不准就找人问路，就这样饿着肚子走了好久，终于抵达曾经的酒吧街。这条街在我生活的年代是另一种模样，酒吧纷纷改成了画廊，几乎没人在夜间驻足。而眼下，整条街上四处是人。

我的计划很简单，找家热闹的酒吧，再找个顺眼的女生，让她请我吃点喝点。这点魅力我想必还是有的。实在不行还可以下药。出于公司规定，我身上常备有六粒幻恋胶囊，虽然几乎没用过。公司条例上写着：人生难料，有备无患。我不由暗自感叹公司果然是集体智慧的结晶。

(leaf)

幻恋胶囊以一种秘密的模式在部分人群间流通。珍珠色胶囊内含有某种致幻剂。正常人服下一粒后会产生短暂的恍惚，瞳孔轻微放大。如果在这时迫使服药者盯着某个人看，服药者就会对该人物产生类似恋爱的心情。强弱因人而异，实验数据揭示，药效通常持续在十个小时左右。

换句话说，只要给人下了药，再让对方开始扩散的瞳孔映出你的形象，此人就是你的了。十个小时足以谈一场恋爱，也足以造就各种事实。

另一方面，幻恋胶囊容易产生抗药性。我的客户中有不少年长女性都曾长期服药，她们这番举动可能出于以下理由：在不知情的状态被一个或多个对象连续下药；害怕被人下药所以主动制造抗药性；主动或被动尝试后觉得还不错，于是成了幻恋胶囊的瘾君子。对于最后一种情形我实在无话可说。不管怎样神奇，这玩意儿贵得要命，而且如果持续吃上半年就会渐渐失去作用——基于心灵而非药物的爱情往往也就只能维持这么久。

所以我从不相信爱情。爱情无非是种幻觉，一粒胶囊就能弄假成真，还长不了。

很少有人知道幻恋胶囊是何叔公司的产品。换个角度看，他可说是当代头号毒枭。

(rose)

我一走进那家名叫火狐的酒吧就看到了她。

想不看见都难。她高高地坐在吧台上，热裤短到不能再短，黑色长袜勾勒出的腿部线条漾出一道弧线，让你想起羚羊或其他善跑的生物。如果有什么形象比赤裸更暴露，那就是这样一个坐在高处晃着腿并且没穿鞋的女人。所以她旁边理所当然地围了一群男的。用蝇群和蜜糖来比喻似乎不太恰当，那情形更像秃鹫们围着将死的人，随时可能蜂拥而上。

她当然是活生生的，同时明显喝高了。长发掩映的面颊呈现醺然的颜色，她眼波流转，手里抓着一个扣在吧台上的色子筒。我走进去的时候，她正和斜对面一人交相报数。

"三个四！""四个四！""五个四！"

她毫不迟疑地喊出"六个四！"，对方没接话，旁边的人忙着嚷："开！"她苍白的手指往上一掀，色子露出来，杂乱的点数怎么也凑不出六个四。她嘿嘿笑着举杯，啤酒在玻璃杯内壁泛着不吉利的泡沫。我挤过去夺下她手中的杯子，一饮而尽。

"我替她喝。接着来？"我环视周围的男人，这群人很可能来自同一家公司，尽管摘了领带，他们风格相似的深色西装传递出职业风格，像是律师或会计师一类的角色。

人们立即摆出索然的神色，没等他们有所反应，我的脸上挨了火辣辣的一下。我愕然转头，发现打我的是刚才我帮她挡了一杯酒的女人。她斜斜地睨着我，吐字缓慢却还算清晰："干吗，抢，我的酒，喝——"

有人笑出声来。这时一只抓着抹布的手伸到桌上。我这才发现桌面浮着一层液体，在夜灯下犹如迷你湖泊，估计全是溅出来的酒。拿抹布的手熟练地滑过桌子，一点也没让酒弄湿她臀部紧绷的热裤，另一只手轻快地把桌上的烟灰缸换成个干净的，手的主人朝我们说："还没喝够？没喝够也别打人啊。"

这话好生熟悉。不是具体的声音或语调。我背后泛起一丝寒意，假如你曾在少年时代浏览黄色网站并惊觉家长就站在身后，想必能理解我此刻的感受。我看向来人。那是个约摸三十开外的男人，下巴留了一小撮摆谱的胡子，头上扎块花里胡哨的头巾。尽管形象悬殊，我还是一眼认了出来。他将会是何叔。我的意思是，如果把脸刮干净，老一些胖两圈再换上棉布对襟衫，他就成了我所熟悉的那个何叔。

打死我也想不到，二十六年前的何叔是个酒保。

那天夜里晚些时候，我终于吃上了饭。何叔，不，应该称他为阿奇，趁酒吧生意转淡的当口给我做了份蛋炒饭。用的是招牌沙拉的材料，西芹，鸡蛋，西红柿，紫甘蓝，胡萝卜。我坐在吧台边吃得眉开眼笑，热腾腾的食物是人生最大的安慰，何况是多年前的何叔亲自下厨。等回到正常的时空，我一定要设法旁敲侧击，看他记不记得自己曾私下用酒吧食材款待陌生小伙。

问题是，我真能回去吗？一想到自己可能将在这个年代和自家长辈一道变老，嘴里的蛋炒饭变得有些干涩。

迅速解决掉炒饭之后，我感到有道视线落在我的脸颊，形成似有还无的轻柔压力。是那个叫做朵的女孩，她正在我旁边的吧椅上小口啜饮阿齐刚热好的牛奶，看那样子，她的酒已经醒得差不多了。刚才西装男群体显然由于阿齐的打岔而感到扫兴，没多久就集体离去，我声称自己因故一穷二白，来这里纯属碰运气混点吃喝。然后阿齐显示了仗义自不用说，朵也收敛了狂态，摆出一副老大姐的架势对我表示亲切，尽管她显然比我年轻。

"你今晚没地方去吧，小妖？"朵闲闲地问我。我不善于编名字，索性只改了声调。时空错乱的存在说成是妖不无恰当，我以为这比瘦子的"Fake"幽默多了。

"嗯……"我瞄她一眼。这丫头莫非对我有意思？我的猜测无关自恋，纯属职业习惯，可怎么看也不像是此等状态。

"你可以住我那儿。我们同住的一个女孩子刚搬走，房间空着。"她说着打了个哈欠。快两点了，除了角落有桌情侣仍在不知疲倦地喁喁私语，混酒吧的闲人都回家睡觉去了。

"谢谢。"我注意到阿齐没反应。阿齐对朵有意，对此我能以七年的职业素养来保证。我出于谨慎添了句："会不会打扰你啊？"

"当然不会！"朵重重地拍我的肩膀，"互相帮衬是应该的，这是穷人的友谊。"

"哦，那富人的友谊又是什么？"

她嫣然一笑，"尔虞我诈。"

我到第二天才明白朵所说的绝非空话。大约中午时分，她没敲门就进了我住的房间，在枕边乱喊一气："起床了起床了起来干活！"

我兀自迷糊着："干什么活？"

"你总不能白吃白住吧？当然要干活，快起来，陪丁当去看病。"丁当是她的室友，昨晚回来还没见上。

我毫不客气地指出："你不是说过穷人的友谊吗？"

她居高临下地在床边看我，"我也说过互相帮衬不是？"

住人气短，我只好起床。接过朵递来的牙刷毛巾，我睡意未消地前去洗漱。昨天夜里没顾上留意，今天才得以打量我落脚的这套三室一厅。分配给我的房间相对简单，除了床和衣橱别无长物，到浴室要穿过客厅，不大的空间逼仄地摆着硕大的褐色皮沙发，沙发褪色不轻，人造革有几处绽开，露出里面泛黄的海绵。沙发以及茶几上散落着衣服和包，进门处满地各式女鞋，离整洁的境界可谓相当遥远。浴室也同样又挤又乱，从瓶瓶罐罐涌出的化学香气混合成一种奇异的味道，说不上难闻，也不算清新。我匆匆洗漱出来，身上套着朵之前不知从哪儿找出的男睡袍。这个狠心女房东正蜷在沙发上看电视，旁边坐着个神色不振的短卷发女孩，想必就是丁当。

我向丁当问了声好，对方懒懒地回了一句。朵眼睛盯着电视，嘴里说："厨房冰箱里有橙汁，顶上有面包。"我也扫一眼电视，屏幕上是歌手比赛的实况秀，年轻女孩们陆续站在舞台一角清唱，没几句就被评委毫不客气地按铃打断。

我去了厨房。垃圾桶里塞着外卖盒，竟然没人想到该把垃圾袋扎起来，一股菜味儿。我从碗橱里拿出杯子洗过，倒了三杯橙汁，用平底锅烤了切片面包，虽然比不上吐司机的效果，也还能凑合，接着又随手换了垃圾袋。没看见托盘，我只好跑了两趟把早餐运到客厅。电视开始插播广告，朵这才把视线从屏幕上移开，同时以一种奇异的眼神盯着我。

"小妖，你其实是有钱人家的小孩吧？"

我做出无辜的神色，"你为什么这么想？"

她拿起面包大嚼起来，"我还是第一次在家看到面包装在盘子里，还是烤过的。"

我几乎笑起来，"烤个面包就成有钱人家的小孩啦？真正有钱的人会自己烤面包？你这是什么想象力。"我注意到丁当没吃早餐，劝她也吃点。"女孩子要吃早餐才有血色。"她脸色苍白，和散发着动物般蓬勃生命力的朵截然不同。

"你倒很会关心人。"朵边吃边说，"她今天吃不下，你别管了。"广告结束，她重又视线灼灼地盯着电视，我随口问这是什么节目，她露出惊讶的神色。

"你竟然不知道'天歌'？"

"那是什么？"

"天生歌喉女孩。"

"我为什么一定得知道？"

"这年头没人不知道这个。"

这年头。关键是我昨天才来到这年头。

"哦，这是现在最红的选秀节目？"

"没错。只要挤进决赛，就算不是第一名也会有唱片公司找你签约。这是第四期了，我每期都追着看。"

天歌显然就像万人迷的节目那样牵动亿万观众的心。不同之处在于万人迷的选秀角逐者是清一色的男性，而这个节目则是女孩们看不见硝烟的战场。为了娶一个集财富美丽于一身的女孩，或是为了挤进后浪不断颠覆前浪的娱乐界，未来的男人和现在的女孩都煞费苦心。

"你为什么不参赛？"我好奇地问朵。看她那样子绝对兴趣满满。

她慢慢转过视线瞪着我，"我也想啊。我跑调能跑到你家去。"

我忍不住狂笑起来，无视朵愤怒的眼神。连旁边一直没吭声没动弹的丁当也笑了。

(leaf)

"为什么要偷万人迷电脑里的资料？你的客户是十强之一？"我在瘦子对面的沙发上问他。几分钟前我刚到他常年驻扎的这间咖啡馆。

"你就猜吧。"

"你连这都不肯说，还想让我帮你？"我喝一口味道寡淡的咖啡。真不明白狗仔队们为什么喜欢把这家店当作营盘，或许是因为包厢设有防窃听隔断。

他苦笑，"不是我不把你当哥们，我真不知道。客户通过中间人找的我，我只负责干活儿，不管他是谁。"

"不就是为了娶个美女嘛，至于这样背地里动手脚吗？"我记得比赛即将进入"一天约会"的比赛日程，十强轮流和万人迷约会一天，具体安排由他们每个人自己定。现在进入十强的有各个行业的翘楚，从音乐人到某矿业的富二代，他们有的多金，有的英俊，也有的才思敏捷。我对这节目兴趣不大，不过约会过程还是可以看看作为借鉴，毕竟我的工作正是在约会中让女性满意。

以我的猜测，十强之一企图进一步了解万人迷，于是雇瘦子偷取她的电脑资料。这不失为一种策略，但实属旁门左道。缺乏自信的人才会使这种手段。

我当即表露对这套手法的鄙视，瘦子一脸无奈："把你的正义感先放一放好不好？就当帮兄弟一把。万人迷住的酒店对面是何老板的楼，除了你，我想不出还有谁可以帮这个忙。"

"我就是不明白这帮人为什么挖空心思想要赢这场比赛。世上的女人多了去了，有钱的也不止万人迷一个。"

"是，您是行家里手。可人家不是啊。那可是一千万的嫁妆，谁不想要？再说了，就算娶不到万人迷，如果在比赛中露脸够久够体面，说不定会被哪个富婆看上。"

我对他的观点嗤之以鼻，"我以专家的身份认为，没有哪个女人看过这帮人对万人迷大献殷勤的恶心劲之后还能看上其中的任何一个。"

(rose)

我和朵一起陪丁当去医院做了流产。事后一想，这或许是她收留我的理由。总得有个男人签字。

我在职业生涯中不曾让女人怀孕，当然也没陪人去过妇产科。谨慎是公司训条的第一则。而且我的客户们即便怀孕也不可能来这种地方，她们会找个私人医生秘密解决。客户们大多是有夫之妇。

医院的妇产科是个奇异的地方。既有那些腆着肚子神色安详的孕妇——她们不知为何让我想起羊群一类的比喻——也有丁当这样神色凄惶前来堕胎的女孩。

我坐在医院的塑胶椅上出神，忽然意识到有人轻喊一声"小妖"。朵和丁当并肩站在护士站那儿，喊我的是朵。我走过去，老老实实在手术协议上签字。护士严厉地盯着我看，开口说："既然还没打算要孩子，就别让女朋友怀孕哪。受这份苦。"

我虚心地点头，一边挽起丁当的胳膊，把她扶到写有"男宾止步"的门外。丁当低着头迈进门槛之前，我在她耳边说："别怕。我在这儿等你。"

她浑身一震，抬头看我。我拍拍她的肩。她纤细的嘴角扭动一下，终究没笑成。

我是替某个应该在这儿的男人说的那句话，结果也许让她更难过了。

我和朵坐在塑胶椅上等丁当。

"我劝她选了手术。"

朵开口的时候兀自看着前方，"药物的话，怕万一不彻底会有后遗症。"

我问她："那个男的呢？"

朵冷冷地说："他一听说怀孕的事，就给了丁当一笔钱，作为分手费。"

我没接话，朵又说："之前住你那间屋的女孩也流过。她没去医院，自己吃了不知什么药。那天我看她一直待在浴室里没出来，觉得不对，进去一看，她坐在马桶上昏昏沉沉的，人像快死了一样，我把她拉起来，那下面全是血……"

如果有选择，我不想再听这么悲惨的经过。然而朵的神色让我没有制止她。

她继续说："一个个都是傻子。她们不是因为大意才怀孕，都是以为这样一来就可以拴住对方，真傻……我绝不会这样。"

我沉默着。她朝我转过头一笑，我觉得那笑容有些可怕，大概是因为她灼灼的眼神。那眼神不是对着我，而是朝向未知的什么，凛然地放着光。

我也压低声音："丁当是想逼对方结婚才怀孕的？"

朵怜悯地看着我，"你什么都不明白。你以为我们是做什么的？"

我思索片刻，"洋酒促销？"

她似乎想笑，"笨！"停了停又说，"你看过艳舞吗？"

"噢。"

"现在你懂了？"

"懂了。你，还有丁当，职业是艳舞女郎，和杨贵妃一样。"
她叹息一声，"你这人……不知道是真傻，还是真好人。"

她的情绪一稳下来就显得消沉。我倒是更喜欢看她恶狠狠的模样。

丁当从医院休息室出来时脸色更加衰败，不过至少还能走。我扶着她慢慢离开候诊室里那些满怀期待的孕妇，她身上散发着消毒水的味道。朵阴沉着脸走在她的另一侧。

回到她们合住的房子后没多久，朵爆发了。起因是丁当说她想喝酒。

"你不要命了还是疯了？"朵冲她嚷，"你给我回屋躺着去！"

丁当靠在皮沙发一角，整个人仿佛小了一圈，"我刚不是躺了嘛。可身上冷得很。越躺越冷……"

我扶起她，"你如果不介意，我陪你躺会儿，有人陪着就不冷了。"我又看向朵，她正死死地盯着我，一脸不信任。我苦笑，"不是所有的男人都想随时随地占女人便宜。"

等丁当蜷在我胸前躺下，她终于抑制不住地哭起来。我把手绕在她肩后，一下一下地拍她的肩，等她的啜泣平复。

"你还对……那个人，有感情？"事实上我有些好奇。虽然我接触过很多女人，对我而言她们仍是一种难以猜度的生物。

"没有，不是……"她的泪水很快打湿了我的肩窝。

"哦，那就别为他难过了，犯不上。"

"我才不是为他，我是——"丁当抽噎了一下，"为孩子。"

"孩子被生下来就一定幸福吗？"我淡淡地说，"我妈生下我就疯了，因为她被某个男的给甩了。据说那人有点钱，她本来以为跟了那个人就可以好好过下半辈子。"

丁当停止啜泣看我，过了片刻才问："你见过他吗？我是指，你爸。"

"他算不上我爸，只是生物学上的。"把我抚养成人的是何叔，被我妈抛弃的男人。

"那你妈妈她……？"

"还住在疗养院里，我有时候去看她。不过她不认得我。"

我们没再交谈。丁当睡着之后，我悄悄起身走回客厅。窗外已经昏暗下来。朵一个人坐在沙发上喝小支的啤酒，电视开在静音状态，明晃晃的一片图像。

我告诉她丁当睡了。她默默地把手中的酒瓶递给我，我接过喝了一口，在她身旁坐下。

"你倒是个好人，没想到。"

我诧异，"你看不出我是好人就把我带回来？你难道不怕我色心大发把你们轮奸了？"

"怕什么？我会空手道，就你这身板，我一人能收拾两个。"

我心悦诚服，"哦。"

她从我手上拿过酒接着喝，一边说："我现在还是处女。你想不到吧？"

我不知是否该对她的坦诚报以惊讶，"你是想说你一直没遇上喜欢的人，还是证明你特别传统？"

她笑了一声，"你以为丁当之前跟的是什么人？"

"你又没告诉我。"

"当然是有钱人……从外地来这里开厂的，小孩都念高中了。她想给那人做小。"

我默默地听着。

"我决不会像她那样。我要把自己嫁出去，或者说，卖个好价钱。你懂吗？"

我机械地点头。

"其实我和她们没什么不同。"她淡然总结，又低微地加了一句，"我总不能到三十岁还在跳。"

我忍不住伸手拿过啤酒瓶，然后握住她的手。她没闪开。她的手心仍带有酒瓶的凉意，像一块冰。

"你几岁？"

"二十三。"

"比我小两岁。你还年轻啦，今后的事，现在谁也说不准。"我像哄孩子一样说着，一边摩挲她纤长的手指，随即几乎愕然地意识到自己在做什么。朵当然不是我的客户。只能说我本人也在时空错乱的情况下变得奇怪。

天黑以后，我陪朵去了火狐酒吧。丁当已经睡着了，看起来暂时没什么问题。朵原本在短衫热裤长袜的装束之外披了件风衣了事，我提醒她这样穿从身后看显得太过暴露。

"裙子什么的最好比风衣长点儿。"

她不情愿地回屋拎了条长裙出来，直接往热裤外一套，"你可真够婆婆妈妈的。喂，小妖，你是同志对不对？"

我没听懂。她换了个英文词我才终于理解，果然存在代沟。

"应该不是。我的客户全都是女的，我也没想过要发展男客户。"

她换了副眼神看我，曾经有个说喜欢我的年轻女孩在得知我的职业后大为崩溃，朵的眼神和那个女孩倒是不同，像在看什么头上长树叶的珍稀动物。

到了酒吧，时间还有点早——这是就朵的开工时间而言。只来了不多的几桌客人，我们坐在吧台边的高脚凳上，看阿奇调酒，嘴里不停闲扯。

阿奇给我们倒了两杯杰克·丹尼兑可乐。据说他作为酒保每月有一瓶酒，可以自用或请朋友。他笑着说，有朵在这里，没有一次能打住限额。朵漫不经心地回敬道，请我喝酒的人多了去了，你要不愿意我找别人请去。

她朝我转过脸，故意扮个迷离的眼神，"小妖也愿意请我，对不对？"

我立即四顾张望，朵拍我一下，"没用的家伙！亏姐姐我收留了你。"

用不着纠正她此刻比我小。我笑嘻嘻地说："我这不是正在找有没有富婆愿意赞助我请客嘛，这可是我唯一的生存技能。"

朵抿紧了嘴。阿奇没多看我一眼。这很像日后的他。何叔对我说过，他从前在一家生物制药所工作，我妈是他大学时代就开始交往的女友。既然真实生活中的何叔是一介酒保，我到底该信他几分？

我发现朵称得上一流的艳舞女郎。一盏聚光灯扩出幽黄的半圆，见证她怎样和酒吧角落的钢管缠绵不休，配的音乐竟是金属质地的女声演绎的法语歌《玫瑰人生》。朵化妆成哥特风格，假睫毛在惨白脸庞投下黑色的阴影，然而没有人留意到她冷漠如假面的神情，人们都盯着她的身体。她的腰肢和着歌声款摆，浅浅的脐窝偶尔在短衫下跃现，小腹扭出柔媚的阴影。店里的生意这会儿达到了巅峰，忙碌时段的临时工女孩在人丛间穿梭递酒，人们散发的体温热烘烘的，混合着烟味和荷尔蒙的气息。

我斜倚在吧台上，不用看也能感到阿奇在我的左后方忙于他的工作。调酒器哗啦啦响，淹没在歌声人声构成的嘈杂深处，冰块撞击的节奏偶尔被一下口哨尖锐地打破。

朵跳完上半场过来休息。最近她得一个人跳全场，丁当从发现怀孕便请了假。有人走近请她喝酒，朵扫我一眼，"要请就连我弟一起请。"

"是亲弟弟还是小情人啊？"对方不识趣地问了这么一句。朵登时拉下脸。

"管那么多？我不喝了。你请别人去。"

一个中年男人走过来打圆场，看样子是酒吧老板。之前他坐在角落里默默喝酒，我还以为是个来此消遣的闲人。他冲我点点头："难得朵带朋友来，你好好玩。"那语气仿佛朵并非他的驻店钢管舞女郎，而我是到他家玩耍的邻家小孩。

这时有个白影子晃到我的眼角，下一秒只见朵和那个白影热烈地拥抱。"安琪！"朵亲热地喊对方的名字，"哎呀变漂亮了，看你，皮肤多好！"她用手心一下下拍着叫安琪的女孩的面颊。

安琪穿件长及膝盖的白风衣，长发高高地束在脑后，狭长眼睛，薄嘴唇似笑非笑。这张脸无疑是清秀的，同时带了点不明朗的意味，有些人或许会将其定义为"薄命相"。她身上还有种似曾相识的神气，我盯着她看了足有十秒，眼前的白衣女孩忽然和一个影子重叠上了，影子与现实之间存在诸多的变形，几乎难以辨认，但我能看出是同一个人。应该是。

错不了，安琪就是我那个住在疗养院的妈。

如果不是先认出阿奇就是何叔，同时顺理成章地预想到存在遇见我妈的可能性，我多半没法认出她。在我的脑海中，时光和疯狂在她身上造成的摧残早已是一道牢不可破的形象，这就好比将沾有污渍的皱巴巴纸团与纯白的纸鹤进行对照，需要想象力翻山越岭才能做到。而一旦这种对照成立，我的心立即如同拴了个船锚般往下沉。

朵忙着和安琪絮絮说话，几个词断续地蹦进我的意识回路。其中有个男人的名字，似乎是"小柯"。然后是什么工作，报名，去过医院了。等我回过神，她们已交流完彼此乃至丁当的近况，朵对我说安琪是她们原先的室友，并把我介绍为"捡来的弟弟"。我含糊地点头，恰好阿奇朝安琪递过酒杯，翡翠色的液体在锥形杯中莹莹如流动的玉。

"好久不见。"阿奇平淡地说。

安琪接过酒，"是啊，三个月了。"她举杯凝视着其中的绿色，"没人缠着，你是不是觉得日子清静多了？"

我饶有兴味地注视这一幕，心头豁然雪亮。谁喜欢谁一目了然。何叔啊何叔，我究竟该信你几分？

(leaf)

七岁那年，我问何叔："妈妈她为什么不认得小耀，是因为小耀不乖吗？"

"当然不是。妈妈她在做一个很长很长的梦。"

"那她什么时候会醒？"

何叔弯下腰，看进我的眼睛深处，"也许很快，也许要很久很久以后，还有可能……你妈妈不想醒过来，因为在梦里能看见很多有意思的事。"

我忍住泪意，"那我就没有妈妈了。"

何叔温和地说："是不是何叔照顾你，你觉得不够好？"

"不是……"我想想又问，"妈妈以前是做什么的？她以前是不是比现在漂亮？"

"从前我们是同事，在研究所工作。我一直记得她穿白大褂工作服的模样。她那时候清秀极了，像一朵梨花。"

(rose)

在酒吧见过安琪的第二天上午，我在厨房吹着口哨煮粥。朵探了脑袋进来，吸吸鼻子问我在做什么。

"鸡蛋粥。容易又滋补。丁当昨天也是吃的外卖吧，我觉得她该吃点有营养又容易吸收的。"冰箱里只找得到鸡蛋也是原因之一。

"看不出你这么体贴。"

我笑了，"别把我想得那么好。其实我觉得自己可能是个没心没肺的人。就连这鸡蛋粥，也是以前公司培训课程的一部分。"

她走进厨房，这丫头显然刚洗过澡，一头湿发披在肥大的长袖睡裙上，裸着小腿。"小妖，我有个问题想问你……你到底是做什么的？"她的语气像个语重心长的姐姐。

"你猜。"

"我不要猜，我要你告诉我。"

我思索片刻，"有个长辈说过，我这样等于是牛郎。"

她没吭声。我关掉火，把粥分别盛进小碗。然后我才发现，朵的眼睛里弥漫着半透明的雾气。

"怎么啦？"我摸一下她的脸，"傻丫头，有什么好难过的？"

"你是逃出来的对吧？"

"啊？"

"你不愿意说就别说了……我捡到你那天，你看起来像只流浪的小狗。明明自己又饿又累，还硬撑着跑来打抱不平。"

我应该想笑才对，却笑不出来，甚至几乎被她一厢情愿的怜恤给感染了，以至于我不假思索地脱口而出："如果我告诉你——我来自未来，你会相信吗？"

朵顿时恢复了常态，"你这人！老没个正经。"她捧起碗，也没用勺子就喝了一口，"真香！谁嫁给你肯定很幸福。"

我递了勺子给她，"对了，那个安琪，她是做什么的？"

"还能做什么。"朵端起丁当的碗准备送去，"她已经上岸了，现在住在男朋友那里。是个做药的。"

我跟在她身后，"我不懂，难道安琪喜欢的不是阿奇？我记得你说过她也……"

朵停下脚步扭头扬起脸，一双妩媚的眸子杀气腾腾，"对，她和丁当一样。她对阿奇是真心的，所以更傻。在这件事上我没法原谅阿奇，虽然他不是个坏人。"

中午，安琪带了她自己做的食物过来。乌鸡汤应该是特意为丁当弄的，还有炒饭和油爆虾，我和朵得以蹭了一顿。丁当起床到客厅和我们一起吃饭。安琪麻利地收拾了四下的杂乱，玻璃茶几上不知什么液体的陈旧污渍也擦干净了。她的厨艺相当不错，我边吃边夸她一定能当个好太太，说完便意识到自己失言，丁当仿佛没听见，坐在沙发上默默喝汤。

我当然知道安琪没有成为贤妻良母的机会。她套了件宽松的白色针织衫，坐在小板凳上面朝沙发一端，眉眼间有种温熟的风韵。她是什么时候丧失理智的？为什么会这样？看似线索渺茫。按理说我该抓耳挠腮试图返回自己所属的时空才是，可眼下且不说没有回去的线索，我无论如何也上不来离开的念头。我想再多看看何叔和我妈，多琢磨下这些过往。

何况还有朵。

朵正在对丁当说："你最好再躺两天，休息好，别落下什么毛病。"

"很闷哪。"丁当没精打采。

"或者你看看书？"我建议。

安琪笑了，"你看见这里有书了？这两位小姐从不看书。"

朵立即说："谁像你，没事捧本言情小说装文艺。"她又问丁当："要不要看碟？正好我想买个掌上碟机，这样吧，我下午去买。"

丁当没表示反对，刚吃完饭我就被朵拖了出去，留下安琪她俩做伴。"你这身黑皮还穿不腻啊，"朵半批评半友善地说，"姐姐带你去换身新的。"

我也认为该买身衣服才是，不过一想到买衣服的钱是她跳舞换来的，让人多少有些闷闷不乐。

没想到买碟机的地方是间大型书店，而且就在将来的俱乐部街。朵在楼上的影音区挑机器的工夫，我在三楼胡乱翻书。虽说我生活的年代早已实行了无纸化，也有人固守对纸书的热忱，正如字面所说，沉浸于故纸堆的世界。我当然不在此列，客户中倒有好几个这样的女人。她们这时大约和朵差不多年纪，我在书架间转悠，无非是想探究她们年轻时都看些什么书。

一圈下来没什么特别收获。毕竟无纸化只是换了载体，并非意味着书籍的消亡。今天所流行的这些在我的时代也一样有人爱看，换了作者和具体内容，核心则毫无差异：侦破小说、纪实作品、学者解读经典、爱情故事、历史、金融、外语实用等等。有些书换个标题即可，例如万人迷那本《我的成长岁月》就和那一大摞封面朝上叠放的《我在电影界的三千多个日子》不无类同之感。

那么，究竟是什么让我明确地感到"今天"和未来的不同呢？人们的衣着？不，其中的差别也不算大。虽说眼下看不到某些款式，至少牛仔裤几乎雷打不动地延续了下去。但确实有什么不一样。就像一缕吹在皮肤表面的微风，没有明确的寒意，却预示着季节脚步的轻移。

"喂。"有人拍一下我的肩。是朵。她探头看我手上的书封，"这是谁？"

封面上是个娇小的黑衣女人。我说："小麻雀的传记，你跳舞用的是她的歌。"

"歌是老板挑的。"朵把书拿过去翻了两下，"她很有名？还活着？"

"去世好久了。她小时候非常穷，后来因为唱歌的天赋被人发现。"我注意到她腋下挂着个购物袋，让她把袋子给我拎着。"东西都买好了？"

"嗯。还送了好几部电视剧，丁当有得看了。"

"你自己不买些电影回去？"在我的时代根本无需跑出来买这等沉甸甸的玩意儿，书籍影音全是可传输文件格式，指尖一点应有尽有，人们把逛书店买影碟机碟片的时间用在了别处，很难说人生是否因此更有效率。

"不用啦，这么小的屏幕看了也累。"

我会意，"你是为丁当买的吧。"

她笑意吟吟，"有些事说出来就没意思了。你等一下，我去付这本书的钱。"

我们从书店去了街对面的邮局。朵似乎对行动路线胸有成竹。她办理邮局汇款的时候，我坐在大厅的休息椅上观望来寄邮包的人。有的邮包一看就是手工缝制的，鼓鼓囊囊的布口袋上缝着写有地址的布条。二十六年后的邮局还有这么麻烦的事物存在吗？我没去过邮局，无从得知。说不定口袋邮包依然存在。例如那会儿仍有人亲笔写信，我收到过客户写来的情书，并因此猜测，她是觉得这样做比较浪漫呢，还是因为没有电子痕迹不易被丈夫发觉。这就是冷漠无情的新青年与老派女人的代沟。

朵从窗口走回来，脸上带着古怪的神色，像是放下了一桩心事，又仿佛有些不甘。我忍不住问她给谁汇款，这问题不太符合我的职业风范。

"给家里。"她简洁地说，那语气让我没法接话。

买衣服没花多少时间，我换上白 T 恤藏青夹克衫和仔裤跑鞋，自己也觉得轻快了些。换下来的制服直接扔了，那枚带有震荡体的假名牌和六粒幻恋胶囊则转移到裤兜，提醒我另一重事实的存在。不知瘦子是不是在楼下等到忍无可忍然后走人，想来仍觉得不可思议，我在这边已过了两天两夜。

我们没有立即回朵的住处。她说想走走，我拎着购物袋陪她一路走去。朵的速度不像在散步，她抿着嘴一个劲儿地迈步，仿佛有个看不见的终点在前方召唤。

意识到时，那座六层楼就在一百米不到的右前方。也就是把我送到这个世界的楼梯凭空出现又消失的地方。我条件反射地看向实敦敦的石头外墙。阳台上新艺术风格的铸铁围栏和瘦子带我踩点那天没什么不同。四扇落地长窗一字排开，外面带阳台的是从右往左的第三扇，阳台外沿紧挨着毫无用处的消防楼梯，照旧在三楼凝成一个端点。

我突然福至心灵。我应该从里面重新走一遍，到那个房间里去。或许这样就能有所发现，即便那个该死的神秘楼梯仍未出现。

到了楼的对面，我对朵说等我五分钟，然后迅速穿过马路。楼的正面似乎和二十六年后有所不同，记忆不够分明，毕竟那天我是从地下车库直接扮服务生进的电梯。我迈步上了几级楼梯，欺身穿过旋转门，立刻被一名身穿黑漆漆中山装的保安拦住了。他的制服倒是和我扔掉的那身有点像。

"先生，您的卡？"

我愕然，"这里不是酒店吗？"

"这里是私人会所。没有会员卡不能进去，抱歉。"保安的语气毫无抱歉之意。

我悻悻地经过旋转门回到外面，朵也过了马路，正站在台阶下睁大眼睛看我。

"干吗呢？"

"没什么。我就是想进去看看。"

"那儿是会所，一般人进不去。"

我呆了一呆，"你倒挺清楚。"

"谁都知道啊，这座楼是做地产的王老板的。看你，简直像从另一个世界来的。"她漫不经心地说。

又走了没多远便抵达江边，我们趴在望景台的栏杆上看江。水面似乎比记忆中要混浊些，估计是市政工程和科技都还没到那个阶段。船不多，装载建筑泥沙的拖轮曳过江面，在身后留下粼粼的痕迹。在我们的身后有孩子在放风筝，有情侣在散步。这个时代的望景台尚未成为流浪音乐家和幻恋胶囊私贩的聚集地，朵这样的年轻女孩也可安然在此发呆。从这个角度理解，治安像是随着时代进展日渐低下。或是因为我尚未熟悉眼下这个时代的黑暗面，尽管我身边的女孩是个艳舞女郎。

正回忆着未来，我听见朵说："安琪昨晚告诉我，有个舞蹈选秀比赛，和'天歌'差不多规模。现在刚开始海选。"

"那你去参加吧。"我立即热心回应，"跳舞是你的强项。"

"你说得倒容易。"她轻笑一声，"这种比赛肯定有黑幕，谁也不认识，能那么容易挤进去？再说了……"她没说完就咬住嘴唇。

"再说什么？"

"假设我通过了海选，进入初赛，观众如果有人在别处看过我跳舞，这事很快就会传开。"

"这有什么？别说你跳的是钢管舞，就算跳脱衣舞，那也只是一份工作。"我注意到她脸色突变，"我就是打个比方，你别生气。"

她叹了口气，"我不是生气，你什么都不明白。"

我是不明白。

朵又说："我不是本地人，你看得出来吗？"

我摇头。

"我小时候住在一个出产蚕丝的镇子，家家户户都养蚕。到了蚕季，每天天不亮就得起床去摘桑叶，夜里还得两次起身去给蚕添桑叶。家里老有种桑叶的水汽和蚕味儿混在一起的气味，时间久了就闻不出了，其实那味道早就渗进养蚕人的身子里——我出去念高中的时候才反应过来。班上的女生说我身上有股怪味儿。我使劲洗澡，可还是洗不掉那味道。"

我凑近她一侧的脸颊，深深吸气。"没有啊，很香。她们是故意欺负你吧。"

"傻瓜，这么些年还能留着吗？我当时就下定决心，毕业后要是考不上大学，我哪怕出去要饭也不回那个家。镇上的人家喜欢女儿，因为蚕活是女人家的活计，有的女儿没出嫁在家待到三十多岁，父母照样半点也不着急。我不想过那样的日子，整天就是摘桑叶洗了晾了切细了喂那些白花花的蚕虫，就像自己也一点点被吃得干干净净。"她忽然朝我转过脸，"你听过许多蚕一起吃东西的声音吗？"

"没。"

"那就像是海浪。不是大浪，就是一层层地打上来，没完没了。我现在有时候做梦还会听见那声音，每次做这样的梦，醒来都感到胸口闷得慌，就像回到了小时候，回到从前那些看不见任何出路的日子。"

"所以你毕业后来了这里，开始跳舞？"

她轻笑一声，"哪有那么容易的事？我刚来的时候在一个老乡租的房子借住了一阵，每天出去找工作。我想哪怕当个售货员也好，可是没有本地户口，找工作难得很。我跑出来家里自然不同意，他们原指望我考不上大学就回去，少一个干活的人，少养好多蚕呢。我身上只有一点点钱，是念书时存下的。白天我在外面找工作，夜里如果我老乡的男朋友来了，我就得在街上走个大半夜，等他们办完了再回去。"

"后来呢？"

"后来那地方也不能住了。有一天我老乡加班，她男朋友来了，对我动手动脚。我一把抓起包就跑了，好在我没行李，就一个背包。接下来的几天，我白天继续转悠找工作，晚上找个通宵营业的快餐店买杯饮料，趴在桌上睡一觉。"

我试图想象朵瑟缩在灯火通明的快餐店打盹的情景。"你当时几岁？"

"十八。"

那是我开始工作的年纪，但我当然没经历过她那样的落魄。

朵转身往栏杆一靠，仰头看天。"然后我就遇到了阿奇。他当时在一家快餐店上夜班。"

我心里一动，"他收留了你？"

"是啊。他把我带回与人合住的地方，让我睡床，他自己睡地铺。他当时在学调酒，说想成为调酒师。这启发了我。"

"嗯？"我没听懂。

"我在他那儿足足睡了两天，几乎一直在睡，偶尔起来吃点他留给我的东西。等养好了精神，我就一家家上酒吧去自荐，说我什么都愿意干，陪酒陪什么都行，只要不是陪睡。"她伸一下懒腰，转眼不知怎么做了个后弯的弧撑，两手支地，长发泻了一地。

我忍不住扶一把她的腰，好让她借力起身。其实没这个必要。她的腰肢轻捷地上扬，我的手心传来柔软的弹力。朵真的很年轻。太年轻了。她这会儿脸上没化妆，尽管带了一抹黑眼圈，皮肤在秋日阳光下的那份柔和却无可挑剔。我想起蚕，想起丝缎。

她捭一下发梢，"后来的情况你应该也能猜到。我开始在火狐跳舞，又把阿奇介绍进去。"

"那你们可算是互不相欠。"我转回刚才的话题，"你真的不想去参加那个什么比赛？我觉得你肯定能进局。"

她一笑，"你怎么比安琪还热心，她也这么怂恿我来着。其实我对当明星没半点兴趣。"

我诧异，"我看你对那个什么天歌就很热衷……你到底想怎样呢？"

她没回答我的问题，视线投向江对岸层叠的高楼，半晌才说：

"阿奇总说我的心太大了。"

我本以为回家能看到安琪，发现她已经走了，略感失望。丁当说安琪回家做饭去了，毕竟她现在"有家有口"。朵回屋换衣服化妆准备出门，丁当坐在她自己房间的床上朝我打量了一番，嘴角浮起笑意，"肯定有不少女孩子喜欢你吧。"

我没搞懂她这是疑问句还是肯定句，索性不予回答，往床边的椅子上一坐，开始捣鼓碟机。这里和客厅的凌乱程度半斤八两，不知朵的房间是否也一样。床边的三合板梳妆台上摆着密密匝匝的指甲油瓶子，什么古怪的颜色都有，其间见缝插针地摆着一叠削好皮切成薄片的苹果，不用说自然是安琪留下的。

"你和安琪认识有多久？"我放入一张影碟。

丁当歪在枕头上眯起眼睛，"一年多吧。怎么？"

电影公司的标志从黑色背景中浮现，我调低了音量，"就是随便问问。她男朋友……是个什么样的人？"

"宅男一个。"

"宅男？"

"你连这都不知道？就是休息天老窝在屋里对着电脑，也不知脑子里在想什么。"

"哦。"我想起瘦子，这个词用在他身上可谓恰如其分。

"他俩感情怎么样？"碟片定格在菜单画面，片头音乐低微地重复缭绕。

丁当没回答，反问我是不是喜欢安琪。我还没来得及辩解，朵推门进来，"好些没有？"她对丁当说。这丫头今天倒是规规矩矩穿了裙子，没把双腿直接暴露在风衣下。

"就那样。"丁当停顿片刻，"小妖留在这儿陪我好吗？"

朵似乎有点讶异，"你不是有碟机了嘛。"

明明是我的事，两个人似乎都没想到征询我的意见。我开口说："我留下陪她好了。"我想再问问安琪的情况，直觉告诉我，从丁当这边入手比较快。

朵看我一眼，"那我走了。"

朵离开后，我问丁当要不要躺下来睡会儿。她垂下眼睛说，"像昨天下午那样陪我，好不好？"

我脱掉夹克外套，穿着恤衫仔裤靠着床头坐下，把腿舒展开。她水到渠成地往我肩上倚过来，又把被窝往我这边盖了些，一只胳膊随即环在我的腰上，像是懒得缩回去。

"你还没告诉我呢，"我急于回到刚才的话题，"安琪和她男朋友，那个什么小柯对吧，他俩感情还好吗？"

她没有回答，胳膊仿佛突然有了某种独立意志，在我身上游走起来。我不怎么用力地握住她的手，不让她进一步探索。

"你不想？"她低低地问。

"你现在需要休养吧。"

"我们可以换个法子。"

我翻了个身，让自己侧对着她，仍维持着握手的姿势，用另一只手扶住她的下巴，轻轻揉捏。她的呼吸变得不太稳定。

"你是个聪明的女孩子。"我看进她的眼睛里去，"聪明女孩应该知道自己想要什么，别把时间浪费在无谓的事上。"遮光帘外的世界大约已被夜色掩盖，台灯照着她的脸，在手术后的苍白上染了一抹黄。

她嘴角露出一丝笑意，大约是笑意。"像朵那样？"

我听着这话味道不对，便说："朵怎么啦？"

"显得那么清高，好像比谁都干净……"丁当顿了一顿，"她是聪明，比我或者安琪都聪明多了。我倒要看看她怎么麻雀变凤凰。"

我条件反射地放开她下了床，俯瞰这个女人，"她对你很好。"

"哈，"她一扬脑袋，卷发随之轻轻摇颤，"是啊，她对安琪还要好得多。你是没看过安琪流产后她照顾人的那份劲头。我可是无福消受那份好。"

女人果然是难以理解的动物。丁当很有可能是妒嫉朵。妒嫉她什么呢？就因为她守着所谓贞操决心"把自己卖个好价钱"吗？

(leaf)

高三下半年的春天，我不是在瘦子家和他胡说八道，就是在达洛维夫人身边。

达洛维夫人是我的第一个客户，当然是假名。有的客户比较低调；也有那种去哪儿都带着我唯恐天下人不知的客户。随着时间的推移，我和各种各样的女人相处过，她们或许有某些地方相似，更多的却是不同。每个女人都有自己的独特之处，我把发掘她们的相异作为一种游戏。如果不这样做，工作会显得缺乏乐趣。也许你会说，不就是谈恋爱嘛，有什么难的，何况还是对方买单。

当然不是，如果你谈过十次以上的恋爱就会知道，要保持发自内心的情人作派不是件容易的活儿。

还是说回达洛维夫人。

直到很久以后我才意识到，遇到她作为我的第一个客户，不能不说是我的幸运。她几乎没在我面前流露过负面情绪，而是尽量享受和我相处的每一分钟。她比我大二十来岁，这不成为障碍，因为她在遥遥领先的人生过程中积累的各种经验（从为人处世到床第之欢），都对我有所教益。

更重要的是她的处世哲学。她常说，人生就像是从山上滚下。

我表示听不懂。

她微笑："我的意思是，大多数人都一门心思要往上爬，觉得爬到顶上就能一览众山小，风光无限。其实人哪，或迟或早总有失足掉下去的一天。你吭哧吭哧爬上去，运气好的话或许能到顶，可以看会儿风景，如果运气太衰，大概只能爬到一半。不管是哪种，都会在某个时候没法控制地往下掉。"

我说："掉到底就是一死？"

她静静地说："人都有一死，不过更可怕的是，也许你有好多年都在一直往下掉，老没个完。"

我问："那为什么大家还要努力往上爬？爬得越高，掉下来的过程岂不是越长？"

她回答："可能是为了掉得更利索。"

我仔细思索着这番话，一边用手拨弄她耳坠上的珍珠耳环，耳垂冰凉又柔软，珍珠光滑地碾过手指，混合成一种奇异的感触。

有一天我对瘦子说了达洛维夫人的事，还说我不打算升学了。瘦子对后者表示了惊讶，他说你小子头脑好而且又不是读不起私立大学，就这么混下去会不会有点可惜。我说你不也每天旷课不思进取嘛。瘦子说我和你不一样我爸还躺在医院里，我得赚钱养家，来钱最快的就是卖信息，这条道我得走到死了。我笑着说那你选了一种特别慢地往下滚的方式。瘦子说你近来说话特别神叨，是不是那个什么夫人的影响。我说你对我的职业规划就没什么意见。瘦子说得了吧你这就是一碗青春饭，还不定什么时候年老色衰没人要哭着回去找你的何叔。

我正色道，我就是要饭也不会回去，当生意人最无趣。

瘦子身为一个大有前景的信息贩子，不会不知道何叔做的是什么买卖。其实我对做生意的抵触倒不是那么大，我只是对幻恋胶囊不感冒。等有一天产生抗药性的人越来越多，说不定会有更猛的玩意儿诞生。到了那一天，世界又将变成什么模样呢？想一想都让人不寒而栗。

我没给达洛维夫人吃过幻恋，她是真心对我好，尽管谈不上有多强烈的感情。我和她都很中意彼此的关系。合同只签了四个月，这是她最后的寿限。达洛维夫人来公司挑人的那天，她刚被医生告知身患绝症的消息。

在最后的几天，她已经瘦成了另一个人。我坐在病床前，应她的要求念书给她听。雪莱的情诗。读得实在不能算感情充沛，我不太会读这一类东西。

她静静地说："其实我犹豫过好几次，想着要不要给你吃那个药。"她的声音也和从前不同了，单薄得如同随时可能断裂的线。

我意识到她说的是幻恋。

她又说："如果那样做了，你现在就会真的为我难过。"

我没说话。

她伸出一只枯瘦的手，我握住那只手。

"小耀。"她很少喊我的名字，通常只说"你"。

"嗯。"

"我一直有种感觉……也许是老太婆的直觉吧。你是不是，有什么缺陷……精神上的？我是个快死的人了，你有什么话，不妨直说。"

我沉默片刻，终于说："你可能是对的。我从来没哭过，不会特别高兴，也不会特别难过。有时候像正常人一样急躁或生气，总的来说这样的时候也很少。我常听人说起爱，说起幸福，可这些我都感觉不到。我确实有缺陷。"

她叹息一声，"那你选择这份职业，究竟该说是合适，还是不合适呢？我是希望你能够幸福的……"

我笑了，"反正最后都要往下滚，不是吗？"

我们进行这番对话的时候，达洛维夫人已经看不见了。三天后，她死在病床上。比合同期限短十来天。我没告诉她的是，我之所以成为现在这个样子，是因为何叔让我持续注射过幻恋的疫苗，那会儿我还不到十岁。他大概是为我好。可惜那之后我就分不太清别人对我是好还是不好，一切都无所谓了。

(rose)

我站在某小区的绿地上眺望某一扇窗户。说成绿地有点抬举了，无非有几丛植物在我脚边不远处裸露的地面上没精打采地趴着，那模样就像是不得已才暂居此地。

这是我来到二十六年前的第七天傍晚。眼前的高层建筑宛如巨大的立方体无言耸立，这个小区的租金显然比朵她们住的陈年五层楼要贵，不过在暮色中看来没什么区别，一样是户灯初上，空气中同样漂浮着不知哪家在炸鱼的味道。

我盯着看的位置是三楼的某户。阳台上晾了些衣服，摆着一辆自行车，借着室内的灯光，可以清晰地看到一个女人在旁边厨房准备晚饭的身影。

那是安琪。

从我的角度只能看到她肩部往下的一截。她脖子上挂着围裙的带子，头发挽在脑后，正低头专心切着什么。随着其肩膀有节奏的摆动，一绺头发滑下来垂在脸上，她腾出手把头发往耳后顺了顺。

我站在那儿看了大概有一个小时。总的来说我妈算是慢条斯理的类型。我看见热气在厨房里弥散开，她在那团热气附近走来走去。后来她在我分神的瞬间突然不见了，大概去了另一个房间。客厅灯转亮，我赶紧闪进对面的楼道，从暗处继续张望。安琪走到阳台收衣服，她身后的客厅被灯光勾勒得一览无余，有个男人在沙发上抱着笔记本电脑，想必就是小柯。

想到这个所谓的宅男很可能是我爸，感觉有点怪。我悄悄地走了。

安琪的住处是从丁当那儿问来的——她后来总算回答了关于安琪和小柯的问题。

丁当说，安琪和小柯之间，其实和大家以为的不一样。

我不解：大家是谁？有什么不一样？

她答非所问：人与人之间都是这样的，很多事只有两个人彼此清楚，外人看到的都不能当真。

离开安琪的住处，我来到火狐酒吧。今天是周日。周日向来是酒吧生意最淡的时节，所以这是朵的休息日。尽管不用跳舞，她仍习惯性地来酒吧消磨时间，我头一回见到她那天也是如此。此刻这丫头就坐在吧台边我初见她的位置——倒是在高脚凳而不是吧台上，除她以外就只有一个男的坐在角落里喝啤酒吃爆米花，生意果然寥落。

我原本是想找阿奇聊天的，见朵也在，有些话就不适合讲了。她一看见我就高声说："小妖！刚才死哪儿去了？"

我在她身旁坐下，"随便走走。倒是你，昨天中午安琪找我们吃火锅，敲了半天门才发现你不在家。"

"我也是随便走走。"她面前是一杯超量装的玛格丽特，碎冰渣让人看一眼都觉得寒气袭人。阿奇问我喝什么，我说喝水就好。

"总不能让你们老请我。"

"那倒是不碍事。"阿奇拎出酒瓶开始调制，"我听说，你没有身份证。这确实不方便找工作，你如果需要，我可以帮你弄一张。"

"你能弄到身份证？"我愕然，随即想起这年头用的不是电子身份证，造假难度不大。

朵瞪我，"别那么大声。他有朋友可以帮忙。"

"哦，那就先谢过了。"昔日的一介酒保原来也不像表面上那么简单。

阿奇递过纸笔让我写全名，我顿感踌躇，总不能写"徐耀"。说起来我为什么姓徐呢？我原以为那是抛弃了我妈的男人的姓，现在却没见到哪个姓徐的人。我想起兜里的名牌，于是写下"徐构"二字。Fake，虚构，徐构。我的幽默感大概和瘦子同样贫瘠。

一个穿浅色休闲西装的男人进了酒吧。是酒吧老板。他在吧台转角坐下，和我们隔了两个位子。阿奇和朵齐声向他问好，我跟着点一下头。阿奇给他倒酒的工夫，他从兜里摸出烟盒，用店里的火柴点上一支烟，慢慢地说："朵，你来一下。"

朵跳下吧凳走过去，老板拿了酒杯，两人挪到靠窗的一桌低声交谈起来。多数都是老板在说。他们的交谈被店里播放的爵士乐笼罩住了，我这边捕捉不到。我收回投向那两个人的视线，正遇上阿奇若有所思的眼神。

他开口说："你看过朵的房间没有？"

换个角度理解，这话像在试探我和朵的关系。不过我毕竟和他相处过二十多年，知道他说话常有保留，却从不转弯抹角。我说："看过。昨天喊她的时候……门没关。"

"你应该看到灶神了吧？"

我默默点头。朵的房间整洁得堪称过头，缺乏生活气息。床单上没有一个褶皱，不见散落的衣服，没有梳妆台，化妆品不知收在什么地方，靠窗有张书桌，上面摆着合拢盖子的笔记本电脑。唯有一件物品打破了这种让人感到神经紧绷的洁净，那是一幅灶神的纸像，被供奉在挂壁式小神龛里，灯泡蜡烛泛着暧昧的红光，隐约的燃香味儿尚未散尽，当然，香炉周围看不到半点溅落的香灰。

他又问："你知道信灶神和信其他菩萨的区别吗？"

"……道教？"

阿奇以娴熟的手势用布擦着玻璃杯，"灶神算不得厉害的神，只是神派来盯梢的。在朵出生长大的村子，家家户户都供奉灶神，他们也去庙里烧香，但最要紧的还是这个在家视察的家伙。人们在每个月的初一十五供奉吃食，另外过年的时候得送灶神回去，也就是烧神像。这时要把混了蜂蜜的糍粑抹在灶神的嘴上，这样他就没法打小报告。"

"噢。"我听得兴趣盎然。

他停了手盯着我看，"朵好像……把你当成了灶神，或者说类似灶神的存在。"

"这是哪儿跟哪儿啊？"难道上次坦白说我来自未来，这话对她产生了某种作用？我顺手拿起酒杯喝了一口，不由得皱眉，"这什么酒嘛！"

阿奇神色不变，"龙舌兰酒加蜂蜜，最适合灶神的饮料。"

那玩意儿又甜又冲。我忍不住放声大笑，阿奇也无声地笑起来。朵从她的位子瞟了我们一眼，又继续沉浸在和老板的对话中。她脸色凝重。

我停了笑，"能不能具体解释一下，她把我当成灶神，这到底是什么意思？"

阿奇沉吟片刻，"朵这样的女孩子，很习惯被人看，这个不需要我解释吧？"

我点头。

"但是有一天，她发现有个人看她的眼神和别人不同。于是这个人就成了她心目中的灶神。尽管不是什么了不起的神，可这让她第一次感到自己被关注，被真正地看。"他又开始擦另一只杯子，语速随之减缓，"而且，灶神对这个世界的观点和她周围的人截然不同。她开始认为，那才是正确的，她应该按照灶神的标准去生活。那会是另一种新的生活。"

我又喝一口酒，龙舌兰的劲道气势汹汹直抵太阳穴。

"朵变了。"阿奇以不容置疑的语调说，"自从你来了之后。等身份证到手，你最好离开她。"

我从酒杯上抬眼看他，脑袋隐隐作痛，大约是酒精的缘故。

"我还有些事要做，"我听到自己说，"做完了我自然会走……如果走得了的话。"

不论是在未来还是过去，季节的脚步都一成不变地向前推移。两周后气温骤暖，我又买了几件 T 恤，从几乎刺眼的荧光粉到循规蹈矩的黑。这次没让朵买单。继那天在酒吧的谈话过后没几天，阿奇给了我一张"徐构"的身份证。和身份证一起来的是份群众演员的临时工，他果然有些门道。虽然不清楚这是出于好意还是为了把我支开，好歹也是一份工作。我在近郊的影视城待了五天，参演一部民国背景的电视剧。身上穿件长衫走在假模假式的二十世纪三十年代的街道上，感觉像是回到了更为遥远的过去，真讽刺。

我很想把近来发生的一切告诉瘦子，领完薪水离开影视城那天，我找了间网吧，努力摸索着适应当下笨拙的操作系统，给他写了封邮件。习惯了语音转文字的便捷，我不可能从头学什么中文输入法，只好写了封英文信。邮件在发出后立即被退回，我为自己的天真哑然失笑，理所当然，瘦子常用的邮箱地址不可能存在于二十六年前。

我的确被时空开了个巨大的玩笑。重新认识到这一点让我多少有些黯然。

再黯然还是得吃饭。重返城区的那天晚上，我请朵她们聚餐。朵还没收工，我和安琪以及丁当坐在火锅店边吃边等她。

丁当端起啤酒杯说："来，小妖，庆祝你的演艺生涯的开始。"她脸上被火锅的热气熏出些微红色，加之化了妆，感觉和从前不像同一个人。

安琪跟着举杯。我边碰杯边说："拜托，我只不过是个群众演员。"

丁当一笑，"听说导演觉得你不错，给了你台词，还有好几个镜头。第一次演戏就这样，我看好你。"

她还能听谁说，自然是认识剧组成员的阿奇。我顿时有种被监视的感觉，于是含糊应了句不过是混饭吃，转头问安琪："我和朵说过喊你们一起来，你家那位呢？"

"小柯临时出差。"她正在往我和丁当的碗里盛白汤，"你接下来要继续演戏？"

"那也得有戏演啊。"

丁当插了句："你长得好，最好哪个女导演看上你，就前途无忧了。"

安琪把汤碗推过去，"你就爱说风凉话。"

"这哪里是风凉话？我说的是大实话。这总比朵那样挖空心思要好。"

"朵怎样了？"我不由得问，同时感到安琪似乎深深地看了丁当一眼，后者没回答，拿个勺喝汤。

安琪说："哎，你看了朵参加海选那期节目没有？"

我又是一头雾水，"什么海选？"

"炫舞天地。"她一板一眼地念出这四个字，"你不知道？"

"是那个舞蹈选秀节目？我听她说过，可没想到她会真的去参赛……什么时候的事？"

"前一阵了，好像就是我们上次碰头吃火锅那天，对了，她那天不是不在嘛，原来是去比赛了。我后来看电视碰巧看到重播。朵很厉害呢，直接晋级，可惜她放弃了，没有接着参赛。"

丁当在红汤中执著地寻找火腿肠，这时终于捞起了一片。"我也看了。你在那个什么影视城没电视看？上周反复播了好几次。"

我问："海选是先直播再重播？"

安琪表示肯定。我想起那天酒吧老板找安琪谈话的情景，他可能在直播时就看过。"火狐的老板不让她继续参赛？"

两人都不作声，我大概蒙对了。同时还有什么让我感到不踏实，是什么呢？阿奇提到过朵想做出改变，莫非参赛就是她的尝试？可我看不出在酒吧跳舞和选秀比赛有什么冲突，尽管她曾说害怕被酒吧客人认出来。

正当我在心里犯嘀咕,朵和阿奇来了。一周没见,朵看上去没什么变化。她卸了妆,眼圈下面照旧是一抹浅淡的憔悴。我发现自己有种不甚分明的怀念,也许因为她曾捡我回家。朵在我身旁坐下,另一侧坐了阿奇。

我们又叫了两瓶啤酒,添了些菜,女服务生来来去去几趟,桌边一时乱纷纷的。等大家的杯子都斟上了酒,朵举杯说:"为我弟回来干杯。"

我注意到安琪的酒自从刚才就没见少,便问她:"你不想喝酒?给你叫个饮料吧。"

她淡然说:"不用。今天不太舒服,我陪你们碰杯就好。"

我心里一动,暗自计算今天和我的生日差多久,算完不由得暗自发呆。另外三个人好像全没注意到这个回答的微妙之处。朵一口气喝完杯中酒,丁当啜了一口,我赶紧也喝干了。阿奇不知何时已喝光他自己那杯,站起身给大家添酒。

朵又举起酒杯,"这一杯,是为我要结婚了。婚礼就定在下周,在太湖边,到时候请大家去玩。"她环顾一笑,"先说好了,不许在婚宴上揭我的底,否则我跟你们没完。"

我确实非常意外,丁当也好安琪也好都露出愕然的神色。阿奇先伸出手,大家跟着错落地碰杯。安琪仍是不沾唇就放下杯子,"恭喜。新郎是谁?"我感到她有些僵硬,却不明白缘由。

朵说了一个陌生的名字。丁当的眼睛闪过一丝复杂的光,"哇,不愧是朵,真有你的。"我猜那是个有名或有钱的人,更有可能的是两者兼有。

安琪却冷不防笑了,她笑得有几分歇斯底里,半天才抖动着肩膀平复下来。她站起身,视线从朵移到阿奇,又闪回朵的脸上，"祝贺你，不过我就不去了。伤心人对着伤心人，实在没什么意思。"

说完这句话，她拎起包干脆地离去。太突然了，我们四个坐在那里看着她的白色连帽衫穿过座位之间出了门，面面相觑。

朵打破安琪留下的沉寂说："你还不赶紧去。"话是对阿奇说的。他没吭声也没动。

后来我们继续吃火锅。丁当喝高了。我感到她是故意喝醉的，这样就可以忘记一些情绪。她对朵的态度混合了嫉妒与轻蔑，长眼睛的人都看得出来。我和朵碰了无数次杯，遗憾的是上不来酒意。我该恭喜她才是，我记得她说自己总不能跳到三十岁，她那时的神情牢牢地印在我的脑海某处。我又想起阿奇关于灶神的那番话，我对朵究竟造成了怎样的影响呢？她是否因为这些影响才去参赛，或是因此匆忙迈向婚姻？还有安琪也就是我妈所说的"伤心人"究竟指谁？我感到自己陷入了一个巨大的谜团，谜底一定就在何叔身上。

阿奇沉静地陪我们吃饭喝酒，他始终没醉。当然了，我从未看过他失控，打我记事以来一次也没有。

(leaf)

总有一些事会让你萦怀，即便是我这样情感结构缺失的人。

我在十三岁那年直升保送市重点中学，然后认识了瘦子。他不是特优班的学生，但这人没事就在我们教室门外晃悠，还不时偷偷瞄向室内，想不注意到都难。或许是由于特优班的学生多少有几分潜在或显在的优越感，瘦子很快成了班上同学耻笑的对象。他确实比同龄男孩瘦小得多，衬得灰底蓝条的运动款校服像个旧麻袋，他光因为体形就被冠以"猥琐男"的外号，只能说我的同班同学忽略了瘦子尚属清秀的脸部线条，尤其是那双忧郁的细长眼睛更被弃置不顾。少男少女正值残忍的花季。

瘦子顶着背地嘲笑和当面讥讽天天来我们班门口执勤，为的是看一个人。那是坐在我前排的女生，姓阮。

阮不是通常意义上的美女，至少她在十三岁那年并不具备任何让人格外留意的特征。她皮肤白皙，头发微黄，眼睛虽大却无神，嘴略阔。

不光是我，班上其他人想破头也搞不明白，瘦子为什么对阮情有独钟。知道的只有他对阮忠心耿耿这一事实。问题是他小人家死也不敢上前向阮搭讪，只会一声不吭地在教室门外体育场边上食堂隔了两排的桌子等地点出没，并有意无意地凝视阮，那眼神堪称深情款款。

阮的漠然和瘦子的不屈不挠恰成正比。她明知有人阴魂不散地盯着自己，却从不往那个方向多看一眼，既无鼓励，也没有明确的拒绝。光凭这应对方式而言，十三岁的她是个让人捉摸不透的女生。

半个学期后，班上的同学自然而然地分成了保瘦派和倒瘦派两派。两派的势力基本均衡，若非如此，瘦子早就被某几个气血旺盛的男生拖一边去打了。我属于保瘦派。让我感兴趣的不是瘦子本人，而是他这种自我折磨的单恋。他为什么不敢表白呢？也许是害怕失败。失败又怎样呢？有个女生说，表白被拒绝的话就彻底失恋了，拖着至少不太坏。

说真的，我完全无法理解瘦子这般复杂的心理。不是他过于复杂，而是我缺乏常人心态。

即便无法体会个中甘苦，我还是希望推瘦子一把。学校是寄宿制，我在某个周末难得地回了趟家，何叔照例在外面忙，他的助理之一在家等我。

助理是个年轻漂亮的姐姐，她帮何叔工作好几年了。我不知道他们是不是情人关系，就算是我也不会惊讶。如果另外三名助理也兼任何叔的情人，我一样不会意外。何叔兼具智慧和金钱，刚过四十，正是年轻女人梦寐以求的跳板。他对我说过，这叫各取所需，她们想要的是改变，他所需的不过是调剂。不过在我的记忆中他向来只给人即将改变的幻觉，从未和谁认真。

助理把一个深褐色玻璃药瓶塞到我手里，那是我之前托她弄的，整整三十粒幻恋，价值约等于寻常工薪族三十个月的薪水。

接下来的周一，我在去食堂的路上找到了瘦子，他当时正在阮身后十米左右拖拖拉拉地走着。瘦子花了一点时间才搞懂我是真的想帮忙而不是捉弄他，又花了更多的时间来考虑我的建议。最后他说好。

于是我约阮午饭后在学校的奶茶亭附近晒太阳。她如约来了，仍是一双无神大眼，虽然看到瘦子和我并排坐在长凳上，她也没生出可供读解的表情。我把早就放在一旁的杯装奶茶递给她，她坐下，含着吸管小口啜饮。我站起来对瘦子说，你有话可以直接对她讲。

按照原本的计划，只要我迅速离开，瘦子说什么其实并不重要。去掉胶囊皮溶解在奶茶中的幻恋很快就会生效，瘦子要做的只是确保药效发作时自己在阮跟前。

这很容易，太容易了。

然而计划没有变化快。瘦子突然跳起来抓住我的胳膊，双眼通红。

"我还是觉得这样不好。我，我先走了。"

"喂，可是——"

我只来得及说完这句话，瘦子就见了鬼似的匆匆离去。

只剩下怔怔站在长凳边的我，还有坐在长凳上不解地注视这一切的阮。她扬起脸，视线的焦点从瘦子的背影移到我身上，我能清晰地看见她的瞳孔正在扩散，眸子里映照着一个小小的人影。不用说，那自然是我。

那天下午到晚上，我陪阮谈了一场短暂的恋爱。瘦子在视线范围内消失了。阮在课堂上给我递纸条并被老师发现，全班哗然。我们被喊到办公室去听训，照例是该把精力放在学习上那一套。阮漠然地垂眼听着，趁老师不注意就冲我嫣然一笑。她的眸子仿佛突然活了，和之前判若两人。我们一起在食堂吃晚饭，我仍不死心地张望瘦子的身影，却哪儿都看不见他。班上几个同学远远聚了一桌，不时转头看向我们，显然在议论谈笑。

这些都无关紧要。我一心只盼着药效尽快消失。阮正在餐桌对面絮絮说着什么，那些话绕了好久才抵达我的思维。我终于听清她在说些什么，当即瞠目看向她。

她的话很长，总结下来便是：之前她喜欢过一个男孩，男孩也喜欢。但因为对方没敢表白，她自己也在意周遭人等的反应，始终没能更进一步。现在她莫名其妙喜欢上我，而且完全不在意老师和同学说什么做什么。人生真是莫测，她从未想过自己能如此勇敢。

(rose)

火锅聚餐的第二天下午，我按响了安琪住处的门铃。

打开门发现是我，她没有表露惊讶。我被让进屋，在客厅沙发坐下，前不久我在楼下张望那会儿曾看过小柯坐在这里。他目前应该还在出差。

安琪问我要喝什么，茶还是咖啡。我说不用，你能陪我坐会儿吗。她在三人沙发的另一头坐下，和我隔了一点距离。

我开口说："我来，是有些话想问你。"

她默不作声，我接下去："你昨晚说，不愿意去参加朵的婚礼，有什么原因吗？"

她站起身，"我还是给你弄杯茶吧。"又看看我，"这事说来话长。你喜欢喝奶茶吗？"

安琪做的奶茶相当好喝，茶味和奶香交融成厚实的口感，甜度也恰到好处。我很多年没喝过奶茶了，准确地说是自从阮那件事之后。

她重新在我身旁坐下，仿佛怕冷般用双手捧着敦敦实实的马克杯，表情心不在焉。我边喝奶茶边等她开口。

"我和阿奇是老乡，你知道吗？"她轻声说。

我说不知道。

"我们在初中就认识了，后来到高中毕业都在同一所学校，他比我高一届。离开家乡之前，我给他写过信。他说自己在快餐店打工，还说我可以和他一起工作。等我来到这里，才发现他已经辞了快餐店的工作，在酒吧调酒。朵和他住在一起。"

她皱一下眉，"我原以为他们是那种关系，当即打算回去，他说我乱想，接着帮我和朵找了房子。"

我把喝空的杯子搁在茶几上，往沙发上一靠，这样不用扭头就能注视她的脸。这张脸年轻，淡定，忧伤藏在骨子里，疯狂尚未显现。年轻的母亲，腹中怀着一个多月的我。她想必发现了怀孕的事实，昨晚才滴酒不沾。

她从很久以前就喜欢那个人，那时朵尚未在某个深夜出现在他打工的快餐店。

"然后你就和朵一起在酒吧工作？"我始终无法想象安琪跳艳舞的模样，出于某种自私，我多少有些庆幸她已上岸。

她点头，"丁当是后来加入的。有一阵我们很红，被人喊作三姐妹。"她拂一下长发，冲我干净地一笑，"你的表情好像不太相信。"

"没有不信，我只是有点不适应。现在只剩下朵一个人了。"

"是。还有另一个场子，那里从最初到现在都只有她一个人。她今后应该不用再去了。"

我诧异，"另一个场子？"

"你看到的是吴老板的场子，还有一个阿奇的场子，那是他为朵弄的。"

我这才知道酒吧老板姓吴。"吴老板知道朵还在别的地方跳吗？"

"当然。客人都是他介绍的，阿奇负责布置场地，还给朵支招，不同的客人跳不同的舞。"

"不同的舞？和酒吧里的不一样吗？"

她淡然来了句："你怎么不去问朵？我又没看过。"

我意识到谈话偏离了主题。"你还没回答我一开始的问题。你不愿去参加婚礼，是不是因为阿奇？"伤心人对着伤心人，实在没什么意思——这是她的原话。

她没有立即回答，而是朝我挪近了些，仔细打量我的脸。

"小妖，你到底是什么人？"

我一笑，"朵以为我是灶神。阿奇好像把我看作瘟神。搞得我自己也不知道我是什么人了。"

"我第一次看到你，就觉得很亲切，没来由的。"她以陈述的语气说。

"你别不信，我也有同感。"

"朵说你是她弟。我比她大好几岁，你也喊我姐姐吧。"

"只有这件事我不能答应。"我凝视她的眼睛，"你喜欢阿奇，他喜欢朵，对不对？"

她抿紧了嘴。

"那小柯呢？他喜欢你，你不喜欢他？"

她叹息一声，"有些事，不像外人看到的那样。这哪是一句话能说清的呢。"

我感到谈话很难继续下去，打算速战速决。我从衣兜里摸出一个扁平的锡纸包，将其撕开。六粒幻恋胶囊在衬板上闪着珍珠色的光。

"我不知道怎样才能让你开心。"我尽可能不带感情地说，"但我真的想要让你高兴，不管用什么手段。只要你愿意，我能让阿奇彻底成为你的——至少在一段时间内。你扔下小柯，他放下朵，这很公平吧？"

安琪的视线像被胶囊拴住了一样，她脸上的神色有些古怪。过了片刻，她重新笔直地看向我，声音嘶哑："你怎么会有小柯的药？你究竟是谁？"

(leaf)

瘦子重新出现在我的眼前，是在给阮下药那天的夜半。我被手机的震动惊醒，屏幕上赫然是一条陌生号码的短信："药效过了是吧？我在礼堂。"

我套上周末穿的仔裤，披上校服，尽可能轻巧地离开宿舍楼。学校原则上不允许我们熄灯后在外面晃悠。礼堂没开灯，又黑又空旷，像个洞窟。只有一枚惨淡的手机屏光指明瘦子的所在，他从最后一排的座位把腿高高地跷到前排的靠背，仿佛很惬意地歪着。我用自己的手机屏光作为手电，好不容易走到那头，半开玩笑地把手机往他脸上照了照，随即愕然。

瘦子脸上是几道泛着微光的泪痕，像蜗牛爬过的踪迹。

我瞬间下定决心，我不会让他知道阮对他曾怀有好感。

到死都不能让他知道这个。

我们在夜半无人的礼堂并排坐着。两枚手机先后自动锁了屏幕，四下俱黑。瘦子在我身旁以空洞的声音说："帮我个忙。"

"你说。"

"那个药，你还有不少是吧……你继续给她吃，好不好？我的意思是，你能继续陪她谈恋爱吗，哪怕是假的……"

"你没病吧？你这是什么意思！"

他整个人沉在黑暗里，过了大概有两三分钟，他重新开口，嗓音仿佛也被黑暗浸透了：

"我是第一次看到她笑得这么好，当她和你在一起的时候。我想……她一定觉得特别幸福。"

(rose)

朵在江边找到我是在黄昏时分，我离开安琪家后在这儿消磨了大半个下午，她像是心有灵犀地猜到我的所在。她身着紧身葱绿 T 恤和宽大的白色亚麻长裤，迈着柔软的步子毫不迟疑地向我走来，我当时背倚栏杆，正在眺望那栋目前是私人会所日后会变成精品酒店的六层楼。能看见的是楼的正面，消防楼梯在另一面，这倒不影响我盯着它发呆。看久了之后，我感到六层楼灰白的石头外墙像极了一张冷峻的脸，无声地宣告着我的轻信和愚蠢。

确实很蠢，当我发现自己走过的四分之一个世纪，说长不长说短不短的二十五年浸透了谎言。

朵没打招呼，在旁边和我一起看着那栋楼。

"好跳的颜色。"她说的多半是我的荧光粉 T 恤衫。

"彼此彼此。咱们现在是红花绿叶。"

"我是绿叶你是红花，搞笑。"她干巴巴地说，"你好像对那座楼很感兴趣。"

"我就是从那儿来的。"我遥指一下顶楼,"从六楼的另一面。我说过吧,我来自未来。"

她似乎懒得表示质疑,"你想回去?"

"可能。只是我不知道怎么回去,也有可能就这样彻底回不去了。"

"你想回到未来,我想回到过去,我们都站错了地方。"

朵转身趴在江边护栏上,我扭头看她的侧脸,夕阳在她脸上镀了一层柔黄,使她的表情有些莫测,看起来既像隐约忧伤,又像一无所想。

"回到过去是指多久以前?"

"不知道。重新过一遍小时候好像没什么意思……可能,我是想回到刚来这里的时候。那时一切都有可能,所有的都还没开始。"她点了一支烟,我第一次看到她吸烟。朵深深吸了一口烟,又说:"要是回到刚把你捡回来的时候,好像也不错。"

我一扬嘴角,"那时候有什么好的?无非是陪丁当去医院,手忙脚乱。"

她这才朝我转过脸,"我们可以私奔啊……不过好像有点怪,带着弟弟私奔。"

"还好啦,我又不是你亲弟弟。"我顿了顿,"我以为你很想嫁人呢。"

"我是很想。"

"可你好像并不开心。"我试探着问,"是因为阿奇?"

"这和阿奇有什么关系?"

因为阿奇会为了你做任何事。如果不是为你,安琪之前也就不用堕胎。这话在我嘴边转了转,终于没有被说出来。

真相残酷而简单。她喜欢他,他喜欢另一个她。我妈为了阿奇同样愿意做任何事。她打掉自己和阿奇的孩子,仅仅是为了和小柯在一起，而背后的原因则是幻恋胶囊，那是小柯公司正在实验阶段的项目。

小柯在整件事中可谓无辜。一介宅男的他被几个老同学带到酒吧，第一次见识到钢管舞。跳舞的女孩有三个，化了浓妆，看上去不分彼此。他直到女孩下班换完衣服准备离开的时候才回过神，其中那个腰肢纤细让人想起柳树的女孩在生活中的模样竟是无比的清纯。

小柯开始漫长的单恋，一有闲暇就去酒吧消磨时光，只为了看安琪。他对她一见钟情，她爱的是另一个他，命运向来如此无稽。

有一次小柯喝醉了，他坐在吧台前对阿奇说起幻恋。他说自己本来可以给安琪下药，但那样就不是真正的她了，所以他宁可等待哪怕是低微的可能性。

阿奇在这句话中捕捉到另一种可能。差不多也就是在这个时候，安琪发现自己怀孕。她在阿奇的恳求下去了医院，然后接受了小柯的追求。她从小柯那里拿到一定数量的幻恋给阿奇，阿奇说要用胶囊帮朵完成心愿，所以她以为如此就能和阿奇在一起。

可这只是开始。安琪在今天下午叹息道，阿奇还想要幻恋的配方。他心里只有计划没有感情，不，他是有感情的，只是没用在我身上。

我没问她有没有拿到配方。何叔自然是靠幻恋起家的。我提出的是另一个问题：那你继续和小柯在一起，是不是也有感情的成分在其中？否则只要你给阿奇下药，所有的事情又不同了。

在发生所有这些之后，朵却说，这和阿奇有什么关系？

她的语气不像在说谎，我不由得定睛看她。细看之下，我发现她哭过。我放弃了探究的念头，转而说："对了，我完全不清楚，你要嫁的是个什么样的人。"

朵用力抿一下嘴，她的唇边因此呈现一道细细的纵纹。"一个有钱的老头。"她狠狈地一笑，"而我就是个爱慕虚荣的年轻女人。不知为什么，他好像还挺认真，所以我们要结婚了。"

我心里一动，朵说不定压根儿不知道幻恋的存在。"你们怎么认识的？"

她看向我刚才眺望的那座楼，"除了酒吧的工作，阿奇还帮我接其他活，这事你知道吧？"

我点头。她用手一扶额头，"丁当果然是个大嘴巴。"

其实丁当的嘴比她想象的要紧，或是我没有给过丁当八卦的机会。

"那是个小剧场，白天没人用，我们只需要付很便宜的租金，对外说是练舞。他每次联系好客人，我就在那里跳，每次都只为一个人跳。剧场在地下室，就算是白天也暗得不行，所以很适合跳那种舞。"

"哪种舞？"

"还能是哪种？"她幽幽地说，"脱衣舞。"

"全脱还是半脱？"

"全……你很熟嘛。"

"我陪客户看过。"尽管我不理解上了年纪的女人为什么有兴致看年轻女郎跳这个。我尽可能以调侃的语气说，"就你一个人对着客户？万一人家见色起意打算非礼你怎么办？"

"阿奇也在。他负责给人调饮料。"

"噢，那他也挺有眼福。"

"他看不到。他必须蒙着眼睛调，这是规矩。我有时也得蒙眼，如果客人是那种好色又惜名的，我们就得在客人进门之前把眼睛蒙上，等客人走了才能解开。"

我试图想象罩着蒙眼布的阿奇，坐席空旷的剧场，人工照明下的舞台，还有赤裸的同样蒙着眼的她。有钱人的品位果然够特殊。何叔在他发达之后可曾追忆当年在黑暗中调酒的过往？

"所以你就是在那里遇到你要嫁的人，我是说，那个王什么。"

"王方圆。"

这名字似乎在哪儿听过。如果瘦子在这儿，大约能立即追溯王某的发家史乃至花边新闻。

朵接着说："他来的那次我倒是没有蒙眼，所以看得很清楚。他的样子有点怪，就那么直勾勾地盯着我，也不像是个好色的人。我差点以为他会中途发心脏病什么的。"

错不了。尽管来人多半会掩饰真实身份，阿奇却清楚王某的来历，于是在饮料中放了幻恋。不过一枚幻恋只能持续十个小时，离婚姻的承诺尚属遥远。

"然后他就开始追你？"

"算是吧。中间我去参加选秀，他也在电视上看到了，所以让吴老板来和我说，让我退出比赛。他说不希望自己的女朋友抛头露面，我那时才意识到这人是认真的。"

"你们每次见面阿奇都在场？"

"怎么可能。"朵诧异道，"你老是阿奇阿奇的，我又不是他什么人。不过他倒是格外热心，每次都煲了汤让我用保温杯带着，说什么要抓住男人的心就要先抓住他的胃。"

"看来这法子很有效。"

"被你这么一说，还真是……哎，你打了半天的茬，我差点忘了来找你做什么。"

"做什么？"

"陪我约会好不好？"她挽住我的胳膊，"趁我还没嫁人。"

"没问题。你想去哪儿？"

"快餐店。"

我一怔，她轻快地说："我从前不是老在快餐店过夜嘛，经常看到一双双小情侣在那儿，他们没钱去更好的地方，可样子甜蜜得很。我一直希望有谁能陪我在快餐店约会，遗憾的是迄今为止这样的人半个都没有。"

"有钱的老头子大概不习惯快餐店。"我提醒她。

"所以只剩下你啦。"她露出少有的羞涩。

"嗯，陪你，多晚都行，要是你愿意，我们还可以待通宵，看能不能捡到没地儿去在那里过夜的小姑娘。"

她笑了，眼神中却带着一丝伤感，"请我喝奶昔吃薯条？我要吃好多好多薯条。"

"没问题。请你吃多少薯条都行。"我挽着她迈步，忽然想起一个问题，"是安琪告诉你我在这儿？"我问过安琪怎么坐车来江边。

她的肩膀不易察觉地僵硬了片刻，"没有啊，看你老不在家，我觉得你可能在这儿……我都不知道你见过安琪。"

朵在婚礼前消失了。这并不是指她像我一样踏入错乱的时空，我的意思是，她从我的生活中消失了。自我们在快餐店约会已过了半个月，她在第二天早上离开原来的住处。那个约会原来是一种告别仪式，我当时没意识到。

听说她独自住在一间五星级酒店，有礼仪老师教她应对婚宴和今后的各种场合，她每天除了学习如何做一个阔太太，还得和婚礼筹办者一起开会讨论婚礼细节，从婚纱头花的形状到客人桌上的花饰都必须做出选择。

"没想到结个婚这么麻烦。"她在电话那头对我抱怨，语气倒是不无满足。

我这头闹哄哄的，需要把听筒紧紧压在耳朵上才能听见她的话。没错，我是在火狐酒吧，朵打电话回家发现我不在，当即拨了酒吧的号码。她找我每次都很准。火狐暂时没有新的艳舞女郎，不过周末还是一如既往的热闹。阿奇正拧开啤酒筒往外倒生啤，泡沫轻快地溢出杯口，他擦了一下，显得有些心不在焉。我捂住话筒冲他喊：

"是朵！你要不要和她说话？"

他大声回答："不用了。反正明天就能看到。"明天就是婚礼的日子。

又聊了会儿，我劝朵早点去睡，她没有立即挂掉，"你这两天见过安琪吗？"

"没有。怎么？"我本能地撒了谎。其实我每天下午都去看安琪，或是在她家喝茶，或是陪她在附近公园散步。安琪的小腹尚未显出形状，脸上倒是早早呈现出怀孕女子特有的安详。她自己向我坦陈了怀孕的事，说小柯还不知道。我很想问她孩子的父亲究竟是小柯还是阿奇，最终死死忍住了。

无论亲生父亲是谁，未来的我只有一个疯掉的妈和一个捉摸不透的叔。小柯不在那里。以他对安琪的感情，这事不合常理。

还有，我妈为什么会变成那样？我多少有些不好的预感。如果有可能，我希望自己可以从这个时空改变未来。但这可能吗？

今天下午和安琪告别之前，我再一次问她，明天是不是真的不去参加婚礼。她说是。我说那样也好。她问我去吗，我说当然。

"你会不会难过呢？"安琪凝视着我说道。

"难过？为什么？"

"我总觉得……你也喜欢朵。"

我随便应付了一个回答，一边暗自诧异起来。是吗？我喜欢朵？怎么可能，我根本不具备正常人的感情。我只是，被她打动，被她四散的生命力，被她的渴求、希望、决心，还有某种说不清的什么，不断地以看不见的小牙齿噬咬着我不完整的心。

在酒吧待到百无聊赖，我在吧凳上借着昏暗的灯光看一本新出版的八卦杂志。上面竟然登了朵的婚事，既让人意外，又在情理之中。朵想必是在街上被偷拍的，她戴了一副遮住半个脸的大墨镜，我一时间没认出来。标题是黄底黑边的醒目字体："王方圆再迎新娇妻，新婚姻又能走多远？"

我往下读去。如果瘦子在这里，一定会乐不思蜀地扎进八卦杂志堆。事实上他常通过图书馆的数字资源浏览过往旧刊。瘦子的名言是，每个人都有过去，要知明日事，请看昨日八卦。

内文让我吃了一惊。王方圆是房地产商人，前些年开始涉足高级俱乐部行业，江边某座六层楼就是他的旗舰私人会所。

我想起那天我被会所保安拦在门外的狼狈，朵告诉我这是"王老板"的产业。她在第二天中午独自去参加选秀节目，接着被迫退出。他们那时已在交往，女人若想不露口风，真是无从猜想。

让我吃惊的还不是这个，而是王某的照片。他看起来不能算是"老头子"，刚开始谢顶，两腮并无赘肉，身材就将近五十的年纪来说也算是保养得当。

这张脸我绝对见过。是在什么地方呢？

杂志上说王方圆的前两任妻子都死于青春韶华，人们传言他是克妻命，还说这次的新娘是个神秘人物，查不到背景，据偷拍来看，她身材完美，似乎经过形体训练，想必身体状态也不错。杂志不无恶意地推测，第三任妻子或许可以熬过去，其中隐约透出某种下流的暗示。

我盯着王方圆的照片看。死了妻子的男人。江边那栋楼的业主。还有什么？

瘦子，你要是在这里就好了，我需要你无所不包的八卦记忆。

就在我无声地朝瘦子喃喃的同时，一道记忆倏然闪过脑海。我差点跳起来。

就是这个人没错。瘦子曾收集他的资料，他有施虐的性癖好，导致情妇丧命。那大概是在我们高中毕业没多久，差不多二十年后。他因此被起诉，我不记得整件案子最后怎么收尾，毫无疑问的是案件受害人没得到以命偿命的公正。

瘦子是在为谁收集那些证据呢？记忆在这当口变得极度模糊，死活想不起来。我甚至不记得王某那会儿是已婚还是单身，如果是前者，身边又是第几任太太。没准之前那些妻子都是因为他的恶癖才死的，想到这里，我心头一寒。

我没滋没味地喝着酒，等所有客人走光了，我把杂志摊开在空闲下来的阿奇眼前。他漠然扫了一眼，那意思是他早就读过。

"你为什么要让朵嫁给这样一个人？"我质问他，"这个人很可能是虐待狂，她很危险你知不知道？"

阿奇冷淡地说："她要嫁谁是她的自由，和我有什么关系？"

"别以为我不知道你们的把戏。"我从兜里掏出幻恋，珍珠色的胶囊滚落在吧台上，表面漾着射灯的荧光。

阿奇的表情没有崩溃，他看向我，"安琪对你不错啊。我知道，你最近和她走得很近。"

"你错了，这不是她给我的。你为什么要设计这一切？你为了拿到药，甚至不惜让安琪堕胎。现在你让朵嫁给一个虐待狂，你又能得到什么？安琪说你喜欢朵，这就是你喜欢一个人的方式吗？"

他从容地说："我只是完成她的心愿，这有什么不对？"

"当然不对。她不会幸福，甚至可能死在那个人手上。"

"你又不是她，你怎么知道她是不是幸福？至于死不死的，她一向是个有办法的女孩子，你太低估她——"

说话间，阿奇已经走出吧台来到我身旁。我这才看到他手上有个黑黢黢的东西，似乎是个酒瓶。还没等我彻底回过神来，头上就挨了一下。

随着意识逐渐清醒，最先恢复的感觉是疼痛。头顶偏右的地方一阵阵地疼，我伸手触摸那块区域，没有潮湿感，也没有硬痂。那么头没破。万幸。

要分辨自己置身何处有点困难，因为眼前一无所见，唯有黑暗。可惜我不吸烟，身上没有打火机一类的东西。我维持着躺在地上的姿势，在裤兜探索一番，只摸到半包口香糖、零钱，还有瘦子做的假名牌。

这地方似乎十分逼仄。我的头抵着一端的墙，对面的墙恰好碰到了脚。阿奇甚至没有费心把我捆起来。我按着头慢慢爬起身，用另一只手四下探去。指尖首先碰到金属冰凉的质地，似乎是根金属杆子，再往里是一只鼓囊囊的麻袋，我按了按，感觉麻袋中的内容，发现那是某种豆状物。

豆？

我终于意识到，最初摸到的东西似乎是个置物架。下一格不是麻袋，而是塑料格状箱。手指顺着箱子的格栅游走，玻璃瓶的瓶颈滑入我的手心。我脑中电光一闪：上面的麻袋装的是咖啡豆，这一箱则是啤酒。

我在酒吧的储物间里。

坐在吧台的那些夜晚常看见阿奇来往于储物间和吧台。储物间的门紧挨着吧台内侧。既然有门，应该有办法出去。我继续以盲人的手势探索屋子内部，终于找到门的所在。可能只花了几分钟，但感觉要久得多。不用说，门锁着，从里面拧不开。我后退两步，一咬牙把自己整个人撞了过去。巨大的声响传来，肋骨被反弹力震得发疼，门却岿然不动。

我只好再往后退，直到身后是架子，已无处可退。

助跑。撞。

(leaf)

我在何叔身边的时间并不长。初中开始在学校寄宿，高中毕业不久我就租了房子搬出去。但这并不意味着我和他不亲。最初是少年人的独立心性，渴望有完全属于自己的空间，后来我意识到何叔对我的态度渐渐变了，大概不是因为我离开家，而是由于我的工作性质。

我让他感到失望，这我知道。

中秋节我照例是要回家吃饭的。有一年中秋，我正在给何叔倒他爱喝的花雕，他突然放下手中剥了一半的螃蟹，探究地看向我的脸。

我有点心虚，最近在交往的客户是个难缠的主，说不定纵欲的痕迹在脸上表露无遗。

何叔仿佛看破了我的心思，一笑，转而说："你越长越像一个人了。"

我闷头喝一口花雕。他指的应该是我的亲生父亲，也就是导致何叔失恋我妈失常的那个男人。

(rose)

我拦了辆出租车到太湖边的某间酒店，路真够远。本来朵安排了迎宾车，不过这会儿已经过了发车时间。

隔得老远就能看到酒店灯火通明的屋宇，一座座奶油色小楼像珠子般镶嵌在湖畔，缀满灯光的栈道一直伸进湖水，其上有三三两两的宾客。车开近些便能看到黑衣的侍者，栈道一头的自助餐台，以及亮如白昼的大厅。那是所有两层楼中最大的一座，圆屋顶，落地玻璃窗围绕着一楼的环形大厅，大约专为举办宴会而设。

我让车在离门口有段距离的地方停下，付完车资下车走过去。可能的话我不想让阿奇注意到我来了。

向门口的迎宾人员报出姓名后，对方让我在一个本子上签名。我写下"徐构"二字，这名字近来用得颇熟，倒也不觉生硬。我穿过用粉红玫瑰和紫色鸢尾扎成的拱门，步入大厅，身上皱巴巴的 T 恤以及寡白仔裤和里面的盛装男女完全不搭，好在没人盯着我看。四人爵士乐队在大厅一侧奏着懒洋洋的欢快调子，端着香槟的黑衣侍者像燕子一样穿梭。

我一眼就看到了朵。她站在一个男人身旁，正和几名宾客寒暄。她穿的并不是婚纱，而是中式旗袍。她之前和我说过婚礼上要换五套衣服，不知这是第几套。宝蓝色旗袍勾勒出她姣好的身形，长发被梳成复杂的髻笼在她的头上，如黛色的小山包。从我的角度只能看到她的侧脸，那线条仿佛和以往有所不同。

这时她略微转过脸，对另一个人微笑颔首。我不由得整个人怔住。

那是朵，又不是朵。毫无疑问的是她做了整容手术。改变的主要是鼻子的线条，却因此使她判若两人。原先的妩媚被某种线条分明的美所替代，面容显得有几分混血，更有若干强悍。

让我惊讶的不是她做了整容手术这一事实，而是这张脸存在于未来。

没错。朵就是那个我在江边六楼的房间邂逅的陌生女人，那是二十六年后的朵，那时她应该近五十岁了。她对我的出现无比惊讶，难道是因为她在那一刻认出了我？

现在的我无从获知答案。

阿奇显然不在客厅里。我一直站在入口处的落地花篮旁，这样即便他在湖边栈道上，也不可能透过落地玻璃窗发现我的存在。倒是朵在不经意间注意到我站在一角。她对身旁的王某说了句什么，随即独自朝我走来。

她离我还有两米左右，我压低声音说："你到边上去拿杯酒，然后站在这儿欣赏音乐，别过来。"

朵笑了，"你干吗，神神秘秘的。还有，我今天大喜的日子，你就穿成这样？我不是让人给你快递西装了吗？"

就算脸孔变了，她说话的语气还是一如既往地带着不由分说的亲昵。

我苦着脸，"我怕阿奇看见。他之前把我关了禁闭，不让我来。"

朵的眉毛一扬，"这个阿奇！竟然欺负到我弟头上。"随即笑意盈盈地说，"你这么怕他，不如到我的化妆室去，正好我也补个妆休息下。"

我按她的吩咐从入口处的楼梯上了二楼，朵已经站在电梯门口等我。我问她和我私下约会难道不怕王某不高兴，她淡淡地说，那人啊，我对他自有办法。

朵让化妆师暂时回避（竟然有五人之多），剩下我和她在宽大的房间独处。她踢掉高跟鞋，一屁股坐在化妆台上，毫不顾忌旗袍因此皱起来，大腿也顺势在高开岔下袒露过半。这丫头似乎有坐在高处的不良嗜好，从我第一次见到她的时候就是如此。

我忽然有种无可名状的怀念。只有在这一刻，我才理解她说想回到过去那句话的含义。乐音从敞开的窗外隐约飘上来，五月了，夜风带着水藻的味道，混合着若有若无的初夏气息。

我本来有很多话想说的，说出口的却是不着边际的一句："你怎么挑这么个日子结婚？五月五日，全是单数。"

她晃着腿居高临下地看着我，"傻瓜。今天是立夏。"

"立夏有什么讲究？"

"这是蚕第三次蜕皮的日子。往下不久，蚕就要结茧了。"

我似懂非懂，"哦。"

"喂，看到我的脸变成这样，就没有一句评价？"

我凑近些仰头看她，"挺美。不过我更喜欢你原来的样子。"

"就知道你会这么说。猜得出我为什么要整容吗？"

"因为你上次在电视上露过脸？"

她咬了下嘴唇，似乎想哭，转瞬又恢复了凛然的神色，"你猜对了。"

我开始说正事："你要嫁的人，他有点问题，虐待狂，这个词的意思你懂？"

"我知道。既然要结婚，起码的了解我还是有的。"她忽然一笑，"你从酒吧储物间逃出来再大老远地来这里，就为了说这个？"

我目不转睛地看着她，"我可没提过储物间。"

她反应很快，"我猜的，他如果要关你，除了储物间还能是哪儿？"

我伸手扶住她的下巴，迫使她看着我，朵的眸子盈盈不可测。

半分钟后，她终于叹息一声，"一个人说谎太多，总会出现破绽，是不是？"

"要从哪里说起呢？"朵问我，"让我从最开始说，还是你问我答？"

"你说吧，我听着。"

"从前有个虚荣的小女孩。"朵一本正经地说道。

从前有个虚荣的小女孩，她在养蚕人家长大。小女孩的梦想是成为人上人。她读书不算聪明，脑子却不笨，而且她知道自己长得很漂亮。

女孩在高中毕业后离家去了城市。在老乡家短暂落脚之后，她在一家家快餐店流浪栖居，直到她遇到某个在快餐店上夜班的男孩。

男孩收留了她，对她好得没话说。她不是不知道男孩的心思，但她的心始终向往更高的地方。她拿着男孩辛苦工作赚的钱每晚泡酒吧，希望在那里邂逅足以改变她生活的男伴。偶尔有男人上来搭讪，无非想占点便宜，她渐渐意识到，那些小白领不足以成为良伴，而真正多金的男人很少会出现在这里。

她不死心，向酒吧老板自荐成为艳舞女郎。男孩为她独自出入夜店感到不安，当即去学了调酒，又进入同一间酒吧工作。她知道男孩夜复一夜地看着自己，只当没看到。

一个人跳舞太累，女孩感到自己需要一个团队。男孩说老家有个姑娘一直想来城里找他，女孩建议男孩写信让对方来。那是个如梨花般楚楚的姑娘，而且明显恋着男孩。或许是为了心爱的人，她也跟着虚荣女孩一起成了夜之女郎。不久后她们又添了一个人，开始在酒吧街小有名气。

机会向来会落在有准备的人身上。她发现有个人隔三差五来酒吧，每次都盯着暗恋男孩的姑娘发呆。她摸不透这背后存在怎样的可能，仍然找机会和那人喝了一场酒。那是个典型的理科男生，收入平常，长相一般，情商也普通，如果不是他喝醉并透露了自己的科研内容，她对他不会再多看一眼。

她想要那种叫做幻恋的胶囊，最好能得到配方。一想到自己能借此把各种男人牢牢抓进手心，她感到连血管都在悸动。差不多就是在这个时候，她开始借用酒吧老板的人脉扮演脱衣舞娘的角色。她需要先网罗合适的猎物。

然而百密一疏，暗恋男孩的姑娘找机会和男孩过了夜，仅仅一晚就怀了孕。她在心里咒骂姑娘的苦情戏干扰了她的计划，一边设法让其堕胎。后来的进展比较顺利，姑娘开始和理科男同居，她拿到胶囊，并对她认为最有财质的男人下了手。

这时又一个意外发生了。

"那就是你。"朵说，"如果不是你冒出来，我大概不会去参加什么海选。我一度想要放弃所有这些歪门邪道，靠自己的实力来改变生活，这样想很可笑，对不对？"

"一点也不可笑。"我说，"不过……之前的做法也是你的实力，你真的很厉害，而且，很能装。"

她眼睛一眨不眨，"你这是骂我？"

"当然不是。我好像还是没法讨厌你。"尽管你让我妈那么惨。不过再惨也比她继续傻乎乎地喜欢阿奇要好，跟着小柯绝不是坏事。

我又说："我只是不明白，为什么你遇到我就改变了想法？我好像也没说过什么大道理。"除了让她读艾迪·皮雅芙的传记，然而怎么想都不至于是一本书使她在走了大半的艰难路途上转了弯。

朵叹息一声，"你真是什么都不明白。"

她忽然一伸手勾住我的脖子，头就势偏了过来。我几乎是条件反射地吻她，转眼挨了一记耳光。她舌尖的感触犹在，我不由得有些发懵。

"你走吧。"朵尖声说，"现在去还来得及，去安琪家。丁当那边你是赶不上了。"

"什么？"

"是我让阿奇做的。你尽可以恨我——我能感觉到，你和安琪的关系不一般。可我不能让她们留在世上。"

我往后退了一步，脑海中倏然空白，接着终于回过神。我转身就往门外跑，到了门口又折回来，她已经下了梳妆台站在地上，赤着脚，宝蓝旗袍褶皱层叠，仿佛突然间老了好几岁。我看着她陌生的脸，熟悉的眼睛。

"你还不走！"她冷冷地说。

我掏出名牌塞到她手里，"要是万一，万一那个姓王的太过分，要是你感到有危险，就按这后面，他会昏过去而且不记得自己做了什么。用完可以晒太阳充电。也许不能每次都靠它……但我真的不希望你被他欺负。"

我一横心不再看她的脸，转身离开。

去安琪家用的是酒店楼下的迎宾车，我说出目的地，司机一路沉默地驾驶。我不声不响地看着窗外，车子在夜间的公路上开了许久，终于进入市区。

朵竟然做得这么绝，真是始料未及。说来也怪，我依旧上不来恨意。如果要把这归咎于我体内的幻恋抗体也很容易，但我心里清楚并非如此。证据就是，当车子驶离酒店的那一刻，我感到久违的热意涌上喉头和眼角，最终被我牢牢屏住。

这感觉是为我妈，还是为朵，或是为我自己？我分辨不清。我只知道，当她向我坦白的那一刻，随着她精心维护的谎言一并碎裂的，还有我的心，我曾以为早就如石似木的那颗心。

其实很多次我都感到她在说谎。很多次我都不愿深想。很多次，我都把一切干干净净地推给何叔。当真相横亘在我和朵之间，那是比时间更深刻的沟壑，如万丈深渊。她不可能回头迈过来，我也无法跨出那一步，于是一切终究只能如此，时间终将往后走，把她变成二十六年后那个青春不再的女人。江边那座楼大概属于她了。她算是如愿以偿，不是吗？

我意识到自己该回去了。等去安琪家把一切画上句点之后。问题是，我该怎么回去呢？要是我不得不留在这个时空，这个和朵同一却天涯隔绝的时空，又该怎么办？

我让车开进小区，在转角下车，一口气冲到安琪家楼下。从太湖边回来花了不少时间，这会儿已是夜半，整栋楼只有楼上一户人家还影影绰绰地亮着灯。安琪和小柯或许早已睡了。我在往常窥伺她家的位置徘徊片刻，立即意识到厨房里有人。一道微光泄漏了那人的存在，除了阿奇，还有什么人会在大半夜待在厨房呢？

接着我注意到另一个事实，安琪平时都喜欢开着厨房的窗，大约是为了透气。现在窗户紧掩着。

我熟门熟路地绕到楼的正面，刚从楼梯走到二楼，有个人匆匆地往下走，差点和我撞个满怀。

那人自然是阿奇。我一把揪住他："你别走！"

他神色一变，忽然以膝盖猛撞我的裆部，在我弯腰的瞬间，他无比迅速地逃下楼去。我捂着身体犹豫半秒，决定放弃追他，自己猫着腰往上跑。我狂按了半天门铃，里面悄无声息，最后邻居阿姨实在烦不过探头出来，我赶紧说打电话给安琪没人接，怕她出事。

"说不定睡着了，或者不在家，你这样按，救火啊。"那位阿姨说到这里停住了，她吸一下鼻子，"喂，是不是有什么东西烧着了？"

我大惊，当即开始撞门。邻居阿姨匆忙回屋，大概是去打电话。今天已是不知第几次撞门，所有的肋骨都条件反射地开始诉苦，胯下隐痛更不用说。

好在这屋子不是防盗门，撞几下竟然开了。浓烟随即喷涌出来。我一进去就开始咳嗽，方向莫辨。没看见火光，大约还没从厨房那边烧过来。好不容易摸到卧室门，又连爬带滚地找到床，再一摸，床是空的。我完全失了方向，这时有一阵咳嗽声从某个方向传来。我赶紧回身去找。

我在客厅沙发上找到了安琪。她似乎不怎么清醒，我喊她也没反应，只是不断咳嗽。我架起她往大概是门的方向挪，同时终于听到救火车的声音隐约传来。浓烟深处似乎有火光，离我们不远。该死的阿奇可能用了什么易燃物。张皇的人声既远又近，我隔着烟看到有人往楼下跑，这么说我们已经出了房门口。正当我庆幸着快脱险，安琪像是如梦初醒般死死掐住我的胳膊，她高声叫道："小柯！阿奇！他们人呢？"

"阿奇在楼下。你快跟我走！"

她固执地转身："小柯……小柯还在屋里！"

我抓住她的肩膀："你别进去，快下楼，我进去找他！"

说完，我把她往外一推，用最快的速度闯回屋里。热浪扑面而来，火势已经卷到客厅。浓烟不由分说地灌进我的嗓子耳朵眼睛鼻孔，我差点当即昏厥过去。我拉起T恤下摆捂住口鼻，徒劳地四下摸索，终于摸到一个身体。是小柯。分辨不清他是死是活。一回头，来路已经被火苗锁住，绝望刹那间比浓烟更浓。

我背起小柯，他在我背上死沉死沉，且没有半点反应。真希望他只是昏迷，否则我被一个死人害死就不好玩了，即便他可能是我亲爹。

我瞅一眼喷火的门口，愤怒地想着救火车怎么还没来，这时另一个方向的烟似乎散开了些，也就是卧室那边的阳台方向。我赶紧负重往那头挪，身上好像被火燎过，这会儿也顾不上那么多了。当我冲到阳台，几乎为眼前的景象欢呼。就在我一侧不远处有道呼呼作响的消防水柱，阳台上这会儿已经没有火和烟。下面黑压压站了一圈人，消防队员的橙色衣服在其中格外扎眼。看见我和我背上的人，人群一阵骚动。我恍惚听见安琪的喊声，也可能是幻觉。

然而火舌再次猛然从我身后肆虐袭来。人群一阵惊呼。

重要的是当机立断。我先把小柯用力往阳台栏杆外甩去，没等确认下面是否接住他，自己也来了个竭尽全力的翻身跳。跳的瞬间脑海中莫名响起以往的对话：

——我好像从来没演过特技。

——你也不是严格意义上的演员，省省吧。

(leaf)

睁眼醒来的时候，整个身子仿佛不是自己的。疼痛来得比意识慢些，就像如梦初醒般，接着以势不可挡的劲头化成无数小刀滚过周身遍体。我不由得"哎"了一嗓子。

"醒了？"有人在我近旁低喊。这声音好生耳熟。我努力撑开眼皮，待到看清来人，第一反应是诧异："你怎么会在这儿？"

我试图转头，接着发现自己的脖子被什么东西牢牢固定着，"安琪呢？小柯他怎么样了？要是他们有什么，我非找他算账不可。"

我身边那人以困惑和沮丧的声音说："小妖你是不是摔傻了？都怪我不好……我这就喊医生来——"

我试图伸手抓住那人按向床头铃的手，胳膊缺乏和意志沟通的能力，软绵绵地没挪到位。蜂鸣器响了一声，一个女声随即响起："五〇三房有什么事？"

瘦子站在我旁边说："他醒了，麻烦过来看看。"等通话断掉，他又探身对我说："你吓死人了，怎么会走错房间呢？就算走错了也不用直接跳下来啊。"

我没法转头，视线中滑过瘦子真心关切的脸，那张脸很快又缩了回去。医生和护士一起走进来，开始检查我的瞳孔、舌头、身体。直到这阵纷乱劲过去，医生护士们留下静养的叮嘱出了门，我终于不胜其烦地冲瘦子吼："我哪里像是摔傻了！"

他嘿嘿笑，"你还挺神气，从那么高的六楼掉下来，严重脑震荡，肋骨断裂两处，还有莫名其妙的烧伤若干。我差点以为把你给害死了。"

"我是从六楼掉下来的？"

"你以为呢？我让你从消防楼梯下来，谁知道你会走到隔壁的办公室去，我之前给你的平面图你肯定没认真看吧？走错也就算了，又没人追杀你，你干吗要跳下来？我的车可是停在正确的位置等你，结果就等到'咣'的一声。你真以为自己是特技演员呢？"瘦子一口气说道。看来这小子之前担心坏了。

我等他消了气，慢吞吞地说："你也不用对一个病人这样啊。我这还不是为了你那该死的工作。"

他又激动起来，"工作重要还是人重要！你倒好，没心没肺地睡了四天，我中间真想把你揍醒！"

"四天？"我怔了怔，"何叔他知道我住院吗？"

"怎么敢不让他知道？他上午还来看过你，老头着急得几天都没睡好。"

我闭上眼。眼前仍是无法驱散的火光和浓烟，那一刻仿佛已被牢牢地烙印在视网膜的深处。我该为回来感到庆幸才是，但我只感到累得要命。我听见自己含糊地说，我要睡会儿，你也回去歇吧，另外还有几件事要麻烦你一下。

我在医院住了小半个月，出院时愕然发现户外已是初春，时间的脚步总是从容而固执，偶尔也会在某个人身上错乱一把。这样一来，风的气味和天空的颜色都让我想起刚到二十六年前的那阵子。即便时间回到其固执从容的步调，人心的步调却跟得踉跄。

这天我去找何叔喝午茶，有大概两年没这样做了。喝午茶照例是在俱乐部顶楼的露台上，初春的阳光暖意不足，其实坐在外面有点儿冷。这座楼的位置不佳，对面的灰白色六层楼把江面挡得严严实实，从四楼的露台能看见的无非是对面楼的上半身，雕镂复杂的铸铁阳台从顶楼往下镶嵌于外墙，像一只只精工笼子。

从前我很难理解何叔为什么喜欢坐在这个地方，现在则不然。我坐在他对面切了一大块班尼顿蛋放进嘴里，一边随何叔眺望对面的楼。两楼之间隔了些距离，所以那边的六楼也尽收于视野之内。六楼有四扇落地窗,其中一扇带阳台,阳台外连着消防楼梯。这些是我早就知道的。我还知道另一扇窗有时也带阳台,阳台外存在着不为人见的消防楼梯。不过这事说给谁听都不会有人相信。

何叔在看的是左侧第一扇窗,窗户那头是大楼业主的办公室,也就是朵平时待的地方。瘦子的动作很快,我让他查的三条讯息来了一条,也就是王某和第三任妻子的经过。那是一次闪电般的婚姻,匆匆结婚到离婚不过两个多月,正好在幻恋的药效期间。朵确实对王某很有办法,她得了一笔不菲的分手费,其中包括那座楼。

记得何叔买下这座一街之隔的产业是在我小学四年级的时候。相隔九年,他终于得以遥遥注视朵的房间。就像多年前他曾在许多个夜晚观望绕钢管跳舞的她,隔着喧嚣的酒吧客,在一次次调酒的间隙——如今他的凝视也同样被阻隔,那中间隔的或许不是一条街,也不是恒常紧闭的阳台门,而是别的什么。

何叔给自己沏着功夫茶,问我要不要,我指一下手边的咖啡杯,表示不用。

“我听说,你闯进人家办公室去。肖正和你又在背地里搞什么呢?”

我过了片刻才想起肖正是瘦子的大名。“那个啊,事关他的行业机密,不太好说。”

何叔端起茶杯慢条斯理地啜了一口,“什么行业机密,你们是去查万人迷的事吧?你们也不用费心思了,她是我一个老朋友的养女。”

在我进出医院的这段时间,万人迷的征婚秀已经轰轰烈烈地发展到四强。各种八卦流言满天飞,其中真伪莫辨。瘦子仍然遗憾我们没拿到她的电脑资料,而那所酒店的保安力量在我出事后就变得如铜墙铁壁，无人能再次仿效我们的杰作。

听到养女之说，我轻微一怔，"哦。你的老朋友，是不是对面那间酒店的主人？我见过她。"

何叔转头盯视我，"你见过她？什么时候？"

我耸耸肩，"她应该不记得了。我用了点特别的手段。"

他似乎隐隐放了心，"你也不小了，能不能不要整天晃荡？公司的事，你也该稍微学着点。"

"二十六年前。"我开口说。

何叔自顾喝茶，等我的下文。

"二十六年前，你和我现在差不多年纪吧？那时候你在做什么，像现在一样忙工作，还是像我这样晃？"

"太久了，我哪里记得……那会儿应该还在研究所没出来。你怎么想起问这个？"

"我只是有点好奇，人都说三岁看到老，不知道你是不是从来都力争上游。"我站起身，"我不会接你的班，你还是早点安排其他人吧。还有——"

我顿了一下，"你别再去看我妈了，以后她的住院费由我来付。"

他没回答。我走进侍者及时拉开的露台门，不用回头我也知道，何叔仍在面无表情地眺望那扇窗。窗关着，一如既往。

我正在开车，车上的视讯电话频繁闪出"瘦子"的字样，我把车停靠在高速公路的暂泊区。要是被电子眼抓到边开车边通话，少不得又是一番麻烦。

我接通电话，屏幕上是瘦子狼藉的房间，过了片刻，他从不知哪个角落连人带椅滑到屏幕跟前，劈头问我：

"看新闻没有？"

"新闻多了去了，你指什么？"

"万人迷的养母现身了，你猜是谁？"他正要得意地往下说，我截住他的话头。

"我知道是谁。"

"哦，你小子到底知道什么？新闻出来之前你就让我查她……"瘦子仍然兴致勃勃，"这女人不简单啊，培养了一个让大众疯狂的女人。"

我不置可否。

他又说："现在没有切实的证据，不过她那个离婚的丈夫，你记得吗，就是后来因为性犯罪害死人的那个——"

"我记得，你说重点。"

"好像那件事是被她设计的。我凑巧发现一些蛛丝马迹，不过这事过去太久，估计没人有兴趣，再查也没什么价值。"

朵不愧是朵。我故意回应冷淡："你的兴趣还真广泛，东钻钻西闻闻。"

他没听出我的挖苦之意，"不这样哪能成为行家呢！对了，你让我办的事查到了，只有一件不明白，你要那么久以前的电视台资料做什么？"

"你看了？"

"看了一截，没啥意思，所以才问你。"

"我自有道理。你先说另一件。"

"二十六年前的那场火灾，确实是导致伯母精神崩溃的原因。她当时同居的恋人被救出来的时候已经死了，眼睁睁目睹这个，估计谁也受不了。"

我沉默片刻。我妈疯狂的原因或许不是小柯的死，而是她醒悟到阿奇做了这一切。他们原本三个人一起在屋里。

"有件事比较奇怪，那个死于火灾的人姓柯。"瘦子说，

"为什么你姓徐？我还以为那会是你爸，抱歉。"

是啊，为什么呢？莫非何叔以为我是"徐构"的儿子？何叔至少有一件事没说错，我妈和他好过，后来把他给甩了。她被迫从内心离弃了他。虽然他由开始到最后都缺乏真心，想必还是会有被弃之感。

我在那个时空从未正面接触过小柯，也许是害怕面对真相，害怕一旦认识这个人并有所了解，我将来会憎恨何叔。因为他曾轻易抹杀了关于我父亲的一切。也因为，他毕竟是我唯一的亲人。

但在明确知道真相的现在，我又该如何面对何叔呢？他害死多半是我父亲的男人，害疯了我妈，只为了一个他永远遥不可及的女人，而这距离甚至是他一手造就的。

我搞不懂何叔。甚至不清楚我是否该为此憎恨他。留待将来再想也不迟。

可能因为我沉默了太长时间，瘦子在那头说："喂，你没事吧？"

"我没事。"我沉思着说，"问个问题，行吗？"

"你问就是。"

"小艾的事，你有没有怪过我？"阮如艾是阮的全名，瘦子喊她小艾。

他停顿片刻，"没有。我为什么要怪你？是我自己选择的。"

我陪小艾谈了近两个月的恋爱。其实幻恋早在一个月的时候就已用罄。药效过去后，她继续维持着对我的温顺体贴，只有细加观察才能发现她眼中一闪而过的惶然。有一天我终于熬不住了，对瘦子说，这都是假的，起初是我们骗了她，她现在是自己骗自己。

瘦子久久地沉默，最后他说，那你和她分手吧，不要太伤她。

分手和平得出乎意料，多半还是因为这件插曲，小艾在接下来的学期转学走了。瘦子没表现出痛不欲生，我抱歉得不行，却无法可想。直到若干年后，我周旋在面貌神态各异的女人之间，看惯了她们半真半假的情谊，才惊觉自己曾拥有和失去过什么。即便是出自幻恋的魔力，小艾对我的依恋也纯净如水晶，满载着少女萌动的心绪。

我因此更深地体会到，自己使瘦子失去了什么。

我说："我从前一直不明白，你当时为什么要逃走，后来又为什么让我那样做。"

瘦子淡然道："我自己其实也不太明白——反正是好久以前的事了。"

他当然是明白的。如今的我也同样。何叔想必最能明白这一类心情。

结束和瘦子的通话，我打开他直接传到视讯电话上的一段影像。

那是二十六年的某个舞蹈选秀节目，电视台存档的海选片断。

我没用快进，看过几个选手之后，一个熟悉的身影出现在屏幕上。她穿了一身石榴红及膝百褶裙，这是我不曾见过的。乐曲响起，她轻提裙摆。

那是用快板演奏的《玫瑰人生》。她跳的是踢踏舞。可说是莫名其妙的搭配，却漾出奇异的和谐。

我往椅背上一靠。无数车辆从我停留的暂泊区旁流畅地驶过。我伸手想要重放那段视讯，却不小心碰到导航系统，一个电子女声响起："正在重新计算路程。目的地：太湖明珠酒店。"

我关掉导航。再去故地重游也没什么意义。时间正在有条不紊地走下去。

就在我驱动引擎打算上路的时候，一个细节掠过心头。那间曾是会所后来成为精品酒店的六层楼，电梯内部的裹金蚀刻乃至员工名牌都重复了玫瑰的纹样，而那正是我给朵的名牌上的图案。

我想笑，最终没能笑出来。哭似乎更不合适。何况也上不来眼泪。我转过方向盘，耳畔仍缭绕着《玫瑰人生》的旋律。那首歌怎么唱来着？我记得歌词中有这样一句——

"幸福，幸福一生到死。"

要真这样就好了。我在心里对朵无声地说。

图书在版编目（CIP）数据

人字旁 / 默音著 . - 上海：上海人民出版社，
2013

ISBN 978-7-208-11434-0

I. ①人… II. ①默… III. ①短篇小说 - 小说集 - 中国 - 当代
IV. ① I247.7

中国版本图书馆 CIP 数据核字（2013）第 107374 号

世纪文睿出品

出 品 人　邵　敏
责 任 编 辑　邵　敏　　蔡艳菲
装 帧 设 计　克里斯
插　　　画　周　末

人字旁
默　音 著

世纪出版集团
上海人民出版社
（200001　上海福建中路 193 号　　www.ewen.cc）
世纪出版股份有发行中心发行
上海市景条印刷有限公司
开本 889×1194 1/32　印张 7.5　插页 8　字数 150000
2013 年 8 月第 1 版　　2013 年 8 月第 1 次印刷
ISBN　978-7-208-11434-0/I · 1143